美好少女的
垂直社會

江鮭庭
林鳶

美好少女的垂直社會

美好少女的垂直社會

巫玠竺 著

Part 1
江鯉庭

01

海水淹上來了。

海水淹上來了——像躺臥在滿是肥皂泡的浴缸裡，卻找不著拔不掉那見不著的塞子。大海的塞子究竟在哪兒呢？江鯉庭站在自家門廊前，眼睜睜望著混濁的海水漫過腳背，挾帶的泥沙拂過她的趾縫，像林鳶與她玩鬧時，拿手指呵搔她的肌膚。林鳶，江鯉庭閉起眼，想起她最好的朋友——林鳶現在人又在哪兒呢？江鯉庭看著海水淹過前院的低矮圍籬，衝倒路旁的行道樹，漫進客廳的衣帽間。門口的鞋子一雙雙浮起來了——拖鞋，短靴，樂福鞋——它們就著暴雨流水，像歡唱著要去郊遊。

江鯉庭曾想像過自己是一條魚，一尾優雅悠游的美人魚；可當一切幻想都落為現實時，卻不過是扭曲的投影，那樣失焦，如此變形。江鯉庭的雙腿開始被海水一寸寸往下拖，遍布整座蕉洱島的警鈴大作，她抬起頭，以為是鄰國東脊國的敵軍來襲，卻只看見由灰色天空嘔吐出的雨滴，憤怒地狂擊於她臉上，模糊了她的視野。

「氣候變遷有個味道，嚐起來是鹹的。」江鯉庭在課本裡讀過這句話，她最近正在學習關於溫室效應與極端氣候的一切。二〇五〇年，北極正式進入夏季無冰狀態。暴烈的雨水打進江鯉庭嘴巴。全球海平面整整升高了快六公尺。現在海水已經淹過了她的膝蓋。江鯉庭理當要尖叫，逃跑，但她的雙腿卻不聽使

泣。

喚，讓她僵在原地，一動也不動。

海水淹上來了。在島嶼被海水帶著轉彎的時候，風中的鳥往遠處逃離，聽不見漩渦裡的魚，正在哭

江鯉庭倏地就醒了過來。她大口地喘著氣，發現自己裹在睡袋裡，躺在乾燥的地板上。她瞪大雙眼，瞪入眼前的黑暗，勻稱的呼吸聲此起彼落，甚至有人張狂地打著鼾。江鯉庭坐直上身——剛自夢境裡掙脫的她，試圖回憶起發生何事。體育館的地板上睡滿了人，陌生人們，或江鯉庭的鄰居；月光穿過體育館的氣窗，勾勒出萬物的輪廓，睡袋整齊劃一的排列，像砧板上的魚。江鯉庭的下半身藏在睡袋裡，她動了動因束縛而麻木的腳板，她溼漉漉的腳不見了，她的家也不見了；而這些江鯉庭的同鄉們，和她一起，躺在這兒，猶如一網被打撈起的魚。

第七十六號颱風——同時也是今年第二十一個達到強烈等級的颱風——猶若一隻長毛的狗尾巴，侵襲了江鯉庭的家鄉，拂過了整座蕉洱島。強颱所挾帶的高強度雨勢，使得短短一下午內，就促使海水吞沒整座離島。於是兩天前的傍晚，除了身上穿著的那套衣物外，江鯉庭只被允許攜帶一個小小的行李袋，爬上了中央政府的救難小艇，在海上搖擺著，由一座島嶼，被拋至了另一座。「啃著麵包，浸泡在水裡的氣候難民們。」一小艇上穿著軍裝的救難隊，就是如此談論他們的；一派輕鬆，語氣尋常，好似救難隊早已看過太多的氣候難民，江鯉庭和他們一樣，她的可憐，一丁點都不值得同情。

該怎麼形容江鯉庭這位少女呢？所有的形容詞放在她身上，似乎都太高估她了些。該說她美麗嗎？當她走在路上，幾乎無人會多看她一眼。說她很有想法嗎？往往她翻開課本，除了照著上頭的字句，一行一行，木梳梳頭般依序念，或坐在教室最前頭的座位，低頭猛抄筆記外，其餘大部分時刻，江鯉庭只顧著讓

腦袋放空。那，該說她個性鮮明嗎？課後同學們聚餐，她只顧著埋頭苦吃；或好不容易，有人邀她一起去唱歌時，她也只會龜縮在角落，盯著螢幕上的字，不同人搭話，不與人聊天，甚至一首歌也不唱。江鯉庭為自己謀求了一個邊緣的角落，說服自己不忮不求；但當她看見同學們群聚一旁，竊竊私語時，卻又會近乎自虐地想著：他們是不是，在說她的壞話？

時間滴溜溜地走，而後月亮交班給太陽。陽光爬入體育館的方式，是燦爛，卻又鬼祟的；是張揚，同時緩慢的。它先是溜上了林鳶的前額，滑過了剪得又短又平的厚瀏海，再順著微微發捲的黑色髮流，向後爬，一寸一寸，沿著削得極薄的髮稍，歇息在耳殼上緣。然後光線像發亮的跳蚤——輕巧地躍上了林鳶短翹的睫毛，再跳上她挺拔小巧的鼻尖。陽光的動作一氣呵成，猶若無人伴奏的舞蹈家；只有窗外將落未落的枯葉，含蓄地鼓著掌。睡夢中的林鳶忽覺得鼻頭一陣搔癢，癢得忍不住想打噴嚏——於是她醒了過來。

才一睜眼，她就見著江鯉庭狠狠地皺著眉，專注凝視著自己的那張臉。江鯉庭的臉像一畦開闊的平原，平原起伏不大，額頭又低又窄，上頭兩道既稀疏、又短絀的眉毛底下，被挖出了兩個小窟窿；窟窿裡猶若從不下雨，蓄不了水，連帶江鯉庭的瞳仁也缺乏水氣，毫無神采。江鯉庭的下巴也短，兩片薄薄的唇上，掛著一個小蒜頭鼻。當她皺眉時，眼縫更像被擠扁的豌豆莢，林鳶幾乎看不清她的眼球。

「幹麼啊？一大早就擺出這種死人臉，坐在我面前，想嚇死我啊！」

林鳶身手矯健，靈巧地自睡袋裡蹦了出來。她以修長的右手食指，挖了挖江鯉庭眉間擠成一團的紋路。

江鯉庭不耐煩了，她趕蒼蠅般，沒好氣地拍掉林鳶的手。

「怎麼？妳心情不好啊？」

林鳶不鬧她了，收起她的開朗，小心翼翼地詢問。

「家都不見了，誰心情還好得起來啊。」

「中央政府撤離我們，不就承諾了，會好好將我們在本島上安置嗎？」

林鳶這少女就是這樣，似乎天塌下來，她也不擔心；而現在天或許真要塌下來了，還依舊能保有這種積極活力的模樣。江鯉庭這麼想，林鳶就像一隻鳥，自由自在地像她的名字；而自己則不過是一條魚——

江鯉庭感受到心底對林鳶的憧憬。

「話是這樣說沒錯啊，但是……」

「但是怎樣？」

林鳶一邊與江鯉庭談話，一邊開始收疊自己的睡袋。江鯉庭愣住了，想起自己的睡袋仍散在原處，像一盤中途而廢的棋局。算了，今早我可是有重要的事得辦呢——江鯉庭暗自替自己的懶惰找藉口，雖說那重要的事情是什麼，她其實也說不出個所以然來。

林鳶動作極快，三兩下就將睡袋拾掇妥當，然後整個人慵懶地癱在上頭。政府發的睡袋又破又舊，而即使經過整理，睡袋依舊皺成一團；但林鳶毫不在意，淘氣地將手指戳進其中一個洞裡，結實又修長的小腿盤坐於身下，與睡袋的綁帶纏在一塊兒。江鯉庭正努力想從嘴裡擠出話來，但她的目光同時無法由林鳶身上移開——她羨慕林鳶的身材，妒豔她身上放鬆自信的氛圍。每當待在林鳶身旁，江鯉庭就會意識到自己的臃腫、肥胖、無趣；她與林鳶就像河馬與長腿鶴並列，就像醜小鴨與天鵝。

「我昨晚睡不大好。一大早去上廁所時，偷聽見了工作人員們談話。」

林鳶停下她手指頭的動作，將臉湊了過來，高瘦的她就像一道陰影，遮蔽住江鯉庭。

「我們所有人，似乎不會分配至同個地點。」

「為什麼？」

「聽他們說，即使是札札濟島，也沒那麼多足夠安全的地點，容納得下所有氣候難民。有些低窪地區或沿海地帶，也像之前的蕉洱島，一直處於紅色警戒狀態；只要天氣一有大變化，就有很高的可能性，會在短時間內被海水給淹沒。」

札札濟島像是掉落至東脊海上的一片麵包屑，它由東脊高原東側分裂出來，再經受板塊的撞擊，最後自深海中隆起，再被推擠至海面上。札札濟島是整個國家的最大島嶼，也是政府機關、與眾多主建物的所在地；因為它是由基岩（Bedrock）所構成，與周遭的珊瑚礁（Soft Coral）離島群，本質與地位因而截然不同——蕉洱島即屬於珊瑚礁島嶼，經不起高頻率、高強度的海浪沖刷，但也因此在氣候變遷的大環境下，房產價格便宜許多。江鯉庭內心惴惴不安，她知道，在一般情況下，她母親是負擔不起札札濟島的土地的——可她們現在除了札札濟島外，似乎也無處可去——江鯉庭再度感受到自個兒的前途茫茫。

林鳶似乎讀出了江鯉庭的擔憂，於是溫柔地笑了一笑。**不要擔心，會沒事的。**林鳶其實並沒這樣說，但江鯉庭太需要自個兒幻想林鳶的想法了——於是她猛地感受到一股悸動。至少江鯉庭還有林鳶——不論她淪落到何種境地，至少還有林鳶，林鳶會永遠陪著她。江鯉庭感動到甚至差點要去牽林鳶的手，但想想，又有些怪，於是她自個兒又忍了下來。

「江鯉庭！」

在兩位少女越湊越近，幾乎是要咬著耳朵說話時，有個低沉的女聲敲鑼打鼓穿越空氣而來，震得江鯉庭耳膜發疼。

「妳究竟在幹什麼啊？快將東西收好，他們有事要宣布。終於，我們可以不用全困在同一個地方了。」

江鯉庭正背對著發話的女人，臉面對著林鳶；即使女人見不著江鯉庭的臉，她仍是不敢明目張膽地表達思緒，只得將雙眼眼瞼如貓咪般，拉緊，將翻未翻地將眼珠朝上滾了一下。這模樣太讓人抑鬱了，逗得林鳶忍不住噴笑出來。女人看著林鳶笑，莫名其妙這事哪裡有趣，跟著不耐煩地大聲「嘖」了一聲。

江鯉庭從來都缺乏面對母親的勇氣——她將表情收拾好後，才一本正經地轉過身來，擺出母親會期望的那種模樣：聽話，乖巧，順從。

「媽媽……」

但江鯉庭一見著母親的臉，瞬間語塞，她張大了嘴，不知該同母親說些什麼才好。母親有雙與她如出一轍的、肥短的腿，再往上，是水桶般的粗腰，闡明了母女倆都多麼懶散，不愛活動，或點明了這對母女有多相似。自江鯉庭過了十七歲生日，意識到自己將慢慢長成個女人後，她就開始害怕看見母親，像是見著了自個兒未來的模樣——平凡，庸俗，鎮日抱怨，卻無能做出任何改變。

江鯉庭納悶，母親內心深處是否也藏有這種想法？看著江鯉庭，就像看見了過去的自我，於是才會常常表現得不想見著她，像極其不滿意這女兒似的。於是母親從來對她也不假辭色——她毫不在意江鯉庭的感受，直接衝著臉，對江鯉庭翻了個大白眼。

「他們說，札札濟島的土地是有分出等級的。所以人也一樣：你是什麼等級的人，就會分配到什麼樣等級的土地上去居住。意思是，我這輩子，也許可以第一次完全擺脫妳了。」

母親臉上露出不屑的嗤笑。從小到大，江鯉庭早已聽慣母親說這種話，她早已由傷心，自我安慰成「母親不過在說笑」，即使她知曉裡頭有很大的成分，是母親的真心話。但在不久前才失去老家的這一刻，這些話聽在耳裡，仍舊讓人特別受傷。

「……我會和我奶奶分開嗎？」

原先看似置身事外、沉默不語的林鳶，一瞬間警覺起來。

「老人本來就是很難有價值的。」

江鯉庭的母親沒有正面回答，甚至沒拿正眼瞧向林鳶。她斜睨了江鯉庭一眼，重重地側了側頭；江鯉庭明白她的意思，只好摸摸鼻子，捨下林鳶，跟在母親一拐一拐的大屁股後頭，向著體育館另一側走去。

02

對金幼鸞與她母親而言，平庸是種該極力避免的傳染病。

這一點，從金家華而不實的裝潢就看得出來。金家大宅坐落於朱漆山半山腰，是末世裡的一處異類：金家不願翻修屋宅，不願整新成環保、具高效能的現代建築，於是依舊保有古老建築的那種細膩，那種，大家閨秀硬是端著自己的姿態。大宅佔地遼闊，但多處土地都寧可閒置，不願充分利用，連花草樹木都不認真栽種；但浪費，才能展現有錢人家的氣派與奢華，而貢獻土地、救助難民並不是，為了卑賤生命汲汲營營，實在太小家子氣了。金家大門雕工繁瑣，拱門上顯眼地掛了個匾額，龍飛鳳舞，書寫著「**金**」（King）。

當金幼鸞坐著私家電動車，自垂直農場（Vertical Farm）附屬校舍返家時，遠遠地，就見著自家的燈火，明明滅滅，閃閃爍爍，像一顆藏在樹林裡的寶石。然後她走下車，走過噴水池旁那尊造價不菲的、祖父的雕像；祖父的雕像並非以寫實派筆法刻成，他比現實裡的自我更加高大，更強壯，雕像完全具象化了祖父內心自慰的快樂。但那又如何呢？後世不會記得他真人的猥瑣，只記得他雕像的威武——金幼鸞揶揄地這麼想，暗自希望有隻鳥拉了坨屎，留在祖父複製品的頭頂上。

金幼鸞撩起裙擺，修長的腿踩著曼妙的步子，漫不經心地踏入前廊。大門早已慎重地敞開，煙管家躬著身，謙恭地候在那兒；她的下背部微微發疼，只是她不能說，不許說。

「大小姐，您回來了。」

煙管家約莫五十來歲，即使到了這個年紀，仍有一張緊緻而波瀾不驚的臉；唯一能洩露心思的，只有那雙鑲嵌在臉上的小眼睛。而即使見識過許多風浪，早已不輕易大驚小怪的煙管家，在隔了這麼好一陣，再度見著金幼鸞——她的雙瞳仍無法自控地，瞬息瞪大了一下。

所有的形容詞放在金幼鸞身上，好似都少了那麼一點神采。若人們會覺得一個形容詞，所承載的美好程度超越了她，那一定是她昨夜沒睡好，或生了病——而那一切不過是暫時的，金幼鸞的黯淡，是偶爾被烏雲遮蔽的日光，是臨時被收入抽屜的珍珠，她本人的魅力，永遠無法讓人們忽視她。

就像此刻，即使金幼鸞走入的過道再如何金碧輝煌，她全身依舊散發著光芒。不單單是因為年輕的她，皮膚光滑燦亮的緣故——而是她目空一切的神色。金幼鸞穩穩把控住了自己的表情，她毫不費力地伸長了脖頸，挺直了腰桿——她身上的一切一切，都像被精心雕琢過；而這鑿刻像刺青，像毒，一點一滴地滲入了金幼鸞的皮膚，與她整個人融為一體。

此時有另一位少女站在金幼鸞身後，輕輕地嘆了口氣。煙管家不愧機靈，很快就反應過來。

「二小姐，您也回來了。」

金幼鸞長得纖細高䠷，像枝隨風搖擺的蘆葦，她穿了件淡鵝黃色的雪紡長裙，裙擺上細細縫滿了小亮鑽；玄關的風有些亂，有點冷，吹得她飄逸的裙裝蝴蝶般飛揚，在燈光折射下，看來就像件奪人眼目的藝術珍品。而畏縮跟在姐姐身後的金幼鴻，上身只套了件素樸的灰色T恤，下身是深藍色的牛仔長褲，她唯唯諾諾地駝著背，對煙管家點了點頭。相對於金幼鸞總習慣性地下巴抬得老高，金幼鴻只是以小巧的鼻子，輕輕勻出一口氣。

金幼鴻的臉蛋並非不漂亮，眉眼也算清秀，一頭髮根略呈自然捲的黑長髮，拘謹地綁成了個低馬尾，死死地貼在後頸部。她雙目間的山根低平，表情也淡寡了些，且即使是在自家大宅裡，她的神色仍夾帶了某種疑惑——懷疑自己是否夠格，進入金家大宅？可金幼鸞不一樣，她的眼神裡充滿挑釁，被電棒細細吹整過的淡褐色長捲髮，隨意地披散在腦後，像一處奔騰喧嘩的瀑布。明眼人都看得出來，幼鸞與幼鴻完全不像姐妹，倒是像千金大小姐，與跟在她後頭的小丫鬟。

「在飯廳？嗯。」

金幼鸞並未等到煙管家回話，就逕直往前走去；金幼鴻則是不敢多有意見，連忙跟了上去。煙管家尾隨兩姐妹身後，隔了好一段距離。她的步伐是經過精密計算的，不遠不近，不偏不倚，充分顯現出她的老練。金家的傭僕其實都是沒必要的存在，所有的人力，老早就能以人工智慧取代；可金家大宅的地理位置，乃至於金家家族的權勢，都十分安全，且高貴——於是眾人爭先恐後地，高價競標這些職位——必須得有背景，有管道，有財力，才得以買進金家幫傭，成為金家的人形裝飾物。小道消息這樣流傳：黑市有人買凶，打算暗殺金家奴僕，大宅才會有酬庸的新名額，再度向外開放。買凶，就相當於買一個無處可居的市井小民的希望。

由此可知，能幫金家運籌帷幄二十年來的煙管家，其實也非常人。她小心翼翼望向前頭姐妹倆的背影，雖然嘴上不多加評論，可她心底，其實有屬於自己的定論。所有在實體裡被主人輕賤的奴僕，其實在精神上，往往都輕賤了自己的主子。

一行人繞過彎彎的曲廊，在轉彎處，與另外幾位奴僕遭遇。奴僕們低頭，不敢直視小姐們的眼睛。而一路上，金家兩姐妹全然不交談，像一對無話可說的陌生人。即使金家眾人都知道，她們在校舍裡，其實是睡在同一寢的室友。

飯廳到了。最前頭的金幼鸞停在門口，頓了頓，等著來人替她服務；煙管家對著掛在耳殼上的迷你對講機一陣低語，飯廳厚重的胡桃木門，由裡而外敞了開來。原先所有在桌邊忙碌的侍者，同時放下了手頭的工作，敬畏地朝向門口行禮。

「金太太，小姐們……」

「啊！妳來啦——」

還未等煙管家通報完全，一個高亢的女聲就利箭般破風而來。煙管家微微皺了皺眉，注意到「妳」這個用詞，但她也不過向女主人欠了欠身，沒有多說些什麼。

也許當人們見過少女的母親，往往就得以領悟，為何少女會長成當下少女的樣貌。少女常常是模仿母親的半成品。金幼鸞毫無疑問的，是她母親的女兒，二人像自同個模子刻出來的：顴骨下方臉頰向內收的弧度，鼻子走勢的堅挺與精緻，挑眉時雙眉正中央、被捏起的小小雜紋；當人們細細品味著金幼鸞的一顰一笑，大概就可想像，她母親金太太年華正盛時的嬌俏。

而在這理應放鬆的週日傍晚，在這個自家大宅裡，金太太卻依舊慎重地裝扮了——一絲不苟鑲著雙金邊的蓬裙洋裝，透出高雅白光的珍珠項鍊，看來費了不少工夫、仔細吹整的頭髮——金幼鸞盯著母親雙眼皮上，精緻暈出的疊色眼影，再明白不過，母親的慎重有幾分，內心的絕望也就有幾分。金幼鸞忍不住暗自冷笑。

但金幼鸞的臉皮向來是扇不透風的窗，她全然不讓深藏的思緒飄散出來。她不過微微頷首，睜大那雙亮盈盈的眼，由下往上，從左至右，打量著母親；再往前走個幾步，走向長桌的另一頭，刻意用著甜膩的語氣，說出糾正的話語：「是『**我們**』回來了。」

說這話時的金幼鸞，眼波並無流轉，也沒正臉看向仍舊停在飯廳門口的金幼鴻，但那聲放在「們」字上的重音，卻扎實地擊中了金幼鴻的心，惹得她吃驚地看著姐姐，眼神是暴雨過後漲出的池塘水，溢滿感激。

大小姐今晚心情不錯。煙管家一面接過金太太手上已空的高腳杯，一面冷眼看著女主人故作熱烈的，靠過去擁抱自己大女兒。

「哦，好吧。『**妳們**』。」

金幼鸞動作優雅迅速地，自母親懷裡掙脫，她自顧自走到長桌旁，坐到了自己位置上。屋裡其他手頭正忙碌的僕人們，內心卻都留了個心眼，都對金太太接著轉向二小姐，說的那聲冷淡的「嗨」不以為然。站在長桌另一頭的一對僕役，一個正在倒水，一個在擺銀器，兩人迅速交換了眼神，意思是：嗯，至少今晚金太太沒有全然無視她。可金幼鴻本人倒是鬆了口氣，她並不期待任何的關注，母親的擁抱、或噓寒問暖對她而言——反倒會使她開始懷疑，母親是否又有什麼盤算？

「爸爸今晚，也不意外的——不會和我們一起吃飯吧？」

金幼鸞裝作不經意地，突然就拋出了這句話。以往都是待所有人坐定後，金太太才會誇張地擺出難過的表情，語帶遺憾地宣布：金先生因為不可抗拒的因素，無法加入一家人的星期日晚餐，他也對自己感到很失望。他向女兒們表達他深深的愛意，遠遠的。然後金幼鸞會配合地、露出誇張的哀傷表情，再故作親暱地與母親聊天，裝作對父親習慣的缺席渾然未知。可金幼鸞今天卻打破了這慣常的劇本，像要暗暗給母親個下馬威。

金太太正忙著自煙管家手裡取回酒杯，她臉色先是微微一怔，但又很快恢復鎮靜。鬥法開始了，金幼鴻捏起餐巾的手指頭稍稍顫抖。

「沒辦法，他今天有很重要的應酬。」

金太太不知是要解釋給女兒聽，或其實是解釋給自己聽。上菜了，她使勁叉起餐盤裡的小番茄，但她叉得太用力了，番茄爆裂開來，汁液血一般地濺了滿盤，一旁伺候著的僕人趕緊靠了上來，換了條乾淨的手巾。金太太對製造出的混亂倒是連眼睛眨也不眨，金幼鸞則噗哧一笑。

大小姐一分。煙管家盡力筆直了腰桿，站在壁爐旁，替母女之間的戰爭旁觀紀錄。

「您哪，一個人守在這幢大房子裡，難道不會感到難過嗎？」

姐姐一開場攻勢就這麼猛烈，簡直讓金幼鴻坐立難安。坐在長桌另一角的她雙肩內歛，上身微縮，將自己藏得小小的，希望沒人留意到她。金幼鸞手榴彈似的拋出這句話，緊跟著將舌尖伸出櫻桃小嘴，靈活地挑逗叉子末梢的玉米筍；玉米筍蒸得有些過熟，軟趴趴的，簡直對她的舌頭無力抵抗。她老早就留意到角落裡站在盆栽旁，那新來的年輕男僕——胸肌，手臂，還有男人粗壯的大腿——於是金幼鸞拿著大眼直直盯住他，又濃密又纖長的睫毛，眨巴眨巴，舌頭在嘴唇外舔著。男僕瞬間就漲紅了臉。然則金幼鸞卻迅速將眼珠轉了回來，當男僕一對她有反應，她就又玩膩了這個遊戲。所有人對金幼鸞而言，都不過是可供玩耍挑戰的玩具。

「屋裡這些人，應該早就沒有人會期待，爸爸今晚會在家吧？」

金幼鸞將臉蛋垂了下來，面對面前的餐盤，可她的雙眼卻同時往上吊，死死盯住對座的母親，盯著她過分精緻的妝容，過度隆重的髮型——真受不了。

「喂，你！金先生上回回到大宅裡睡覺，究竟是什麼時候了啊？」

被金幼鸞點名的，是同一位年輕的男僕。當她這麼問時，嘴角上挑，露出嘲諷的意味，還用湯匙輕輕敲擊著高腳杯；男僕明顯地慌了手腳，急急地看往煙管家。

即使此刻仍為微涼的四月天，煙管家仍感受到後頸的細毛，陣陣滲出了汗。但她仍勉力保持住身子，一動不動，微微地擺了擺頭，示意男僕不該回答這個問題。於是屋裡陷入一陣沉默。金太太或許是在忍耐，她只顧著舉起自己的酒杯。不被理會的金幼鸞，於是調皮地轉向左手邊的金幼鴻，嬌滴滴地問了句：

「妳不也很想知道，爸爸總是消失去哪兒了？對吧——妹妹？」

金幼鴻的背又更駝了，她將身子在椅子裡藏得更深，好似恨不得整張臉埋入前菜中，恨不得消失在這間大宅裡。她不明白，為什麼姐姐今天非得將她拖入戰局裡——在金家母女的戰爭中，她從來都是個旁觀者。

可金幼鸞絲毫沒有要放過妹妹的意思。她將手伸了過來，抓起妹妹握住餐具的那隻手，溫柔地擺到了自己胸脯上。這動作頗有威脅的意味，威脅金幼鴻不准不、理、她。金幼鴻慌了，怯生生地轉頭，看向母親，像是徵詢她的意見，但金太太此時卻專注於對付眼前的蘆筍，像又再度刻意忽視她，同時也忽視金幼鸞的煽動。於是金幼鴻只好輕輕地點了點頭——此時此刻，她選擇附和姐姐，並暗自希望母親沒有留意到這件事——她吃的虧還不夠多，還能一派天真地認為，姐妹倆可以守在同一陣線。

金太太卻只是慢條斯理地吃，她緩緩嚼著嘴裡的蘆筍，一口一口，當食物終於被吞下肚後，像她終於攢足了精力，存夠了戰力——她拎起餐巾，擦擦嘴角，抬起頭，保持她一貫優雅的儀態，轉向金幼鴻，問說：「妹妹啊，所以妳是不是**又胖了**？妳剛剛走進來，我就注意到，妳的腰，又變粗了。妳腰現在到底幾吋啊？妳有認真在管理自己身材嗎？」

「她的腰，現在是27吋哦。我翻過她宿舍裡的衣櫃，看過她裙子的尺碼。她現在啊，只能塞進L號的上衣和洋裝裡頭了。很超過，對吧？」

金幼鸞迫不及待地插嘴，然後忍不住輕笑了出來。金幼鴻沒有預料到姐姐的調侃與背叛，竟來得如此又快又急——她手裡的餐具僵在空中，嘴裡的牛肉塊正嚼到一半，卻也不敢再嚼，整張臉脹得通紅。

「嘖嘖！這怎麼行呢？妳的腰啊，都已經比我粗了，而我可是兩個少女的媽呢。妳想想，少女怎能穿超過M號的衣服呢？少女都不像少女了！我真是無法接受——妳這樣不在乎自己的形象管理，怎夠格當我們家女兒呢？當我們三個一起走出門去，妳不會覺得丟臉嗎？如果妳還不這麼認為，我都替妳感到可恥了！」

這是美麗卻又殘酷的金幼鸞，最慣常的把戲：偷偷刺激一下母親，讓她的自戀遭受打擊，於是高傲母親的怒氣，最終會全盤發洩在不知如何反抗的金幼鴻身上。煙管家於是踱步至金幼鴻的座位右側，假意要替她斟水；她彎下腰來，恰恰隔開了姐妹倆。金幼鴻知道煙管家的意圖，不過聊勝於無的、想給她一些心理支持；她顫抖著蒼白的嘴唇，對煙管家的身影露出苦笑。

煙管家點點頭，然後回過身來，看向另一側的金幼鸞。她從小看著金幼鸞長大，知道那甜美的軀殼底下，不知何時悄悄生成的惡毒心腸。可煙管家畢竟也不是省油的燈，她知道金幼鸞的弱點——金幼鸞的曼妙身材、與她仙女一般的包袱，使食物注定成為她今生的敵人。

「大小姐今晚胃口不錯啊。」

其實金幼鸞根本沒動多少菜肉，她只吃了一小塊鱈魚，然後挖了兩口馬鈴薯。但煙管家短短一句話，就撩到了金幼鸞心頭的那根刺。她看起來面無表情，但煙管家知道她內心起了波瀾；果然才過了不到半分鐘，金幼鸞就嚥了口口水，說：「可以將主菜收走，換上飯後水果了。我吃不下了，連甜點也不要了。」

煙管家挑了挑左眉，或許也有些感到抱歉，但她仍舊示意奴僕，恭謹地遵照大小姐的吩咐，撤走食物。

「唉呀！難怪妳總可以保持如此苗條的身材！妹妹啊，妳看見沒？看看妳姐姐，學學妳姐姐啊！」

金太太此刻又開心登場了，她不斥責金幼鸞浪費食物，反倒讚揚她的自律；聽見母親這麼說，金幼鴻只好順從地放下餐具，可憐兮兮地，看著幾近全滿的餐盤自眼前撤走。僕奴們理當可以不需撤的——但金太太未曾使眼色的眼色，就是他們最無法違抗的命令。轉瞬間，飯桌上全都空了。

這就是有錢人家女眷們的做作晚宴：備了滿桌子的豐盛菜餚，被吃下肚的，往往不到五分之一。女眷們覺得自己是女神仙女，奴僕們只覺得她們是牛鬼蛇神；鋪張浪費，廚師的辛勞猶若七月半普渡，但食物若真祭祀給了好兄弟，或許還值得划算些。

金幼鴻餓著肚子瞪著姐姐，有些生她的氣，可金幼鸞像這事一貫與她無關，只是小口小口老鼠一般，咬嚙著盤裡的蓮霧塊。

「聽說，會有一些氣候難民轉進我們學校？」

「哦，對。說是原本住在離島上，成績特別好的那幾個學生。那離島叫什麼？算了，一點也不重要。」

金太太心情似乎又轉好了，於是開始聒噪起來。她話多的程度顯現她的寂寞，如果女兒們不回家，即使她擁有滿屋的下人，也無人得以分享八卦。

「原本我問妳爸爸說，真的一定得讓那些人來嗎？妳知道的，他們畢竟不是札札濟島人，不是本地長大的，誰知道他們的素質會怎樣？誰知道，他們會不會帶進什麼傳染病？」

金太太口沫橫飛，好似她的意見十分重要。煙管家留意到有個小女僕小小打了個哈欠，她舉起右手食指，比著一——提點了一下小女僕。

「可是妳爸爸說，沒辦法，這是國家政策。裡面可能真有些優秀的人才，對國家未來發展很有幫助。」

「他們……很可憐欸。」

金幼鴻現在沒有在進食，沒有在做任何一件會讓母親唾棄、或讓自己變胖之事，於是她認為自己是安全的——她錯認為現在適合發表意見，雖說，她也只敢小小聲地呢喃。

「哼！可憐又如何?!」

金太太蠻橫地瞪了她一眼，好似金幼鴻說了什麼俗不可耐的話。

「妳竟然會覺得她們可憐？隨著海平面越來越高，以後，誰真能確定大家都會有地方可住？誰能保證自己家不會被海水淹過？可憐？妳想同情他們之前，也得先顧好自己。妳該不會以為這個綠色的手環得來很容易吧？」

金太太看來已竭力克制了自己，但她仍使勁將握在手指頭裡的小湯勺，戳進了藍莓優格裡。金幼鸞稍稍被這動作震了一震，卻仍鎮靜地坐在椅子裡，淡漠地直視自己母親。屋內所有人腕上的手環都閃著綠光，而不論是因著婚姻、血緣、工作的緣故，所有人其實都是扛著金家這個招牌，接受庇蔭，打滾，生存。這或許是金太太的優勢，卻也同時是她的短板。

「二小姐，這給妳——打包的食物。」

金家星期日的晚宴向來結束得很早，像所有人不過在虛應故事：金幼鸞吃得少，金幼鴻不大發言，只有金太太滔滔不絕，直到說累了為止。而最近連金太太話都少了，畢竟男主人不在，她戲劇女王生風生火的功力，缺了重要的觀眾，或多或少也讓她沒了勁，所以早早就讓餐席撤了。

當姐妹二人等候在玄關裡，一個坐著，一個站著，煙管家追了上來，遞給金幼鴻今日她未能在晚餐時吃到的飯菜。

「哦！太好了，謝謝您！」

此刻金幼鴻的表情終於鬆懈下來，能離開金家大宅她鬆了口氣，不自覺流露出少女該有的歡欣語氣。

「大小姐，我也順帶打包了您的分——如果您想要的話。」

煙管家彎著腰，對著坐在小沙發上的金幼鸞低頭說話。她此時並不敢直視金幼鸞的臉，實在話，她不確定金幼鸞會有怎樣的反應。

「不了。我寧可餓肚子。」

長長的加長電動車在大宅門口迴旋，金幼鸞看也不看煙管家一眼，就自顧自地鑽入車裡，留下一股清香。金幼鴻跟在姐姐後頭，對著煙管家揮手說再見。車門關上。

大宅門口現在只剩下煙管家一人，沐浴在月光中，於是連她也只用了七分力，端住自己的儀態。她目送著電動車漸漸遠去，一邊玩味著金幼鸞留下的那句——**我寧可餓肚子**。保持著飢餓的金幼鸞，她的心思與她的本人一樣，都是煙管家心目中，一道最神祕難解的謎團。

03

江鯉庭跟著母親走出體育館，來到戶外的籃球場。籃球架旁筆直站了三排舉著槍、戴著頭盔的武裝部隊，似乎已於太陽底下等候許久；蕉洱島畢竟是個不怎麼受政府重視的小離島，江鯉庭很少遇見真正的軍隊，也很少見著這麼多面孔嚴肅的男人。氣候難民們漸漸自體育館內潮水般湧出來，再有幾列同樣的武裝部隊，悄然無聲地由體育館後頭繞了過來，團團包圍住現場所有人。

「都到齊了嗎？」

一名穿著大紅色套裝的中年女子，突然就現身到了臺上。站得離講臺有段距離的江鯉庭看不清她的面孔，只看出她幾近直線的身材輪廓。

一臺大尺寸的LED螢幕已於籃球場最前頭架起，中年女子左手臂誇張地一揮——指尖亮綠色的指甲油在空中飛舞，被後頭暴風雨剛過的藍天白雲襯得炘炘發耀。螢幕亮了起來，札札濟島與四周離島的地圖躍然而出，土地分別以綠、黃、紅、黑四色分割為好幾區，像一床有許多補丁的陳舊棉被。江鯉庭在地圖上找尋著原本的家——蕉洱島被塗滿了黑色，與鄰近幾個小島一起，成為灑落在東脊海上的黑芝麻粒。直到此刻，江鯉庭才真正意識到，她真的是沒有家了——她猛地感受到一股深沉的心痛。

「雖說各位不免會期待，未來能被分配到夠好的居住地——地勢夠高，離海平面夠遙遠，不再擔心颱風豪雨的侵擾——但我們必須遺憾地告訴大家，這是**不**、**可**、**能**的。世界各地都飽受海平面上升的困擾，而我們國家又是群島國，適合平民居住的土地，本來就不夠充足。」

中年女子的聲音平板，不帶情緒，才聽了她說這幾句話，江鯉庭就決定了無法喜歡這個女人。也許是因為她語氣裡的不耐，好似氣候難民們不過是國家多餘的負擔，純粹平添了麻煩；也許是因為她話裡的高傲，反正這年頭，總有好些人沒地方可住，那你們就忍著點吧，認命吧。周圍大人們開始焦躁地竊竊私語。在這陣小騷動中，江鯉庭的視線卻越過人龍，找尋站在不遠處的林鳶，與她身旁的奶奶：林鳶滿臉擔憂，而她奶奶表情卻一如往常的鎮靜，好似沒有任何煩心事可比得上地心引力，可以牽動她臉上的肌理紋路。

「相信許多人都看懂了：地圖上標示黑色處，是已消失在海平面下的區域，而紅色則是沿海低地，經過專家評估，有很高的機率在不久的將來——這些紅區的土地，極可能會消失。」

江鯉庭順著中年女子的話，再度審視整張地圖——視線範圍裡黃色區域最多，幾乎佔了剩餘土地一半以上，黑色不遑多讓，代表原先國土的三分之一已全數沉入海底；綠色則像是地圖上的點綴，只佔據了幾處零星小區塊。

「大家剛被接到島上時，都有分配到電子手環吧？我們已經蒐集完大家的資料，就年紀、性別、教育程度、專長，甚至婚姻狀況等等，分析出大家之於國家的價值。」

在講到「國家的價值」時，中年女子抬起了下巴，好似她就代表了國家，擁有某種特權，可以不加入這場比拚的戰局。

「先安慰大家：若是分配的結果不盡人意，也不需要太氣餒。畢竟這不過是當前的價值，每個人都有可能成長，或者改變的——未來也不是沒有變動的可能。」

中年女子高調地集合了難民，卻以輕描淡寫的態度草率解釋狀況，像是所有人看見了地圖與手環，就應該懂得這一切；然後她以迅雷不及掩耳的速度轉瞬下了臺，一縷輕煙掩沒於武裝部隊間。在場所有人面面相覷，而江鯉庭同樣在搞不清所謂何事時，瞬間，難民手腕上的手環都亮了起來。

江鯉庭注意到自己手環發出綠色光芒，上頭浮現一行粗黑字體：「**年輕，育齡女性，數理能力佳。中等健康程度，體重過重（身體質量指數BMI=25.3 kg/m^2）。分配：綠二區，垂直農場附屬校舍。**」

在江鯉庭為著自己被明目張膽點出的超標體重汗顏之際，她聽見一旁的母親使勁罵了串髒話。江鯉庭低頭，留意到母親的手環是黃色的。

「給我看看！妳的手環，上頭寫了什麼？」

雖說江鯉庭也對母親手環上的描述好奇，但母親當下這副模樣，她實在是不敢，她怕給了母親更多嘲諷的理由。但由手環上的顏色，的確江鯉庭就能推估出：母親並不與她分配至同個區域。綠區比黃區好——想必母親也知道，於是江鯉庭反射性地將雙手藏到了背後，這動作反倒惹得母親噴出怒火。

「我不明白欸，憑什麼妳——得以到更安全的高地去？我吃了多少苦，辛辛苦苦，懷胎十月，生下妳；還因為妳，被妳父親拋棄，獨自一人將妳拉拔長大。這就是我所得到的回報？這種時刻，妳又這樣將我拋下，在一個隨時可能被海水淹沒的地方，放我孤獨等死？」

我又沒叫妳生下我，我又沒要妳為我如此辛酸。而且黃區才不是一時半刻就會被淹沒的區域，何必又跟我裝可憐？江鯉庭在心裡頂嘴，表面上卻沉默不語。她原先對母女倆的分別仍有些感傷，可她母親畢竟不同於尋常母親，會對即將別離的孩子依依不捨，會慶幸女兒得以去往一個安全的處所生活。母親總是怒氣沖沖，總是借力使力地將自認悲慘的人生，歸咎於江鯉庭身上。

江鯉庭想了想，得以擺脫母親的慶幸感，依舊戰勝了拋下母親的自責；而她對付母親的張牙舞爪，早有一套自己的放空模式。於是江鯉庭忽視母親的碎念，目光移轉至人群裡——注意到不遠處，在人群裡鶴立雞群的林鳶臉色慘白。

江鯉庭向來痛恨運動，她的慵懶使她不想勞駕自己雙腿，主動靠過去林鳶身旁，於是她只是伸足了手臂，對著林鳶嚷嚷著：「喂！林鳶——妳被分配到什麼顏色？一樣是綠色嗎？」

畢竟江鯉庭只是個劫後餘生的少女，在場這些武裝部隊，雖然讓她感覺警戒，卻同時也讓她覺得安穩。她對她重生後所獲得的生命太過於放鬆了，於是當她喊出去後，才意識到她的話吸引了太多人的目光——那目光裡夾雜著羨慕，嫉妒，甚至是恨意，與怒火。現場多數氣候難民的手環都是黃色與紅色的，而綠色則猶如珍稀寶物般屈指可數。

林鳶本質上機靈些，先是將食指放在了嘴唇上，暗示她住嘴，然後再揮手招呼她靠過來。江鯉庭低下頭，將戴著手環的那手塞入褲袋裡，略為艱辛地推開人群，鑽至林鳶身旁。在江鯉庭原先的印象裡，林鳶是個極為冷靜、且稍稍有些男孩子氣的女漢子，但此刻，當江鯉庭望向她的臉時，發現她眼眶泛淚——江鯉庭急忙抓起手環一看，是如夏天西瓜皮般的綠——江鯉庭心上重重的大石頭，又輕輕地落了下來。

她讀出林鳶手環上的描述：「**年輕，育齡女性，整體成績優異。體能絕佳，體重標準（身體質量指數BMI=18.9 kg/m^2）。分配：綠二區，垂直農場附屬校舍。**」江鯉庭不解，「妳的評語看起來很好啊，根本可以算是非常好。而且我們還是同區呢，妳幹麼這麼擔心？」

「她不是擔心自己，是擔心我。」

江鯉庭微微側身，視線越過林鳶，見著後頭一位佝僂的老婦人，及她乾癟的手腕上，讓人無法忽視的紅色手環。林鳶沒其他親人了，就這樣一個奶奶，兩人相依為命；在江鯉庭原本的觀點裡，奶奶的身體根本還算硬朗，但也許，這只能在太平日子裡才算數。

「**六十五歲以上，老人。無特殊專業。三種慢性病：心律不整，高血壓，糖尿病。**嗯哼，感覺我就是被描述成了個老頭兒。」

奶奶一派輕鬆地調侃，她讀出自己手環上的文字，猶若讀著超市豬肉上的包裝字句。

「果然人哪，到了一定年紀，就沒啥利用價值可言了。政府想出這種解法也算聰明——畢竟在非常時期，得用上非常方法。」

奶奶表現得豁達，反倒像安慰她們，讓林鳶與江鯉庭都不知如何接話才好。

「不然，我們偷偷替奶奶調換手環？」

「傻孩子，」自他們離開體育館，在戶外籃球場集合已有段時間了。奶奶微微彎下腰來，開始揉捏她右側的膝蓋；她知道自己年紀大了，早已不適合久站。林鳶趕忙過去扶她。

「我真的老了，而妳還年輕。妳的人生相對我的而言，的確更有價值。」

「可是這不公平。」

「只有在資源充沛的時代，人們才有道德餘裕，去實現公平正義。」

「是妳們吧？少數的那幾個綠色名額，就是讓妳們給佔走了，是吧？」

才正說著話呢，突地就有一隻毛茸茸的大手，搭上江鯉庭的右肩，嚇了她一大跳。在她反應過來前，大手強迫著讓她轉身，江鯉庭失了重心，一個踉蹌，險些跌倒在地。

「喂！你幹什麼?!」

此時江鯉庭仍有些暈眩，但她由聲調裡，聽出了林鳶話裡的憤怒。在江鯉庭站穩腳步後，定睛一看——發現那隻大手的主人，是原先住在她家對門的黃伯。

江鯉庭原先就懼怕黃伯，除了他那張總是紅通通的、五官擺得很離散的國字大臉，還有他那些太常喝醉的時刻，與伴隨酒瘋的大嗓門。黃伯比江鯉庭母親年紀大不了多少，可因為總是喝得過度，於是整個人看來十分滄桑。江鯉庭留意到他的手環，紅色的——一股如野生動物的本能自心底竄了上來，像溫泉深處翻騰而出的熱氣。江鯉庭感到恐懼，直覺地望向母親原本的站位，卻不見她的蹤影。

「妳們兩人都有綠色手環，恰恰好——給我和我女兒一人一個吧。」黃伯說話的口吻聽來十分憤怒。「我不懂，我女兒明明就與妳們同年，憑什麼她只能分配到黃色的區域呢？她是哪點比不上妳們？」

黃伯步步逼進，由他鼻孔裡吐出來的氣息拂向了江鯉庭的臉，遠遠就可嗅出氣息裡的酸味。江鯉庭知道黃伯的女兒，隔了幾班的胖女孩，不論成績或體育都毫不出色，長得也不算好看。少女的小小心思此時仍快速且惡毒地運作——江鯉庭內心仍有些小得意，她至少還小勝了黃伯的女兒。

江鯉庭的思緒在空中飄渺，上一秒她盯著黃伯猙獰的臉，下一秒，血就濺了她滿臉。有個短小精悍的士兵，不知何時默默欺近黃伯的身後，沒有任何警示，也沒有任何提醒，就朝他心臟準確地開了一槍。就僅僅只是一槍，像一聲俯衝往下的犀利鷹叫——原先圍觀著的、虎視眈眈的氣候難民們，全都驚懼地自江鯉庭及林鳶身旁退開。

江鯉庭嚇傻了。持槍的人並沒多說什麼，鋼盔下的細長雙眼，只沉默地拋給了江鯉庭一次注目，那眼神裡並沒有愧疚，也沒有太多安慰。後頭跟著的幾個武裝部隊，迅速將屍體拖出人群；磨過地板的黃伯像一支破敗的毛筆，在籃球場上斷斷續續地，畫出一筆鮮紅色虛線，像紅色手環一樣，給出所有難民警告。人潮向四方散開。沒有人再多說什麼，沒有人再敢對自己的手環，明白表示著不滿。

「將妳臉上的血擦一擦。」

有人將條毛巾拋至江鯉庭臉上——母親不知從哪兒冒了出來。

「真是的，就那樣愣在那兒——真是蠢成了個什麼樣子。」

母親意味深遠地盯住江鯉庭的眼，那眼神裡，有股江鯉庭說不上來的複雜情感：惱怒，不滿，但同時也有母性的關愛。是錯覺嗎？是錯覺吧，江鯉庭沒有自信，也不敢直視母親太久，於是急忙將眼神轉開，將頭給低了下來。

「也許未來，我真的就只能靠妳了。妳畢竟是我人生**僅存的希望**。」

「紅色手環的人，過來！」

武裝部隊開始將難民們分流——紅的一區，黃的一區，綠的一區。江鯉庭注視著眼前這些難民往左往右，這些，即將被迫在紅黃綠區裡生活的人們——像跟隨十字路口紅綠燈的指示，直行，右轉，暫停——警告，危險，危險。

江鯉庭以右手將毛巾扶在臉上，不論如何擦拭，血腥味都揮之不去。她憶起颱風襲擊蕉洱島的那個深夜——那晚強風掀起庭院裡的樹，吹破房裡的玻璃窗，狂風呼嘯過她的耳旁，滂沱大雨打在她臉上；噴濺的雨滴就像黃伯現在的血，像預告著什麼巨大的災難，即將襲來。

當島嶼被海水吞沒的時候——鳥張開了翅膀，魚被浪花捲過，而家，則消逝在暗夜裡。

04

江鯉庭拖著她破舊的行李袋，與所剩不多的家當，走進校舍的一樓大廳。閃著綠光的手環就是她的通行證與鑰匙。大廳燈光亮晃晃的，天花板挑高四層，牆上高高低低地掛滿了江鯉庭看不懂的畫。她原本預期會撞見許多學生，這讓她非常緊張，因為她自知是個無趣的人；若以彩色玻璃珠來比喻少女，江鯉庭就屬最不起眼的那幾顆，只會淪落到大掃除時，被直嚷著背痛到受不了的清潔老嫗——彎腰自櫃子深處，給掃出來。

校舍的女學生們會喜歡她嗎？不論在哪個校園生活，重要的，除了成績要好之外，另一件重要的事，莫過於贏得其他人的讚賞與羨慕。即使在氣候變遷的大環境下，少女們世界的規則，仍是不容許挑戰與改變的。可江鯉庭其實是白緊張了，大廳裡橫橫直直擺的白色皮沙發上頭，竟然一個人都沒有，顯得有些冷清；興許是因為星期日晚上的緣故，學生們都去參加各種活動了。

江鯉庭拉扯著行李，登上通往二樓的旋轉樓梯，腳步笨重地顯得有些勉強，誰教她向來不愛運動？在出發前，江鯉庭問了問母親，會否一起陪她到校舍來安頓？畢竟之後她們就再也不住一起了。母親以一種惋惜、但飽含酸意的口吻說：「哦，我不知道欸。妳現在是得以住在最安全綠區的**上等人**了，我不知道我這種住黃區的中階人種，會否被允許進入？」

真受不了。江鯉庭自母親的話裡嗅出一股酸味。但母親說的也是事實——綠區人可以到紅區與黃區去，但反過來則不行——政府的理由說是方便管理。

「如果我試圖進入，應該會被當成野狗，被武裝部隊驅逐吧？媽媽已經夠可憐了，何必再去受那種羞辱呢？」

母親的表情看來十分委屈，好似江鯉庭能住到綠區去，是她自己的錯一般。

「妳都聰明到可以住進綠區了，一定可以好好照顧自己，對吧？我還指望有一天，妳能照顧我呢。」母親講到最後的神色冷淡，甚至連看都沒看她一眼，說完話後就自顧自地轉身。江鯉庭內心其實很害怕——她原先仍企盼自母親那兒獲得一些安慰，但她不知道該如何向母親表達自己的情緒。母親究竟是無法了解呢，或根本不願了解呢？最後江鯉庭只得把這股期望全嚥回自己肚裡，偽裝出堅強的模樣。

江鯉庭停在一二樓間的樓梯轉角，低頭看了看手腕上的綠色手環。原先上頭的字句已被置換掉，改為她現在的目的地：「**女生校舍：313號房**」。江鯉庭將行李放在地上，四處探探頭，沒見著任何人影，但隱約聽見有人正在牆後悄聲說話；這層樓的房間都以「2」開頭，江鯉庭一面納悶會是哪些少女住在這兒，一面又繼續往上走。

不知林鳶是住在哪一間房——也才分開沒多久，江鯉庭就已想念起林鳶來。垂直農場與附屬學校，位在銀匣山脈的朱漆山頂上，林鳶沒有和她一同搭上政府所派發的接駁車，她說，她得先去紅區，陪她奶奶安頓好，晚上再過來學校。林鳶對於自己的生活，似乎總有十分明確的看法，和林鳶在一起，江鯉庭才能感受到勇氣——由林鳶感染給她的勇氣。也或許能這麼說吧，江鯉庭黏著林鳶，可說是狐假虎威，只要林鳶一不在身旁，江鯉庭就明白感受到自己什麼也不是。

江鯉庭好不容易氣喘吁吁地爬上三樓，發現這樓層比下兩層都大上許多，幾條走廊蜿蜒地在她眼前展開。這該有幾十個房間吧——她頓時傻愣在當場，不知該如何反應。這其實是個多麼簡單的任務，但江鯉庭明白自己並不是個能快速想出解法、適應環境的女孩：數理成績好，不代表她有好的生活能力。江鯉庭不像林鳶，林鳶不論在何種環境都游刃有餘。江鯉庭需要林鳶，可林鳶現在人並不在這兒。

這時有位身材苗條、穿著工字背心與運動短褲的高䠷女孩，像個救世主般，自走廊遠端朝江鯉庭走了過來。女孩戴著耳機，上半身與她頭頂的高馬尾搖頭晃腦著，加上她腳踩球鞋，看來似乎是要去運動。江鯉庭抬起頭，盯住她，幾乎算是渴求了，希望女孩能看她一眼——但女孩比江鯉庭高上許多，視線又朝向前方，於是在她們交錯的時候，幾乎有種從上往下的睥睨感。女孩幾乎像沒意識到江鯉庭的存在，自顧自地晃了過去。

江鯉庭有些遲疑該不該打擾對方，她感到怯懦；但若等著下一人經過，又不知等到何時。江鯉庭轉過身，追上女孩的背影，她鼓起勇氣硬著頭皮，伸長了右手——輕輕自背後拂過女孩的右肩，她的動作是那麼小心翼翼，那麼卑微。女孩觸電般跳了起來，柔順的長馬尾擦過江鯉庭的手臂，她的兩隻大眼睛怒狠狠地圓瞪著江鯉庭。

「妳、想、幹、麼？」

耳機仍塞在女孩的耳殼裡——她根本懶得取下耳機，搭理江鯉庭。江鯉庭有些猶豫，但仍以手指頭指指自己的耳朵——女孩才不情願地將耳機取下，滿臉不耐煩。

女孩有一張精緻的臉孔，皮膚白淨得像在發光。而即使是在校舍裡，她身上輕便的家居服依舊透出高級感，是因為剪裁的緣故吧？或者是因為布料？江鯉庭不是太懂打扮這方面的事，但連她也看得出來，正上下打量著她的女孩，不是與她同一個世界的人。江鯉庭聽見女孩耳機裡的音樂不斷流洩而出。

「請問……妳知道313號房在哪裡嗎？」

「哦！妳是新來的氣候難民，對吧？」

說到「難民」這個字眼時，江鯉庭看見女孩嘴角露出了嗤笑。那種笑容非常隱晦，像迷你的瓢蟲拂過手臂的汗毛，或許連女孩都未曾意識到它的存在。

「在我告訴妳房間在哪裡前，我先告訴妳，公共廁所在哪兒吧：在右手邊數過來，第二條走廊的盡頭。要保持公共廁所的乾淨哦。」

女孩說完這段話，她嘴角的不可一世更明顯了；而江鯉庭則直到今晚就寢後，才會明白此刻女孩正在譏諷什麼。江鯉庭當時仍處於一種顛簸，於是她對心裡的不快不以為意，認為問題不過出在自己——問題總是出在自己。江鯉庭知道自己太敏感了，來到一個新環境，該要試試改掉這種壞習慣，別總想那麼多，她不想初來乍到，就被其他的女孩討厭。

擔心被排擠，是所有少女們最主要的焦慮來源。

「然後，妳以為我們是在哪兒啊？這裡可是有高科技發明的欸，叫電．梯。」

可女孩也沒想要告訴她電梯在哪兒，戴回耳機，一轉頭就走了。

江鯉庭好不容易克服她的窩囊，卻依舊落得一場空。她只好獨自一人走過長長的走廊，她跟著牆上的門牌倒數，一面留意到間雜掛著的幾幀照片。上頭有些風景名勝依舊留存著，比如第一張照片裡，古色古香的紅羅珊寺，與寺廟周圍的神木群，位在札札濟島的最高海拔弓峰上，簡直成為人民對「安全」一詞的精神象徵。但其餘的照片，更多是一些不復存在的景點，比如早在三年前就沒入海底的雙畲湖，以及當初傍湖而建的生態保留區；或是因地層下陷鹽化而崩解的沿海軍埔岩。

大概再過幾個星期，蕉洱島的照片與景致風光，也會出現在這兒了吧。江鯉庭想起家鄉種了滿島的芭蕉樹，想起幾條綿延的大小溪流；最後這一年來，蕉洱島或許也在垂死邊緣苦苦掙扎。來自島外的觀光客數目銳減，連鎖大企業在當地早早就歇了業，逃命般將生意撤出；島上許多住民說要走，但大多數人也不過是說說而已。當他們打聽到札札濟島房地產的價格後，原先信誓旦旦說要逃跑的人，全都噤口不提了。

江鯉庭的母親也同樣屬於這些人之一。當她明白負荷不起搬遷的費用時，她轉過頭來，狠狠地瞪著江鯉庭，反手就給了江鯉庭一個巴掌。江鯉庭忘不了那副表情，忘不了耳光的熱辣，在她沉睡時，還是常常在夢裡看見母親那張油膩的、浮腫的、慢慢下垂的臉。母親教訓完江鯉庭後，似乎出了一口惡氣，跟著重重地對江鯉庭一聲長嘆，責怪她說：「都是因為妳，我才擺脫不了這種人生。」

都是因為我，父親才會離開母親。都是因為我，母親才不快樂。都是因為我，母親才無法存夠錢，早日搬離蕉洱島。都是因為我——母親的人生才無法有更好的發展，她的人生就跟蕉洱島一樣，全部沉入了海底。

都是因為我。所以我這個人，又有什麼在這裡生活下去的資格？

江鯉庭站到了313號房門口，但她內心有種一切是否都搞錯了的不踏實感。她不相信自己有任何價值，她不明白自己為何值得——即使目前她所得到的，也不過是校舍裡的一個床位。

江鯉庭遲疑地站在門口，觀望了好一陣。隔著門板，可以聽見房裡音樂轟隆轟隆作響，有個樂團男中音聲嘶力竭地狂吼著；江鯉庭等到手心冒汗，頭髮黏在後頸上，直至旋律方歇，兩首歌曲間被挖出了個喘息的空檔，她才趕忙舉起手來，重重敲了敲門。

樂聲停了下來。有人拖著重重的腳步聲，向著門口走來。江鯉庭聽見有人轉動門把，忍不住嚥了口口水。門嘎地一聲敞了開來——江鯉庭原以為會見著一位畫著煙燻妝，整個人十分有態度的女孩——但她微微低下頭，吃了一驚，眼前的女孩又嬌小又圓滾滾，塌塌的鼻樑上戴著細金框眼鏡，整個人像隻可憐的小貓，向上仰望著江鯉庭。江鯉庭覺得自己已經夠矮了，沒想到竟還有人比自己更迷你。

二人面面相覷，氣氛有些尷尬。女孩將雙手懷抱胸前，十足的防衛心態——兩人看來都是不擅於社交之人。

「嗨，我的名字是江鯉庭……」

女孩在聽見江鯉庭的名字後，仍未將雙手自胸前解開，依舊一臉警醒。「……江是江水的水，鯉是鯉魚的鯉，庭是庭園的庭。」這讓江鯉庭心慌了一慌，花了根本不必要的時間，解說自己名字。解說完後，她才意識到自己的過分詳細——是在講解課文嗎？一見面自己就這麼不酷，她默默在心底譴責自己的愚蠢。

「我是蕉洱島的氣候難民。相信我是被分配到……與妳同個房間？」

「哦，對！好像有這麼一回事！」

女孩臉上的表情終於鬆懈下來，一臉恍然大悟。

「他們星期五下課前有宣布，說有幾個蕉洱島的氣候難民會被分配到這兒來……我倒是沒料到妳會來得這麼快。」

女孩突地就變得興奮，生人勿近的態度消失了，她側身，禮讓江鯉庭進入門廊裡。她甚至直接伸出手來，就要搶過江鯉庭手裡的行李——江鯉庭趕忙用身軀護著行李，擺擺手，表示拒絕——她開始對女孩突如其來的熱情感到不自在。

「我叫李知鳩。」

李知鳩語氣輕快。她現在快活的態度，還有那雙發亮的眼睛，充分顯現出她的愉悅；江鯉庭應該要高興，但內心卻對她這樣一個新室友，隱約感覺到莫可名狀的詭異。

313號房空間並不大，整體呈現長長窄窄的形狀；兩張上鋪倚著同一面牆，書桌則在床的正下方，還有兩座看來小巧的立式衣櫃。但書桌與木椅上都堆滿了雜物，床梯上散亂地掛著幾條內衣褲，於是江鯉庭根本無從分辨起，究竟哪張是屬於她的床位。

即使在如此狹小的空間裡，李知鳩仍勉強在牆角擺了張長沙發。跟在江鯉庭後頭進門後，她就趕忙撲了上去，隱約有種圈住領地的意味。李知鳩的身高猶如發育不良的小女孩，襯得她頭上頂著的齊耳馬桶蓋頭、與厚重的平眉瀏海更顯誇張，她的側臉與下巴長出了幾顆痘痘，額頭與眉心看來都留下不少痘疤；而且她的臉型嚴格來說，比江鯉庭的臉更不好看，李知鳩的臉，是張有稜有角的國字臉，這算是江鯉庭最討厭的臉型之一。李知鳩現在整個人癱在沙發上，拖鞋沒脫，腿就大剌剌地跨在了扶手上。江鯉庭留意到她的腳踝並不纖細，小腿肚像蘿蔔般粗壯——反倒有些鬆了口氣。

「說真的，我很遺憾妳家發生了那種事。」

「……謝謝妳。」

也許一切不算真的太糟吧？江鯉庭原先還有點擔心，擔心她這個「難民」進入這所時髦又高檔的菁英學校，會顯得太不起眼，特別格格不入。可是眼前這個既短小又粗魯的女孩，李知鳩，看來也和她一樣平凡，也不討人喜歡。江鯉庭暫時就安心了下來——同時心裡也閃過一絲愧疚，愧疚自己竟也有這種惹人厭的心態，暗自批判其他的少女。

「妳要不要先將行李放下？我等等可以帶妳去認識一下環境喲。哦東西先隨便擺著沒關係，我沒料到妳這麼早就住了進來，所以東西都亂七八糟的，來不及收。但我待會兒可以幫妳擦床板及書桌，然後找幾個衣架給妳。妳有帶棉被嗎？沒有也有關係，可以跟舍監領，或者我的花花被子也可以先借給妳。」

房間並不如江鯉庭原本想像中大，既不豪華，也沒有窗，室內的空氣因而有些悶熱。更要緊的是：屋裡並沒有浴室，也沒有廁所。

「所以，如果我們要盥洗的話，得去哪兒呢？」

當江鯉庭提出這個疑惑時，李知鳩立刻羞得滿臉通紅，好似該為這件事負責一樣，連講話也結巴了起來。

「被、被妳發現了。其實這也是沒辦法的事，畢竟好房間數目不多，總得有人住在沒有衛浴設備的房間裡。說實在的，也沒什麼不好，對吧？至少我們就不用排誰得輪流打掃廁所，根本就是不需要打掃……」

「呃，所以究竟是在哪裡？」

江鯉庭不得不打斷她，意外自己竟開始對李知鳩不耐煩。她一直持續有許多複雜的情緒，其中很大一部分是哀悼——哀悼失去的家園，哀悼與母親分開，哀悼自己幾乎是沒有選擇的，被迫展開一段新人生；她的惆悵另外夾雜了焦慮的成分，焦慮自己交不到新朋友，焦慮無法融入新環境。但也許李知鳩的惱人根本就與江鯉庭的心情無關——純粹是因為李知鳩太多話了。

「就妳出了房門後，往右轉，直走，走到底，妳就可以看見指標了。有點遠啦，大概要走個兩分鐘吧？但其實一大早，也不會有太多人去使用。哦哦哦對了……喏，這給妳。」

江鯉庭狐疑地看著硬塞入手裡的紙捲，這禮物與李知鳩的滔滔不絕同個模樣，都有些強迫的意味。

「我說啊，妳也不一定非得收下啦，畢竟我也不過是簡略地畫畫，不算太過精準。哈哈哈。但學校與垂直農場合起來佔地還滿廣的，應該或多或少對妳有些幫助。」

江鯉庭攤開那所謂隨便畫畫的地圖——也許建物並沒按照實際的比例臨摹，但上頭的筆觸倒是一筆一畫都透出了精緻，還以不同的顏色區隔出空間。江鯉庭感到受寵若驚，卻同時有些毛骨悚然：李知鳩為了一個尚未見過的室友，耗費了這麼多心思，除了她真的心腸好以外，也有另一種可能——李知鳩沒有什麼朋友，於是她有很多時間，有很多餘力，拿來討好她根本未曾見過的江鯉庭。

「還是我親自來跟妳解釋一下好了，怕妳自己一個人看不懂：妳是由最南邊的正門進來的，垂直農場其實有五個建築物群，排列得有些像正十字。最中間的主建物呢，就是種植作物處，也擁有最高的樓層數，我記得，大約是八九十層樓吧？課程裡我們會被安排至其中幾層實習，其餘的樓層對我們而言，就不那麼重要。現在這一棟學生校舍是位於西側，女生宿舍在低樓層，男生則在我們上頭。」李知鳩聳了聳肩，「聽說之前還真有過大停電，要是我，我才不想爬那麼多樓梯呢，就交給男生們去操勞就好。倒是有聽說上頭風景比較好，但我也不知道，畢竟我沒被邀上去過。妳知道有些女生，常常趁著舍監不注意，偷偷跑進去嗎？真是太誇張了。」

李知鳩的表情頗為微妙，或許也有些吃不到葡萄的酸味。但她也覺得自己過頭了，趕忙又拉回主題。

「上課的教室則在北側，教師研究中心、老師們的辦公室與宿舍也都在那兒。再來東側較與我們無關，是商辦大樓，中間有些膠囊式公寓出租，給在裡頭上班的白領人士居住。最後南側則有生鮮超市、販賣部，還有開放給一般大眾的觀光區。外圍的建築物群都有連通道，與最中心的垂直農場主建物連結。呼！我大略介紹完啦！這樣搭配地圖，妳應該就不會迷路啦。」

此時後口袋裡的手機震了一下。江鯉庭像得到救贖般，趕忙點開訊息，是林鳶。

「我在301號房。妳在哪？」

「我過去找妳。」

江鯉庭急急忙忙鍵入這幾個字，然後抬起頭，見著李知鳩正殷殷地盯著她瞧。江鯉庭自認為是個和善的人，她從不會刻意去排斥誰；可在今天這短短幾分鐘內，她意識到了自己對李知鳩的反感，及這反感所謂何來——那種似曾相似的絕望感，那種，某些少女讓自己變得像是狗舌頭般，毫不矜持、毫無掩飾地去舔舐這個世界，向周遭所有人隨意撒嬌，乞求他們的關注；像一隻長不大的黃金獵犬，圓睜了雙眼，吐著氣無聲地吶喊：摸摸我，摸摸我，喜歡我──愛我。

這種怨婦感偶爾會出現在少女身上：女人哀怨的對象是男人，但少女們哀怨的對象，則大多向著同類。少女對於同儕認同的渴求，有時像一種以心靈交媾的欲望。這種絕望感就像月經來潮時的腥羶，由江鯉庭的私處傳給李知鳩，然後又傳了回來。江鯉庭像是看見了自己，於是她惱羞成怒，暗自希望李知鳩能暫時離她遠一些。

江鯉庭今日沒吃多少東西，察覺胃底有些許噁心感。她轉開頭，刻意不看向李知鳩的眼睛，說：「謝謝妳這麼仔細。但我現在要去301號房了，找同樣今天搬進來的朋友。」

「哦，可是我原本想說，我有計畫好我們今天可以一起……」

李知鳩原先上身微傾，伸長了右手，像是要擋住江鯉庭的去路，但她表情立馬閃過一絲遲疑，隨即縮回了手。

「等等，妳說301號房？」

「嗯，對啊。怎麼了？」

「沒什麼……」李知鳩嘴上這麼說，但眼神卻帶有某種詭譎感，如探照燈般，一明一滅。

「只不過啊，那是女神的房間。」

05

江鯉庭站在301號房門前，心裡其實是感覺可笑的。女神？認真的嗎？她的右手正停留在空中，遲疑究竟該以怎樣的力道敲門，該以怎樣的態度晉見所謂「女神」時——門突地就打了開來，嚇了她一大跳。一張極具英氣的臉龐出現在江鯉庭眼前——她的眉上短瀏海帶有弧度，臉頰旁的髮尾以電棒微微燙出內捲；頭髮不似林鳶的男生頭那麼短，即肩的鮑伯頭修剪得非常時尚，髮絲有精心呵護過的痕跡，幾根髮夾卻又咬在耳後，緊緊地，像要將靈動的髮線箍死，於是帶有種自我約束的克制感。眉毛是兩葉柳葉，又細又長，眼睛有些丹鳳，眼角往上挑，額頭飽滿且高，這是張挺拔又精緻的臉，這是個清冷又自抑的少女。

「讓——開！」

少女的咬字全然不假辭色，她的眉心不動，倒是不吝對江鯉庭翻了個白眼。江鯉庭默默退開來——她內心並不感到驚訝，這本來就是預期裡，她才應該受到的待遇，她人生的常態——李知鳩那麼客氣地對待她，根本就是不合常理的。

「哦嗨，鯉庭！妳來啦？」

林鳶聽見門口的騷動，簡直像是迫不及待地，自屋裡衝了過來。她來解救我了——江鯉庭察覺內心有一股悸動，像胃裡有蝴蝶飛舞。她順勢衝著林鳶微笑，林鳶到了門口，卻先是轉過臉去，對著女孩的背影揮手說：「拜拜，馬可薇，祝妳準備報告順利啊。」

馬可薇回過頭來，雖沒回以微笑，但至少，她輕輕對林鳶點了點頭。

江鯉庭意識到蝴蝶正在她胃裡死去，屍體迅速地腐敗，轉變為一股酸意。是嫉妒嗎？是嫉妒吧。江鯉庭明知自己不該嫉妒的，這原先就是件再理所當然不過的事。林鳶向來比她受歡迎，比她擅長交朋友，打她們剛認識時就是如此了；但現在，在她們同時面臨一個全新的開始時，江鯉庭悄悄希望自己不要落後太多，她希望自己不要被林鳶給拋下。

林鳶關上門，引領江鯉庭一同朝屋內走。江鯉庭詫異於同屬女生宿舍，房間大小竟也可以差這麼多，如此明目張膽的不公平，不知大人們是怎麼想的。這房間足足比313號房大了四倍有餘，日光挾帶舒爽的涼風，自敞開的窗戶吹拂進來，帶走江鯉庭皮膚上積累的溼潤。房間四個角落各由四張大床所佔據，她們的床並非上下舖，書桌與床隔著有段距離，中間夾有床邊櫃；且每張書桌旁，各擺有一組獨立的書櫃。書櫃內並不全塞滿了教科書，更有一些令江鯉庭羨慕的、專屬於少女的事物：花色的髮帶、流行雜誌、幾條亮晶晶的項鍊，還有幾隻隨意擺趴的絨毛玩偶。

林鳶打開自己的行李，走到屋內一扇隔門前，打了開來。江鯉庭湊了過去，發現她們的浴室，幾乎與313號房一般大，浴室正中央還擺了個巨大的浴缸。林鳶走至浴缸旁，皺著眉頭，嘗試替帶來的盥洗用品找著位置擺放，可惜浴室裡得以收納的地方，幾乎都被其他室友們四落的瓶瓶罐罐給擠滿了，容不下一點空間留給新來的林鳶。

林鳶聳聳肩，只得先將自己的東西擺至地板上，緊貼著浴缸。她相較於我，總歸是個心胸寬大、又大氣的人，才能對這麼多事無所謂吧——江鯉庭站在浴廁門口，注視著林鳶的動作，內心這麼想著。此時林鳶起身，看見江鯉庭正在看她，便對江鯉庭用力眨了眨眼。

「哇。」

林鳶誇張地吹了聲口哨，出聲驚呼。

「我知道。」

「妳的房間如何呢？」

「哦，比妳們這兒小多了。不過幸好我的新室友，李知鳩，是個十分和善的女孩。她說，她會幫忙我許多事，比如認識環境、打掃什麼的，她甚至還替我手繪了一張地圖，而且，我們整間寢室，就只有兩個人住。」

江鯉庭清楚知道自己的可悲——但她並不想獲得林鳶的同情，她不希望林鳶覺得她可憐，更重要的是，她不想承認自己輸了。連江鯉庭也痛恨自己這一點，她自知的老毛病。好似為了她的面子，她無法老實對好朋友承認，說：哦，其實我不喜歡我的新室友，她好像有些太黏人，一副太想討好我、太想讓人對她印象深刻了，這種情況非常惱人。而且我也不喜歡我的新房間，它太狹窄，太陰暗，又不通風；更重要的是，為什麼和妳的房間比起來，它更是顯得那麼糟糕？

可惜江鯉庭從沒膽子將這些話說出口。她安慰自己，是因為她不想讓自己表現得像愛抱怨的婊子；可她心底知道，她其實不過是懦弱，卻又同時虛榮。

「那聽來真的很不錯啊。雖然我今天只先見到了馬可薇這個室友，但感覺，她應該也是個很不錯的人。而且她好用功哦——即使是週日晚上，依舊努力在準備課業。」

就江鯉庭對林鳶多年來的了解，她知道林鳶說的是真心話。她從不刻意偽裝自己，欣不欣賞、或討不討厭一個人，她都可以坦率直白地說出口。所以林鳶給了馬可薇不錯的評價，卻沒有留意到，自江鯉庭見著馬可薇的第一眼起，就非常恐懼她。畢竟她太耀眼了，個性看來又不好親近，江鯉庭有種自慚形穢感；光是站在馬可薇面前，江鯉庭的自卑感就反覆地被激起。可江鯉庭絕不會將這件事說出來的，也絕不會與林鳶爭論這件事，她知道自己的內心戲極多，又忍不住責怪起自己。

林鳶極有效率，她一邊同江鯉庭說話，一邊手頭仍忙著整理自己的行囊。不像江鯉庭，先到的江鯉庭什麼東西都還沒擺出來，什麼東西都沒就定位，可她還不想回到自己房裡，她還不想做正事，也不怎麼想回去面對李知鳩。

江鯉庭逕直在林鳶的床上躺了下來，瞪著天花板，留意到一種屬於少女的天真浪漫：在天花板上的ＬＥＤ燈旁，貼上了幾張一關燈，就會閃閃發亮的星星貼紙，嗯，至少她們也算是有品味的。

「李知鳩說啊，妳們這間是『女神的房間』。女神應該是指馬可薇吧？畢竟她看起來那麼漂亮，那麼亮眼。」

江鯉庭接下來應該要說：「我改天介紹李知鳩給妳認識認識。」但她說不出口——跟林鳶的室友比較起來，江鯉庭的室友真是太端不上檯面了。

「哈哈哈哈。」

林鳶爽朗地大笑，似乎覺得這說法既有趣，又荒謬。林鳶不愧是林鳶，既幽默又放鬆，她忍不住跟著調侃起自己。

「那麼，我又會被怎麼稱呼呢？女神旁的跟班嗎？」

「可能會哦。」

江鯉庭翻過身來，雙手壓在胸脯下，將姿勢改為趴在床鋪上。她注意到林鳶將自己與奶奶的合照，擺上了書桌最醒目的位置，一旁環繞著好幾張蕉洱島的照片。

「我還真不知道，原來妳留下了蕉洱島這麼多景致。」

「嗯嗯，畢竟都是珍貴的回憶啊。」

江鯉庭抽出裡頭的一張合照，是林鳶站在她身後，幫忙她推秋千。這是什麼時候拍的？應該是快要小學畢業的時候吧？我們那時感情多好啊，多單純，多快樂，然後對**彼此是最好的朋友**這件事，內心從不曾有過疑惑。那時的江鯉庭也自信許多，不像現在這樣，常常患得患失的。但江鯉庭不想面對，隱隱約約察覺到她們關係可能有的變化，也無法承認林鳶——甚至是自己——的轉變，於是她只好轉移到林鳶最在意的話題上。

「那妳奶奶現在呢？」

「她啊，說來就讓人既生氣，又擔心。」林鳶停下手頭上的動作，對江鯉庭皺起眉頭，那些還未摺疊的牛仔褲散落在床上。「紅區不只地勢低，連居住的房子看起來都很脆弱。我不知道該怎麼形容，感覺就像……房子都泡過水似的。」

也許是真的泡過水了吧？江鯉庭這麼想，嘴上卻沒有答腔。

「而且妳可以想像嗎？」林鳶的表情十分凝重。「紅區裡頭沒有診所，沒有醫院，甚至連警察局與消防隊都沒有。我可以理解政府必須將公家機構，都遷移到相對安全的高地——但紅區這樣看來，不就相當於被放棄了嗎？聽已經住在那兒好一陣子的居民說，連醫生現在都很少出診至紅區。那那些需要幫助的人們，究竟該怎麼辦才好啊？」

「……我很抱歉。」

江鯉庭除了這句話以外，也不知該多說些什麼才好。所以她該要知足吧？對，她應該要暗自慶幸，也許在這兒開展的新生活，難免會有些許波瀾，但至少她還不老，她不會這麼快就被政府放棄。若就年紀與實用價值來說的話，政府在拋棄她之前，至少會先拋棄她母親吧？

江鯉庭仍沉浸在自己的思緒裡，林鳶倒比她警覺，早幾秒就聽見門把轉動的聲音；她觸電般自地板上跳起，急忙衝至門口，擔心若不搶先一步自我介紹，會讓未來的室友們嚇一大跳。

林鳶打招呼的同時，幾乎在走道上踉蹌了一步，差點跌跤。林鳶突然的冒失吸引了江鯉庭的注意，她跟著自照片海中起身，靠向門口。

「嗨妳好！我是……唉！」

此時順著房門灌入的風，飄進一陣清香。那一刻，江鯉庭就知道自己弄錯了，弄錯關於「女神」這號人物。門口站著一位她目前人生所見過，最漂亮的少女——真有人外表可以如此完美無瑕，就像一尊活生生的洋娃娃——江鯉庭和林鳶怔立在門口，幾乎可說是同時看呆了。

女神微微抬起了高挺的鼻子，輕輕側著頭，像等著有人向她稟報，像等待有人招呼她。相信許多人會不由自主地，想主動親近女神，想成為她的騎士；即使她初見的白皙臉龐上，散滿了疏離冷漠。

「我是林鳶，是妳們的新室友。」

然後江鯉庭留意到了，留意到女神漆黑眼底的那陣盤算，像她迅速在眼睛裡，就與自己下完了一盤棋。女神的嘴角上揚地太快，笑容在臉上築得太滿，像戲班子急急忙忙就在廟口，搭好了一座戲棚。

「哦——妳們就是新來的氣候難民，沒錯吧？」

女神的聲音很甜膩，江鯉庭感覺不出她的攻擊性，不像馬可薇那般氣勢逼人——可江鯉庭依舊是全身起了雞皮疙瘩。也許是江鯉庭多疑了，但若是要譬喻的話，她會認為馬可薇像一把兵器，而女神，則會是一帖毒藥。

「歡迎妳們來啊，我是金幼鸞。」

金幼鸞優雅地伸出右手，打算與林鳶握手。那姿態有點像暹羅貓，將要抓住遠處的一根逗貓棒——可原先活潑大方的林鳶，竟一下就漲紅了臉。金幼鸞的眼神似笑非笑，更加大膽地，鎖死了林鳶的視線，像她正在挑逗一個男人。

可一旁的江鯉庭，又能多說些什麼呢？她的雙眼也同林鳶一般，無法白光彩奪目的金幼鸞身上挪開。

06

江鯉庭大清早走至三樓外的公共陽臺上，這幾天她總是睡得不安穩，早早就醒了過來。清晨山上霧很濃，她嘗試望向蕉洱島的方向，但霧讓她什麼都看不透。高聳的垂直農場建物群外觀是透明的，外側圍繞成一圈，像牽起了彼此的手，面對中心有池迷你的人造湖泊。建物之間種了不少樹木，像是農場外頭林木的延伸，微風一吹，江鯉庭就被窸窸窣窣的聲響給包圍，像有人在她耳旁說悄悄話。

今日江鯉庭上課遲到了。理論上，江鯉庭是不可能會遲到的，因為李知鳩會早早替她自己，也替江鯉庭設定好該出門的鬧鐘；她會像個老媽子般，叨念她們還有幾分鐘，就得出發到教室去了。然後李知鳩出了寢室後，依舊會形影不離地跟在江鯉庭身後，狀似她們早已認識許久，狀似她們是最好的朋友。也才不過幾日，這行為漸漸就讓江鯉庭有些不舒坦，甚至偶爾感覺到噁心；她過去其實也曾做過相同的事，只不過，原先她黏的對象是林鳶，而林鳶現在卻成了金幼鸞與馬可薇那小團體的一分子——的確就像成為女神的跟班了——這讓江鯉庭心裡非常不是滋味。

為了打發掉李知鳩，江鯉庭倒沒盤算出什麼好計策，只好躲到公用廁所裡。李知鳩果真鍥而不捨地追了過來。江鯉庭坐在馬桶蓋上，雙唇緊閉，裝出哼哼哈哈的哀號聲，聽著李知鳩在廁所外反覆踱步：「妳究竟是吃到了什麼？」「還好嗎？」「除了腸胃，妳還有其他地方不舒服嗎？」

江鯉庭還不想搭理她，倒是先雙眼發直，緊盯著廁所門背的那句八卦：「**金幼鸞睡了**XXX」。這話裡的前後兩個人名，字跡都不甚清楚，但畢竟「金幼鸞」這三個字，與主人本人同樣讓人印象深刻，於是江鯉庭倒滿想相信，這描述的確指的是女神。女神不是被人睡，而是睡了誰——女神永遠會在動詞之前——江鯉庭不以為然地一陣冷笑。

江鯉庭不確定這句話值不值得信任，也不確定這句話有沒有意義；她只確定門外的李知鳩真是煩人，那張像自金魚身上偷來的、頻繁開闔的嘴，與緊追不捨的脾氣。江鯉庭在李知鳩問了三句話後，才願意回個一句，她故作虛弱地敷衍著：「嗚嗚嗚，我肚子還是好痛哦。」

「妳還好嗎？要不要我去找人來幫忙？」

李知鳩的語調聽來是真的擔心，可江鯉庭不過也就那樣愧疚了一下下，然後回說：「真的不用了啦。我在以前的高中，也有發生過——醫師說了，是因為學校壓力太大的緣故，一緊張腸胃就容易痙攣。」

這倒是真的。那病叫什麼來著？哦對，大腸激躁症，江鯉庭還為此被送入醫院，吊過點滴；她母親還為此責備她，說她很麻煩，連這樣一點點課業壓力都承受不起。

「妳先走吧，我需要一個人放空一下，真的。妳在這兒，越催促我，我越無法放鬆——肚子就越不舒服。」

江鯉庭也不算說謊，她的確需要一個人喘口氣。於是李知鳩並沒再堅持下去。江鯉庭等到腳步聲遠去，再沒聽見任何聲響，才輕輕打開廁所門。整棟宿舍靜悄悄地，幾乎所有人都到北側的教室去了，沒有人像江鯉庭一樣，此刻還敢在外頭逗留。

江鯉庭背著包沿著長廊緩緩地走。表面上李知鳩表現得像江鯉庭的好姐妹，像江鯉庭的保護者，但事實上，江鯉庭早就看穿了——相較於李知鳩，她其實才是強大的那方，好讓李知鳩不至於淪落到「沒有朋友的女孩」，那最可悲的邊緣人族群。

江鯉庭從樓梯往下走，每一棟建物的二樓，都設計有空橋系統彼此連通。在垂直農場裡，進出任一棟建物都需要掃描手環，好監控人員的出入；江鯉庭將手環靠在門旁的感應器上，推開門，天橋上的風趁隙灌了進來。中心主建物由下往上眺望，看起來像個巨大的圓塔，江鯉庭順行至外側的走廊，玻璃帷幕牆反射了日光與周圍林木，替大樓披上美麗的綠色外衣，外觀上看來極其符合「垂直農場」的意象。

江鯉庭原本應該要往北走，到教室去，但她卻刻意改往反方向。她沒想到不過才來幾天，她就翹了課，母親若是知道後，一定會對她很失望吧。

江鯉庭原先以為，自己有了政府「綠區階級」的加持，她就可以不在意別人喜不喜歡她，不在意自己受不受到歡迎；她以為，自己到了一個新環境，可以擁有一個新的心境，可以重新開始。但當她一進到垂直農場，就發現自己錯了——特別是看見林鳶與自己被分配到的房間、與室友的差異。

這種差異，本質上就是少女間一種地位的差異，一種所處高低的差異；這種差異，雖然大家都佯裝不在意，但其實所有人都看得一清二楚。少女們都知道誰是最受歡迎的，誰是沒有朋友的，知道誰是私下被老師討厭的，誰是所有人都祕密敬仰的女王。可少女們從不會明目張膽的表現出來，她們被教導成一視同仁，她們被教導成「要有淑女樣」，表面上溫柔甜美，行禮如儀。可她們心底都再清楚不過：在任何世界裡，人人都有價，盡可能要跟上等人玩兒，而別跟下等人廝混。

所以少女們直覺上，早已被訓練出一種野生動物的本能：能看清彼此是否屬於同個等級、同等價值。在金幼鸞走回她們寢室的那一刻——江鯉庭立刻就明白自己輸了，誰能不在這麼亮眼的女孩面前，俯首稱臣呢？林鳶那晚後來幾乎是猛繞著金幼鸞打轉了，問東問西的，對她充滿好奇；江鯉庭並不認為林鳶自己有意識到這一點，或即使她意識到了，也全然不以為意。

金幼鸞後頭還跟著她的妹妹，金幼鴻，所以林鳶、金幼鸞、金幼鴻、馬可薇是同一個寢室的，也許號房將來就會成為一個小集團，江鯉庭猜想。與姐姐相較之下，金幼鴻距離感不那麼重——白話說，就是她比較普通——屋裡的林鳶與金幼鸞靠在一起說話，江鯉庭和金幼鴻則被晾在一旁，金幼鴻自袋裡拿出保鮮盒，問江鯉庭願不願意一起分掉她的食物。

「好哇。」

雖說當時已經有點晚了，但江鯉庭的確感到飢餓。早先她趕著上接駁車，母親也沒費心替她準備食物，她只好將就地、以政府發的急難口糧在車上果腹。生理上的飢餓對於少女來說，比靈魂上的飢餓更無殺傷力，卻也同時更容易被彌補。

江鯉庭的視線不停聚焦在與林鳶互動的金幼鸞身上，於是一不小心，她就撕走一塊過大的麵包。金幼鴻留意到了。

「沒關係。」

金幼鴻以一種瞭然於心的眼神望向江鯉庭，似乎在表達「哦沒錯，這已經是常態了——幾乎很少有人能抵抗她的魅力。」金幼鸞則轉過頭來，鄙視地瞪著這麼晚還吃東西的她們，似乎在無聲地給金幼鴻一個警告；但金幼鴻沒有理會她，於是金幼鸞很快又將眼神撤了回去。

「不過說真的……我覺得妳長得比妳姐姐好看。」

「哈哈哈！」

滿口食物的金幼鴻噴出一陣爆笑。江鯉庭意識到，這女孩在拘謹內斂的舉止下，或許其實有一定程度的爽朗。

「不用安慰我，沒關係的。」

「我是說真的。妳姐姐比較豔，妳呢，比較自然耐看啊，所以也比較有親和力。我喜歡妳的眼睛。」

「不過當姐姐和我，同時出現在同一間屋裡時，妳還是會被豔麗的她吸去所有目光吧？每個人都會說比較想與我相處——或許我太普通了，不會讓她們感受到壓力，可實際上，人人內心都想變成她。」

「……好吧，那倒是。」

江鯉庭挖了一大勺冰淇淋蛋糕，她沒問金幼鴻這些食物哪來的，但天哪，這真是太可口了。

「身為她的妹妹啊，」金幼鴻停下湯匙，或許是終究意識到自己必須得克制。「早點承認妳想變成她，卻又不如她，然後早早認輸——會比較容易在這裡生存下去。」

「是妳姐姐嗎？」

「什麼是我姐姐？」

「女神？」

「是哦，然後馬可薇是女王。」

江鯉庭聽見後愣了一愣，這裡怎麼這麼多頭銜？究竟是誰替她們取了這些封號的？金幼鴻手又伸了過去，挖走一塊甜點——她不像她姐姐，依舊抵抗不了食物的誘惑。

「但她們是好朋友吧？所以，誰是……比較有地位的那個？」

「妳猜猜，妳覺得呢？」

金幼鴻一邊舔著湯匙，一邊含糊地嘟噥著。江鯉庭的確還摸不清楚，誰是最有號召力的那個。最有號召力的少女，常常需要同時兼備幾種彼此矛盾的特質：要有野性，但不粗俗；要有點狡猾，但不能虛偽；要長得漂亮，但不能發散得太媚；要會念書，但不能太具侵略性。笑起來要有點甜，兇起來卻得有點萌，玩起來又要有點瘋。最重要的，是可以在大人面前，精準表現出他們想看見的那種完美。江鯉庭只知道絕對不會是她，永遠都不可能會是她——她缺乏那種運籌帷幄，或者說，耍心機的機敏度。

「我不知道，還有些看不出來。」

「過了一段時間，妳就會明白了。如果妳能在這裡生存下去，並待得夠久的話。」

金幼鴻這人倒有點意思，江鯉庭想，活在姐姐陰影下的她，似乎早已摸索出一套生存法則。

江鯉庭已走至南側，她知道這棟大樓離正門最近，主要會開放給一般大眾與外國觀光客；她也記得李知鳩畫給她的地圖上，紀錄了這裡有個大型販賣部。

江鯉庭感應自己的手環，通過旋轉自動門，進入大樓內。連通道口猶若百貨公司般，貼心地立了張樓層指示牌，好告知來參訪的觀光客：一樓是生態教育暨旅遊中心，二至四樓的生鮮超市與餐廳似乎是連在一塊兒的，販賣部位於五樓，六樓則有3D列印中心，至於七樓以上，則註明著「職員宿舍／不對外開放」。

江鯉庭找著手扶梯的位置，往五樓而去；她並沒特別想買什麼，只是還不想進教室。可能是因為平日的緣故，沿路上參訪的人並不多，即使有，也大多來去匆匆；江鯉庭還特別留意了一下這些人手環的顏色，果然，清一色都是綠色的。

販賣部的櫥窗又大又明亮，LED動態燈箱上的跑馬燈介紹：該如何先在販賣部店面訂購物料，然後由3D列印中心客製化打造，比如如何量身訂製一臺專屬的自動駕駛汽車。江鯉庭著迷地看了一會兒，然後慢慢向裡頭晃；最靠近大門口的這區，陳列有許多家電與3C產品，一細讀後，發現上頭註明著由店面下訂單、至3D列印中心生產出產品的時間，比如「全自動洗衣機：三十分鐘」、「手機：五分鐘」，代表現場除了展示品以外，並沒有真正的實品可賣。

江鯉庭在貨架間探頭探腦，她偵查著店裡員工的動向，並四處查探監視器的位置；右側服飾區上頭兩個，玩具區一個，至於真人店員幾乎沒有，她多數時刻只見著幾臺上貨機器人在通道間，來來去去搬送著貨物。

「小姐！妳需要幫忙嗎？」

一個低沉的男聲猛然在江鯉庭身後出現——在她正忙著打量飾品區架上的項鍊時——她太專注在商品上了，於是紮紮實實地被男人嚇了一大跳，原先試探到半路的臂膀，立馬又縮了回來。江鯉庭速速轉過頭來，發現男人站得離她很近，忍不住向後退了一腳，後背重重撞上了貨架。

「哦哦哦小心點。抱歉，我不是故意要嚇到妳的。」

眼前的高壯男人看來約莫三十來歲，他似乎老練地讀出她的不安，於是趕忙退了一步，擺擺手，表達自己並無威脅性。男人有張消瘦黝黑的臉，鼻頭又尖又挺，利刃似的、從小山般高底起伏的臉上刺了出來。當他說話的時候，右側的嘴角如同被拉起的魚鉤，由側臉的肌肉挑了起來，露出部分潔白的牙；那牙齒太白太亮了，擺在男人的臉上，反倒有種刺目感。男人面對江鯉庭，幾乎是勉強似的擠出了微笑，像是意圖說服江鯉庭：他是可以信任的。可男人的眼眸裡並無笑意，他眼角雙側理論上該隨笑容而產生擠壓的區域，只是鎮靜地平靜一片。

「妳的手環也是綠色的，但我以前沒看過妳。妳是新來的嗎？」

男人的眼神從未自江鯉庭臉上移開。他盯著江鯉庭，像在拉勾，收線，蓄勢待發，而江鯉庭是尼龍繩尾端的魚。他像正謹慎地評估：在此時此刻出現在此地的江鯉庭，究竟是屬於哪種女孩？在江鯉庭過往的人生裡，從未被一個成年男子凝視這麼久，這麼深，事實上，她從未受到異性的如此注目，於是整個人一慌，心臟就像故障的節拍器滴答滴答，亂跳了好幾拍。

鎮定，鎮定。江鯉庭逼自己想起金幼鸞的臉，那種高級又精緻的顏，才是正常成年男性會喜歡的少女，而不會是她這種醜陋的模樣。江鯉庭成功馴服了自己的心臟，慢慢地，也幾乎算是可悲的——將它的韁繩收緊，拉回自己的手心裡；江鯉庭成功阻止體內血管裡的緋紅，翻騰浮漾至雙頰上，像金幼鸞成為她此刻的護身符。

「我剛剛才搬到宿舍裡。」

「職員宿舍嗎？」

「不，學生宿舍。」

江鯉庭隱約感覺這話裡有種故弄玄虛的意味。雖說他們不需穿制服，但她懷疑，男人怎麼可能嗅不出剛過十七歲的她，身上全然無法遮掩的青澀學生味呢？

「恭喜妳啊！原來妳也是他們之中的一分子了——那些資優的學生們，幾乎都會是國家未來的棟樑！」

聽在江鯉庭耳裡，男人這話裡似乎有種挖苦的酸味。但江鯉庭讀他的表情，卻又無法真的看出所以然來。眼前的男人讓江鯉庭有些迷惑。

「呃……謝謝？」

「我是這兒販賣部的經理，王二董。妳叫什麼名字呢？」

王二董一面這樣問，一面伸出他粗壯的右手。江鯉庭猶豫了好一陣，但王二董這舉動似乎算是頗尊重她，將她視為大人——於是江鯉庭並沒考慮太久，伸出手來與王二董用力地握了握，她感覺王二董似乎順勢捏了捏她的手心。

「我叫江鯉庭……是蕉洱島的氣候難民。」

「發生了這種事，我也覺得遺憾。我還頗喜歡島上的綠墓古蹟呢。」

王二董談起蕉洱島時，似乎對它並不陌生；江鯉庭側著頭，覺得有些又驚又喜。

「哦，我以前是烘島的居民呢。感同深受，於是關心國內所有珊瑚礁離島的狀況。」

王二董讀出她臉上的疑惑，主動抛出了解答。烘島是全國第一個被淹沒的珊瑚礁島嶼。江鯉庭當時雖然年幼，倒也還記得那時新聞鬧得沸沸揚揚的，大多數人在吵難民的安置，或者是濱危地區的紓困補助；所有氣候學家的警告，在那刻過後變得再真實不過了，幾乎所有人都開始對海平面上升這件事焦慮不已。

所以算了算時間，這男人待在這兒，也有好一陣子了吧？他是否有什麼特殊的本事，才得以如此長久地留在此地呢？江鯉庭對王二董生出了一份好奇心，或許他能給她一些建議，指引她該如何適應此地的生活。

「好吧，我現在必須要誠實告訴妳——大門正上方其實有個感應器，一走進來時，妳的手環就被掃描過了。而所有進入者的資料，都會立即被上傳至主機，還有我手上的平板電腦裡；所以我剛剛那些問題，不過都是在驗證妳，有沒有對我誠實罷了。」

江鯉庭感覺自己被甩了一巴掌。她只知道手環是通行證，同時也可當成人員出入的管制，但沒料到自己的行蹤，也會被默默紀錄下來。

「沒有人告訴過妳這件事，對吧？我們的手環監測了生命徵象、飲食，還有去過的地方，這些數據全部會上傳至政府的健康雲（Personal Health Cloud）。醫療資料全都集中在這兒，提供公家機關人員需要的時候，可以分析調閱。」

「分析？為什麼？」

江鯉庭只有被告知，進入男女生校舍後，可以將手環取下來，獲得短暫的喘息；但其他時刻都得戴著，證明自己是符合綠區資格的居民。江鯉庭一開始對這件事其實是得意的，她將手環視為一種戰利品，是她人生裡難得的榮光時刻。

「手環收集了妳的心律、呼吸速率、血糖值、脂肪肌肉的組成比例等等，或者會提醒妳是否進入疫區，有無需要施打特殊疫苗。不夠健康的人，也是沒資格留在綠區的——若是之後又有哪個離島消失了，又有新一批氣候難民產生時——這些被分析出不夠健康的人，又會再度被分配至黃紅區裡。之前有學生為了抗議，跳樓自殺了，所以規定有稍稍放寬了些，讓你們得以在校舍裡，獲得片刻的自由。」

「說到學生自殺——」王二董注視著手頭上的平板電腦，眉頭皺了起來，螢幕上頭跳出個警示視窗，不停地閃著紅燈。「監測你們的蹤跡，某方面也是同時為了評估心理狀態、與行事衝動的程度。所以妳現在翹課，沒待在該待的教室裡這件事——班代與導師，應該早早就收到警訊了。我想，妳還是早點過去教室的好，當個守規矩的乖學生，總是比較安全的。」

江鯉庭大受打擊，她沒料到後果如此嚴重，更沒料到的是，幾乎任何一個微小的所作所為，都可能影響到她的整體評分，將她自綠區驅逐。她急急忙忙轉身，差點就迎面撞上了站在通道口，一臺正在打掃展示臺的清潔機器人。

「等一等！」

王二董猛地對著江鯉庭奔跑的背影大吼，嚇了她一大跳。她踉蹌地止住腳步，但只側了側身子，沒有回頭，納悶他想要幹什麼。

「這裡相較於我們消失的島，有安全，但沒有自由可言。若是有需要，妳還是可以來找我聊聊。」

江鯉庭覺得感激，但同時有些愧疚。王二董並不真正明白，她今早來販賣部閒晃的目的——江鯉庭決定繼續保有這個祕密。

07

江鯉庭搭上電梯，抵達北側七樓。她著急地衝到教室後門，探頭探腦地向裡頭窺探。

教室頗大，長成一個半橢圓形的模樣；江鯉庭倒沒想到今天這堂課上會如此多人，似乎是許多班併在了一起上課，因為她見著了好幾張平常沒看過的臉孔。江鯉庭藏在門框後頭評估了半天，也無法確定究竟哪裡有空位。萬不得已，她只好直接蹲低身子，竄至教室最末排，對著坐在長椅尾端的男孩低語道：**坐進去點**。男孩不滿地嘟噥了一聲，即使不情願，他依舊照著江鯉庭的意思，挪了挪他的屁股。

長椅上原先就坐滿了人，跟著同排其他人也被迫調整了下座位，於是短暫引起一陣小小的騷動。正坐在教室最前頭的馬可薇，理應不受這擾動所影響——她卻直覺性地回過頭來，銳利的眼神在江鯉庭四周掃射，就像老鷹一般。江鯉庭前頭坐了個梳兩條麻花辮的女孩——見著了馬可薇的眼神，輕輕對她點了點頭，以手勢對她通風報信。馬可薇終於確認了誰是始作俑者，她用那雙清冷的長眼，惡狠狠地瞪了瞪江鯉庭。

江鯉庭並沒把這事放在心上，當下，她的注意力全被講臺上的人給吸走了——那個同樣散發著萬丈光芒的男孩，就像是異性版本的金幼鸞。他的空氣瀏海留得有些長，因此眉毛被遮住了大半，兩側頭髮則理得有些短。皮膚猶如少女般白皙，白裡又透著紅發著光；身材並不算魁梧，特別是他穿了件過分貼身的尼龍長褲，於是下身看來十分單薄。但他的笑容十分好看，一雙桃花眼並不大，但細長得像隻貓，眼尾上揚，瞳仁裡黑白不算太分明，但笑起來時，眼睛會瞇成彎彎的月牙。江鯉庭想，他的睫毛看來是不是都比自己的長了——即使男孩並非衝著她笑，她依舊會被笑得臉紅心跳。

男孩站在臺上，正在講解似乎是老師點到讓他回答的問題。江鯉庭花痴一般，只顧著盯住他豐潤的嘴唇開闔，像即將被品嘗的扇貝。

「很好金長鴿。我們今天就先到這兒，大家下課吧。」

江鯉庭在教室裡並沒坐多久，代表今天她在南側販賣部的確耽擱了不少時間。而此時她也才意識到，自己的麻煩究竟長成什麼模樣。馬可薇正迅速地收拾好自己的物品，由教室最前頭怒氣沖沖地走了過來；金幼鸞悠悠地跟在她後頭，淡藍色的蕾絲裙擺隨著步伐搖曳，林鳶則落在最後面，隔了前頭二人一小段距離。

「喂，妳，新來的！今天為什麼這麼晚進教室？上課時間跑去販賣部，是去做什麼了？」

馬可薇站得離江鯉庭太近了，近到江鯉庭可以聞見對方身上淡淡的柔軟精香氛；她必須逼迫自己鼓足勇氣，才能克制住不要從馬可薇面前逃跑。馬可薇實際上也算個非常漂亮的女生——至少與江鯉庭自己相較，馬可薇的美貌很足以拿來說嘴。但只要金幼鸞站在任何人附近，瞬間都變得那麼不值一哂。金幼鸞站得離她們有一小段距離，正漫不經心地以手指捲著自己的長捲髮。她的身高足足高出馬可薇一個頭，於是視線輕而易舉地就越過了肩頭，仙氣逼人的臉龐若有所思，恍若不與江鯉庭存在同個時空裡。

「我……」

江鯉庭答不上話來。王二董上午說的話震撼了她，她突然意識到，畢竟她仍是個外來者，垂直農場與學校裡有許多明著暗著的規矩，她依舊是不夠清楚；再加上此刻，馬可薇已經知道她去過販賣部，這暗示了馬可薇是班代——江鯉庭不禁更怕她了。

原本落後的林鳶此刻已走至她們三人身旁，站在金幼鸞身後；可她彷佛置身事外，沒有想加入討論的意圖。雖說幫江鯉庭說話、或者救場，都不是她的責任，但至少她可以圓滑地介紹說：江鯉庭是她在老家蕉洱島的朋友。賣一下林鳶這新室友的人情，對馬可薇來說，也不為過吧？

「妳知道，上課遲到或翹課，都會被扣分的。」馬可薇表情嚴厲，她說話的語速極快，於是聽起來像在微微喘息。「而且不光是扣妳個人的分數，妳的小組也會被牽連。」

如果是在以前，這種時候林鳶會為她出頭的；她會站到江鯉庭面前，代替她向馬可薇解釋。可她今天卻默不吭聲——江鯉庭的視線從馬可薇身上跳至金幼鸞，再游離至林鳶——林鳶的眼光避開她，猶如一隻蝴蝶安靜地停歇在金幼鸞的左肩上。是因為馬可薇的緣故嗎？還是因為金幼鸞？江鯉庭搞不清楚，搞不清楚為何林鳶不似以往，刻意在這些女孩面前表現得如此低調？

「她今天早上不大舒服，所以遲進教室了。對吧，庭庭？妳現在身體有好些了嗎？」

李知鳩不知自何處冒了出來，急急地替江鯉庭說話，原來現在連李知鳩都開始喊她庭庭了。理論上，江鯉庭該為李知鳩趕忙替她出頭的這個舉措，而感到感動，但當她注視著李知鳩那張不夠討喜的臉——李知鳩現在正仰著臉，這使她面上所有的蛛絲馬跡，都讓江鯉庭瞧得一清二楚：那雙下垂的八字眉，額頭上新舊雜陳冒出來的痘子，嘴唇上生長得太茂盛的汗毛。然後江鯉庭留意到馬可薇的表情——幾乎就在李知鳩插嘴的瞬間，就由只是不耐煩，轉變為不屑。

江鯉庭立刻就讀明白了馬可薇的那種神情，那種「哦，原來妳們是朋友啊。」「原來妳們是同一類人。」的表情。

根本上，這種事不能算成李知鳩該背的鍋。少女們總是彼此評分、論斷別人，再藉著自己能與怎樣分數的人混在一起，以此為憑據，認識自己。少女們的閨蜜就像一面鏡子，是一張評量表，反映她們自身的價值。於是少女們的友誼，大多是有階級的：金幼鸞與馬可薇毫無疑問的，處於金字塔的頂端，而李知鳩也許是先天不力，受矚目的程度就是這麼邊緣。至於初來乍到的江鯉庭，她的分數則還是個未決的問號——所有人都在觀察她，打量她，嗯，她長得不是太好看，但她很有料嗎？她有趣嗎？她很聰明嗎？她的成績很好嗎？她能交到怎樣等級的朋友呢？

對於十分擔心自己會落單的江鯉庭來說，這幾乎是一個攸關生死的關卡。而她開局不利，竟一開始就抽到李知鳩這個室友；於是她早已暗自決定，在公眾場合，至少得盡量切割李知鳩。她不想被李知鳩利用，先被冠上一個「李知鳩閨蜜」的頭銜，否則，之後就有很大的可能性，會讓自己在學校不好過。

「不，我騙妳的，知鳩。我不過想暫時擁有自己的獨處時間罷了。」

江鯉庭就像被馬可薇傳染般，在大家面前，立馬就對李知鳩視如敝屣；這種見風使舵的本事，幾乎可算是鑲嵌在少女們體內的本能。

李知鳩臉唰的一聲變得蒼白，然後一會兒又脹得如豬肝般，眼角的眼淚就快衝出來。

「為什麼要騙我呢？我今早真的很擔心！」

「抱歉了，因為妳有些黏人。」

一旁圍觀的學生頗多，有人忍不住，噗哧一聲笑了出來，些許是沒料到江鯉庭這麼直白。江鯉庭倒覺得自己還頗委婉了，她心底就仍期望自己是不殘忍的，她對自我的角色設定，依舊是個甜美、好相處的乖女孩。

江鯉庭將目光射向了林鳶，那目光裡帶有咄咄逼人的意味。雖說江鯉庭的內心仍舊有著膽怯，但她如此直率地闡明想法，林鳶終究是不得不看向江鯉庭，被迫看向這場戰局，眼裡滿是詫異。另一個因為江鯉庭那句「**太黏人**」而被吸引來注意力的，還有一直在旁冷淡看戲的金幼鸞。

金幼鸞不說話，逕直地越過站在她面前的馬可薇，走近江鯉庭，斜睨了她好幾眼。江鯉庭倒不敢明目張膽直視金幼鸞，只好側了側自己的視線，盯住金幼鸞小小耳垂上，穿出的那個耳釘——但她並沒有錯過金幼鸞不自覺流露出來的，那抹不懷好意的笑容。

「我們在妳搬進校舍的第一天，有見過面，對吧？妳穿了件寬鬆的深紫色運動上衣，搭配運動長褲？」

「對的？」

江鯉庭不知道哪件事讓人比較驚訝——是金幼鸞對她這個人有印象，或者是金幼鸞甚至記住了那天她的穿著。

「那，妳還記得我的名字嗎？」

金幼鸞甜滋滋地這麼問話。她的嗓音如蛇蠍般誘惑，卻在「嗎」那個字上，又帶了利用鼻腔撒嬌的童音，讓她整句話語調絲緞般往上拉扯。江鯉庭看入金幼鸞那雙懾人心弦的眼眸，搞不清對方究竟想幹什麼——同時她眼睛餘光也留意到了林鳶，林鳶正使勁嚥了口口水。

「記得啊……妳叫金幼鸞。」

「妳是林鳶的老朋友了，沒錯吧？」

「是的。」

「妳跟她滿要好的吧？她這幾天，都有跟我談論到妳。」

江鯉庭聽見這個問題，停頓了一下，有些不知道該怎麼回答。這個問題在這種時刻，似乎有些尷尬——江鯉庭探詢地看往林鳶的位置——林鳶這次倒沒有迴避她的目光，對她迅速地眨了一下眼，但在兩人短暫對視了一下後，林鳶就垂下了眼簾。

沒關係，至少江鯉庭似乎明白了林鳶的訊息。

「我們以前……真的還滿要好的，我說在來這兒之前，在蕉洱島上。現在被分配到不同寢室，可能就沒太多時間，可以繼續相處在一起了。」

「所以我說嘛，」金幼鸞一邊說著，一邊輕盈地晃動手，探出身子，牽起了江鯉庭空著的右手，像在邀請她一同來跳支舞。

「妳就搬過來，跟我們住同一間房吧。」

這話聽來並不像命令，但金幼鸞的語氣，卻又好似不讓人有拒絕的空間。江鯉庭愣了一愣，不明白金幼鸞正玩著何種把戲。她注意到馬可薇翻了個大白眼，看來並不認同金幼鸞的提議，卻也沒出聲表示異議；而林鳶看來則滿臉驚喜，但那開心程度有些過分了，好像是刻意演出來的。

「真的嗎？我可以嗎？」

江鯉庭需要很努力、很努力，才得以壓抑住聲音裡難以掩飾的亢奮。金幼鸞一面繼續說，一面輕輕搖著江鯉庭被牽住的手，像她們是一同長大的小女孩，像她們是最要好的閨蜜。

「當然可以啊，這不過是件小事。」

最後這句話，金幼鸞不是對著江鯉庭說的，而是笑盈盈地轉過頭去，面對著林鳶說。然後她迅速鬆開江鯉庭的手，轉過身，就打算往教室門口走去。在她向前踏出幾步後，好似又想起了什麼，愉悅又高傲地拋下了一句：「不客氣哦。」然後銀鈴般笑了起來，聲音在桌子與桌子間噹噹作響。

這句話的確是對著江鯉庭說的，可江鯉庭並沒有道謝。她需要道謝嗎？應該要道謝嗎？整件事就好似是一種施捨——一種江鯉庭並沒有問，沒有要，卻也無法拒絕的施捨。

林鳶離開前，在確認金幼鸞沒看見她時——她回過頭來，對著江鯉庭用力地點了點頭，嘴角上揚了一下，但又很快轉了回去，像擔心自己被逮著。江鯉庭知道少女們最愛與彼此玩遊戲，只是她沒有預料到——林鳶也許可以將這個遊戲玩得很好，在她、或是她們需要的時候。

「下次不要再遲到了。我不是真的想管妳——而是替與妳同組的那些同學發聲。妳不是真想給人留下壞印象吧？讓人認為妳是團隊裡的老鼠屎？」

馬可薇看來沒有想就她差點翹了課這件事，再多追究些什麼；可能在這種景況下，她也不知該如何開口，畢竟江鯉庭莫名其妙地，即將成為她的新室友。於是馬可薇也有些挫敗地摸摸鼻子，跟在金幼鸞後頭走了。

「恭喜妳啊。」算是被當眾難堪的李知鳩，在備受矚目的少女們都離去了之後，仍忍不住跑來酸了兩句。「不知道妳有什麼大優點，竟被女神跟她的夥伴們看上了呢。」

「妳怎麼這麼說話呢？」江鯉庭跟著拔尖了嗓子，故意字正腔圓地反問。「我又還沒有確定地答應她，一定會搬去她們房間。」

「真的嗎？妳不想過去嗎？」

李知鳩一聽江鯉庭這樣說，整張臉龐又亮了起來；她剛剛才被推下絕望的谷底，在江鯉庭又若有似無地釋出一絲希望給她後，就情不自禁的見獵心喜。所以說，這是為什麼李知鳩不討人喜歡的原因——她太渴望，又太直白，於是一探，就被探出真實心意，同時也被探出了弱點。少女要面對的，從來不是拳頭和刀子，而是友誼與身體語言，是彼此心意的反反覆覆。在少女的世界裡，友誼是一種武器——建立和破壞，都可以拿來彼此攻擊。

「我當然想過去啊。只是故意在妳面前，賣個關子而已。」

江鯉庭赫然發現，自己還未淪落到食物鏈的最底層，還可以拿李知鳩來練練手。也許江鯉庭自己也有玩這種遊戲的潛質；她還不確定自己會否喜歡，但她確定，自己也是跟著下了遊戲場了。

08

當一個少女獨處時，那往往是她最真實的狀態。她不需要顧慮其他人看法，不需要擔憂其他人對她尚未生長完全的自尊，指手指腳。落單的少女容易感覺寂寞，但那往往卻是她最能看透自己、最自由獨立的時刻。

當兩個少女親密地成為「我們」時，那是她們彼此最平衡的狀態。她們眼中只有彼此，得以好好陪伴彼此，不受其他人事物所干擾；她們能很直率地付出愛，並感受到對方所給予的愛。

當三位少女成群結黨時，事情就變得複雜了。三是一個最容易讓少女吃醋的數字，總是有那麼一個多餘的、又不小心容易讓人忽視的存在。三等於二加一，沒人想當那個一，那個最容易被排擠的一，卻往往有人會淪落成為那個一。知道小團體祕密的人，最好的數目是二：妳，和對方。祕密說了太多次，容易讓人感覺厭煩，也增加了祕密被洩露的風險。

當四個少女同在一塊兒時，就像蟒蛇孵了一窩蛋；無人知道心懷鬼胎的小蛇們，何時會破殼而出，於是事情總是變得有趣，甚至可稱得上不受控。少女們總是二加二，而她們總會錯認為，誰和誰特別要好是固定的，是鐵打般事實。然則現實中並不是——那個二是流動的，是虛浮的，那個二，在四人小團體中瞬息萬變，沒有人是永遠忠誠的。她們總是錯以為，其他人並不會像自己如此不忠誠，但不忠誠其實是人性的通病。在某些年紀，少女的友誼幾乎難以持續——因為她們總是習慣性看不起自己，不信任自己，卻同時又對其他少女，抱持有太高的期望。

而江鯉庭自此就加入了一個奇妙的世界。「恭喜妳加入了『女神的幫派』。」金幼鴻是這麼描述的。

江鯉庭並非沒有造成任何傷害地，就搬進了林鳶的房間。不是的，那種讓大家都能得償所願，很明顯不是金幼鸞慣有的行事風格：她並不是要求在301號房裡多加一張床，她並不是讓江鯉庭分走她們原有的空間，她是讓自己的妹妹，金幼鴻，被迫更換房間。

在她們講定要對調房間的那天，金幼鴻竟一大早就帶著自己東西過來了——整整比她與江鯉庭說好的時間提早了兩個多小時。這讓江鯉庭感到很尷尬，雖說她的個人物品並不多，但就是因為如此，她才沒太急著打包。金幼鴻將所有家當暫時堆放在313號房門口外後，人就走了進來，坐到了江鯉庭的椅子上，看著江鯉庭忙著收拾。

金幼鴻就只是坐在那兒，看著，也沒說要幫忙。倒也幸好她不說要幫忙，否則江鯉庭更感到難為情。李知鳩在金幼鴻出現在房門口敲門時，就藉口溜出去了，她說，不想待在這個滿是髒東西的空間裡，於是房裡只剩下江鯉庭與金幼鴻兩人，在沉默裡載浮載沉。

房間裡太安靜，又太冷靜了。原先江鯉庭預想過這場景——她以為金幼鴻會大肆朝著江鯉庭發脾氣，或大哭大鬧，但這種浮誇的情緒張力絲毫未發生——金幼鴻只是將雙手枕在自己腦袋瓜下，身體幾乎要癱到了椅子上，那姿態有種輕鬆寫意感，或甚至可以說，她幾乎整個人是愉悅的。

「妳知道嗎，有時候，我還真是佩服我姐姐。她就像擁有某種不可思議的魔力，能讓周遭的人都服服貼貼的；好似這些人的背後，有條見不著的線，而我姐姐就是操偶師。她在她的生活裡啊，總是在忙著拉繩子：她以她人格的魅力，她的美貌，這兒拉一下，那兒扯一下，於是幾乎所有人都會按照她的期望，到達她希望他們去的地方。」

金幼鴻整個人像是有點嗨，大氣不喘地一口氣飆說完這段話；在她說話的同時，雙手輕盈地在身前飛舞，像指揮著一支江鯉庭見不著的交響樂團。

「她所到之處，總能揚起一股旋風。可當妳在她身旁待久了，就會看清楚——在她所製造的華麗風暴過後，除了滿目瘡痍，什麼都不會留下。在那風暴裡頭，在那風暴過後——其實什麼都沒有。」

金幼鴻搖搖頭。江鯉庭有點不知道該如何接話，只好將手上的同一條毛巾，折了又折。**可是我還是很羨慕她。**江鯉庭將這句話嚥了回去，現在並不是誠實告訴金幼鴻心裡話的好時機。

「對了，我說，妳和林鳶真的很好吧？」

「是啊。」

金幼鴻語帶曖昧，欲言又止，她的雙眼眨巴眨巴地放著光亮。金幼鴻的眼睛裡其實也有些她姐姐的影子，可她或許為了明哲保身，將這件事隱藏得極好。

「妳應該告訴她，不要對我姐姐有太高的期待。」

「為什麼？」

「也許當妳搬過去，看看她們之間的互動，就會明白了。」

「她太舔妳姐姐那雙修長的狗腿了嗎？」

李知鳩悄然無息地回到了房門口，她對金幼鴻解釋道，她是忘了帶東西出門；但江鯉庭想不出她缺了什麼，她或許只是想來偷聽她們說話。李知鳩倒是完全沒正眼看向江鯉庭，看來也只願意跟金幼鴻對話。

金幼鴻此時輕輕笑了起來。當她姐姐不在場時，她話就多了起來，講話也直白犀利的多。

「那其實也很正常。我就問妳啊——如果今天是妳，妳也不是會很開心地，就換去了301號房，睡了我的床，不是嗎？」

江鯉庭從正在收拾的雜物裡抬起頭，注視著當李知鳩默默承認時，金幼鴻那張燦放的笑顏。她恍然理解到，金幼鴻其實有許多興災樂禍的成分在；自此往後，金幼鴻就得以成為旁觀者了，而將換成江鯉庭本人，得在金幼鸞的風暴中心生活。

於是江鯉庭帶著期待卻又不失顫慄的心，搬進了301號房。她以為生活會變得極度戲劇化，以為會見著另一種世界——豐富的、吵嚷的、多采多姿的。但事實上，卻完全不是這麼一回事——江鯉庭倒以為自己是不是搬入了一座軍營。

馬可薇的鬧鐘是全寢第一個響的。雖說她在鬧鐘一響之後，立馬就起身按掉，但因為江鯉庭才剛從小床換到了大床，仍有些睡不習慣；淺眠的她立刻自睡夢中驚醒過來，看了看窗外，天灰濛濛的還未全亮，床頭自己擺著的鬧鐘指著五點三十。馬可薇漱洗完畢，套上運動鞋，悄悄地開了門，一個人就出門去了。

第二次吵醒江鯉庭的鬧鐘是六點整響起的，起身的人是金幼鸞；她倒是沒有離開床舖，而是坐在自己棉被上，小聲地不知在進行何種神祕的儀式。江鯉庭再也無法入睡，忍不住坐了起來，藉著晨光，看見金幼鸞正努力將一條腿，拉過自己的頭頂，然後她的臉白成一片——這畫面說實在有些獵奇，更有些滑稽。

「妳可以繼續躺回去睡啊，反正，妳早晚會習慣的。」

金幼鸞的嗓音裡仍帶有著睡意，於是讓她的聲音顯得沙啞。

「妳在幹什麼呢？」

「練瑜珈，敷面膜。」

金幼鸞一面說，一面將高舉的那條腿放下來，換成另一邊。林蔦此刻依舊睡得很熟，一動也沒動。

「順便告訴妳，馬可薇是晨跑去了，大概六點半才會回來。六點半到七點之間，我跟她會輪流盥洗，反正妳也不會那麼早起，對吧？所以妳就繼續睡，要七點過後，廁所才會輪到妳們。」

江鯉庭聽話地躺平，但思緒千絲萬縷。馬可薇昨晚去了樓上的自習室，到江鯉庭就寢前，她都還未歸來；金幼鸞的鍛鍊時間則是在晚上吃過晚飯後，而她入睡前，還有另一套在床上施展的健美伸展操。江鯉庭訝異於這兩位少女的自律程度，相較起來，林鳶與她反而是相對隨性的那一種人。

江鯉庭後來還是睡著了，再次醒來時已經七點半，這次總算是被自己設的鬧鐘給喚醒的。她環顧四周，寢室裡竟沒半個人，只有廁所裡傳來嘩啦啦的流水聲。

江鯉庭爬下床鋪。她的床位其實離浴室最近，理論上，她只要坐著等待就好，但此刻她卻對金幼鸞及馬可薇二人，生出了極大的好奇心。她先是走向馬可薇的書桌，馬可薇的書多到書櫃塞不下，有幾本還隨意地散到了床上；書桌前整齊地貼滿了便條紙，寫滿密密麻麻的讀書進度，還有小考時程。江鯉庭猛地就嚇了一大跳——不知是因為親眼見到小考日期過於密集驚人，或是才自廁所裡走出來的林鳶，突然就喊了她那麼一下。

「廁所可以用了。」

正窺伺別人書桌的江鯉庭趕忙轉過頭來，偽裝成什麼事都沒發生，由窗邊緩緩地踱步過來。

「她們兩個這麼早，去哪裡了？」

「馬可薇又去自習室讀書啦。」林鳶似乎早已見怪不怪，正隨意地挖取乳液抹至臉上。「金幼鸞則是說，她跟人有個早餐約會。」

「哦，這麼……」

江鯉庭語塞，覺得將「認真」與「熱門」放在同一個句子裡，好同時稱讚兩位截然不同的女孩，是件頗繞口的事；但幸好她不用明說，林鳶就懂了她的意思。

「沒辦法啊，一個是班代兼永遠的第一名，一個是美豔動人的社交名媛。」

江鯉庭原先以為林鳶在說笑，但後來發現，她其實再認真不過了——她很認真地在陳述，一個她認為再公認不過的事實。

「馬可薇幾乎每次大考小考都能拿第一名，所以幾乎無時無刻都在念書。她爸爸聽說在東側商辦大樓工作，開了間複合式診所，是位頗有名氣的開業醫師；而她媽媽則是附屬學校的校長呢，雖然我們都還未曾見過她本人。所以妳可以想像，她身上背負著多大的壓力——光單純這樣想像，就會讓我不寒而慄。」

「那金幼鸞呢？」

江鯉庭無法遮掩她內心的好奇，她想多瞭解她們兩人多一些，畢竟她們與她，根本不像是同個世界的人。她們看來都到了另一種境界——一種江鯉庭知道自己此生，或許無法攀登而至的境界——於是，她可以說對她們這種巨大的差異上了癮。金幼鸞與馬可薇，都擁有一個讓人羨慕的形象，而在這形象的背後，她們似乎都為此付出了極大的努力。或許可以這麼說吧：學校是她們發光發熱的舞台，而女生校舍是她們的後臺，不，更像是一個神壇，一個專屬於女神的、幾近是私密的神壇，女神在這兒準備她們的祕密工作，女神在這兒準備變身，準備由凡人化身為神。

所以，為什麼是她？為什麼金幼鸞會選擇她，讓江鯉庭見著在外頭光芒萬丈的她們，私底下的這一面？

「她怎樣？」

聽到問題的林鳶停頓了好一陣，再回答時有些吞吞吐吐。江鯉庭感覺奇怪，以往她不是這樣的，在談論其他事情時，林鳶都很坦白直率；但現在當一提到金幼鸞時，林鳶就有種想要私藏，不想與其他人分享金幼鸞事情的感覺。

「唉呀太好了！妳還在！」

江鯉庭還在納悶是誰，金幼鸞就扭著身段進來了，手裡還拎著一個紙袋。江鯉庭看著她的臉，驚訝她這麼早起，除了能練瑜珈外，還花精力畫了一個特別精緻的妝，頭髮吹整得膨鬆柔順，身上的粉紅綢緞洋裝一道皺褶也沒有——相比於江鯉庭自己，臉還沒洗，睡衣的下擺還從沒打好結的運動棉褲褲頭裡，露了出來。

「我拿了兩個妳最愛的果醬可頌回來，給妳！」

金幼鸞喜滋滋地將紙袋塞入林鳶手裡，林鳶看來驚訝，卻又有些羞赧。金幼鸞轉頭看著江鯉庭，聲音低了好幾階，平淡地說：「真抱歉哪，我不知道妳喜歡吃什麼，所以就沒帶早餐回來給妳了。」

「沒關係，沒關係的！妳有想到我，就讓我很感動了！」

江鯉庭慌張地擺了手好幾次，但或許是她過分卑微的口氣，讓林鳶頗為尷尬。林鳶於是接過紙袋後，將袋子開口面對著江鯉庭，說：「要不，妳就拿一個吧？」

江鯉庭直覺想要拒絕，可又不想糟蹋了林鳶的好意，而且真心而言，江鯉庭的確也有些餓了，若是不需出門，就有人替她張羅食物，的確也是件非常幸福之事。金幼鸞此時已暫時脫下腳上的漆皮瑪麗珍鞋，挺拔地盤坐在自己床上，她優美如天鵝的頸脖轉了過來，若有所思地盯著江鯉庭的側顏，一對深潭似的眼珠子閃啊閃的，像一隻神祕的黑貓。

「那還真不是個好主意。」

金幼鸞話說得很小聲，像是喃喃說給自己聽的；但江鯉庭站得離她近一些，於是她清清楚楚地聽見了，臉剎那間就脹紅起來。江鯉庭逼自己轉過頭去，直視著金幼鸞——想要自金幼鸞臉上，讀出她有否任何嘲弄的意味；可江鯉庭判讀不出來，金幼鸞那雙似笑非笑的眼，究竟是什麼涵意。江鯉庭無法確認是友善的成分多一些，或者是瞧不起的成分多一些——一種，她已在自己母親的臉上，看過太多次的眼神。

「不要？好吧，那我就留著自己吃吧。」

林鳶全然沒留意到這短短幾秒鐘內的交鋒。她將紙袋丟到桌上，嘴裡咬了一個可頌，開始梳頭。

「我說啊，難道妳就沒有考慮過，應該要換個髮型嗎？我覺得，若是妳將頭髮燙捲，將髮色稍稍漂淡些，應該整個人會變得更有個性、更美一些。妳知道妳側臉線條滿好看的嗎？」

金幼鸞手肘撐在膝蓋上，用雙手捧住自己小小的臉蛋兒，假裝漫不經心地，向江鯉庭給出這樣的建議。閃過江鯉庭腦袋的第一個念頭是：怎麼會有人如此膽大直接，敢當面對著其他女孩的外型髮色，說三道四？而且這段話其實暗藏了很深的攻擊性，金幼鸞話裡的含意是：江鯉庭現在既沒有個性，也不美麗。江鯉庭以往只遇過大夥兒在背後碎嘴，當然這也包括江鯉庭本人——可才不會有女孩，有像金幼鸞這樣口無遮攔的勇氣，能如此直率地論斷別人。

可江鯉庭卻無法討厭金幼鸞如此說話，特別是隨著金幼鸞動作時，自然而然就在她背後晃動的淡褐色長髮，那在日光燈的照明下，顯得如此耀眼奪目——所以這也是沒辦法的事，江鯉庭如此自圓其說。美麗的少女天生就被賦予這種特權，這種，理所當然即高人一等的地位，這種，隨隨便便即可踩低別人的話語權。

「我原本也是有根電捲棒的，只是颱風淹過蕉洱島的那天，我來不及塞進行李箱，帶出來。」

「嗯，那相信我——妳真該要去南側的販賣部，再買一支。」

「我會考慮的。」

「要不，今天我就把我的，先借給妳？」

金幼鸞伸長了手，從床頭櫃上摸來了自己的電捲棒，遞到江鯉庭手裡。女神今天對她友善得不可思議，江鯉庭感覺都要哭了。

「好的，謝謝！讓我先去洗把臉！」

江鯉庭把金幼鸞的電捲棒擺回自己桌上，一蹦一跳地奔入浴室裡。當她打開水龍頭時，她的心隨著水聲歡騰地在歌唱。當金幼鸞要江鯉庭搬進來，與她們一起同住時，江鯉庭原先以為自己是全然無動於衷的——但其實，江鯉庭只是說服了自己，說服自己不要抱有太高的期待，說服自己該要看淡。可江鯉庭內心其實是滿滿的感激，她感激金幼鸞將自己從那個無人注目、總是被忽視的陰影中，拯救出來。即使未來，她必須活在金幼鸞或馬可薇的陰影下，江鯉庭也覺得心甘情願。

所以說，江鯉庭是否真的轉運了？金幼鸞是見著了她什麼亮點？外貌的可能性小了一些，所以，是喜歡她的性格吧？江鯉庭臉上塗滿了洗面乳的泡泡，簡直是興奮地要唱起歌來；她一想起這種可能性，不禁既開心，又害臊了起來。

但是當江鯉庭樂陶陶地踏出浴室，臉上帶著幾滴沒擦乾的水滴——卻發現寢室裡空盪盪的，沒有人。林鳶和金幼鸞沒有等她——看來是一起先走了，結伴出門了——也沒有剩下的早餐，只有江鯉庭桌上的那支電捲棒。江鯉庭心情複雜，不確定自己該怎麼想，她原本期望能與金幼鸞一起走進教室，被認可，被視為女神身旁的一個配角；至少她得到了一個配角，而不再是默默無聞的小人物。江鯉庭依舊有點開心，又有些失落，兩種情緒在她內心交戰著，猶如一葉扁舟在波濤洶湧的海面上，被來回擊打拉扯著。

09

或許江鯉庭如此將生活關心的焦點擺在金幼鸞身上，不過是為了逃避事實；逃避那件成就她待在綠區的要素，同時也是她的壓力來源——她的學業成績。「若一窩狗都很傑出，只有妳很普通，那也是不行的。證明妳不過就是隻**雜種狗**。」江鯉庭的母親在送她上接駁車前，留了這麼一段話給她，江鯉庭都不知道母親的目的究竟是要激勵她，或只是單純嘲諷她。

星期一的早晨，當江鯉庭帶著書本，向大教室走去時，胃裡湧現一股讓人噁心的壓迫感。她以往並不排斥競爭排名這件事，也不擔心自己成績的起起落落；可是現在，當課業排名直接影響了政府評斷個人之於國家的價值，又決定了分配的居住地時，瞬間，名次似乎就成了件生死相依之事。

在江鯉庭剛好準時踏進教室時，劉老師已站在教室最前頭，看來已站了好一會兒。她們的導師，劉暖鸝，是個年約三十來歲的女人。劉老師其實未曾直白表明過自己的年紀，由她眼角的微微細紋，與鬆垮頸部的小小皺褶，的確悄悄揭露了她不算太年輕；但在她的粗框眼鏡底下，依舊又藏有些稚氣，推論起來，她應該又不似外表看來的那麼顯老。

在教室的喧嘩聲裡，今天的劉老師穿了件暗紅色的格紋連衣裙。裙子像是買錯尺寸，買大了一號，於是她以金色編織寬腰帶，意思意思圈上了腰；但腰線又抓得太鬆太低，不俐落，更顯出她的五五頭身比。她腳上還踩了雙楔形竹編涼鞋，只是她的腳趾頭長得過長，於是張狂地自前端露出許多。最突兀的，還得算是髮型了，那種小捲髮的難度極高，不是所有人都可以駕馭得好，特別不適合沒有空閒、卻仍故作時髦的人，比如說像江鯉庭的母親，或者像劉老師這種正經，卻又無趣沉悶的好人。

江鯉庭認為劉老師身上有種疲態，那種對人生失去熱情，花不了太多心思、打理自己的疲態——她自個兒身上也有，於是她們這種人都會羨慕金幼鸞，羨慕金幼鸞花費大量心力，無時無刻都竭盡全力，武裝著自己的精緻。

江鯉庭找了找金幼鸞，她沒有太難找——坐在教室約莫正中央的位置，剛好她轉頭看向坐在身旁的林鳶，投出了個眼神，還誇張地翻了翻白眼。江鯉庭猜想，金幼鸞的意思應該是嘲弄：「劉老師這身打扮，究竟什麼意思？」林鳶也很捧場，噗哧一聲，就笑了出來，似乎要被金幼鸞逗得笑彎了腰；同時她順勢伸手，將左手手掌搭在金幼鸞的右肩上，兩位少女額頭親暱地，幾乎就要靠到了一塊兒。江鯉庭注意到，不是只有她正嫉妒地觀看著這一幕——還有坐在金幼鸞左手邊的馬可薇，即使她們三人坐到了一塊兒，馬可薇看來卻像隱隱被二人的小團體排除於外。

「我不知道，你們是怎麼想的。」

劉老師站到講臺上，清了清喉嚨，示意所有人安靜。江鯉庭本想坐到金幼鴻身旁，可李知鳩也在，自己再去與不歡而散的前室友攪和，好似也有些尷尬；江鯉庭只好撿了個角落的位置，自己一個人默默坐下。

「我並不覺得，大家上星期的各科小考考成那樣，是可以被接受的。」

但也不過是小考成績罷了啊，江鯉庭在心底默默埋怨。只不過在她心理還未準備好時，桌上的小尺寸平板電腦，就無預警地顯示上星期所有課堂小考的平均分數：緊跟在每個名字後頭，詳列了每次小考得分、加總後的總分與平均，還有個人成績總排名。清清楚楚，滴水不漏——沒有人的優秀得以被遮掩，愚蠢也是。

江鯉庭臉色鐵青地看著她的名次。不單單是因為她的總排名並不高，幾乎可說是全班倒數，更因為劉老師將全班分為若干小組，排出了小組間的總分與名次。每個人的分數都被攤在了陽光底下，無從掩飾。江鯉庭的組員們之後或許可以名正言順地，稱呼她為**老鼠屎**——誰叫她拖累了整個小組的成績？誰叫她是組內最低分？

周遭開始有人竊竊私語，江鯉庭擔心受怕，納悶他們是不是在說自己。她拚命想自我安慰，安慰自己說沒有關係的，她不過才到新環境不久，適應不良，下次再努力就好，一次小考排名代表不了什麼；另一方面卻同時感到自卑，為什麼與她差不多處境的林鳶，成績依舊能領先她那麼多？是不是代表她真的很差勁？自我懷疑是黑絲襪上的一個小洞，一破，往往就會一股作氣地一破再破，往最私密的、最見不得光的地方破去。

「當然我們也同時得特別表揚一下，上星期的全班第一名——馬可薇。」

劉老師站在講臺上，對著學生們說話，語氣有些故作熱切，有些像在哄騙。馬可薇的表情輕輕閃過一絲喜悅，那喜悅好似閃電，很快就於臉上消失不見，於是她又回復為一張鎮靜的臉，像剛吞下一顆石頭，卻沒被激盪起任何漣漪的湖面。

「可是我們最重要的獎賞，還是得頒給組平均第一名的小組：第二十一組。我們請組內個人成績最高的符雀雀，出來替他們組領獎吧？」

符雀雀是個看來毫不起眼、戴著細金屬框眼鏡，隨意以橡皮筋梳起馬尾的微胖女生。她的大小腿就和其他花了太多時間、光坐著念書不鍛鍊的女孩們一樣，看得出既豐腴，又浮腫，像肥花花的白蘿蔔。符雀雀上臺接受大家鼓掌後，又下了臺，準備繞回自己座位時，像是過分開心了，於是走路走得有些踉蹌，經過金幼鴻那排座位時，不小心撞了桌角一下。

「啊！真是抱歉！」

符雀雀的語氣跳躍，喜滋滋地道了歉，金幼鴻只是點頭微笑，倒是坐在一旁的李知鳩抬起頭來，狠狠地瞪了她一眼。

看見這一幕的江鯉庭再低頭，查了查手裡的平板電腦：金家姐妹倒還出乎她意料之外的，成績都很不錯，金幼鴻比金幼鸞的總分高了一些些，但差距並不大。李知鳩則是和江鯉庭差不多慘，她們幾乎可說是全班成績吊車尾的。所有同儕間的競爭，都像是不限時、不濺血的戰場——容貌，身材，成績，打扮，人緣——江鯉庭開始有些理解，為什麼她最初會和李知鳩被分配至同一間寢室。

「趁著又有一批新的氣候難民進來，我的職責就是必須得告訴你們現實。」

劉老師順了順她的裙子，坐了下來，背靠在椅子上，她沒有將雙腿併得太攏，這讓她的姿態有種故作輕鬆感。她好似想與他們交心，那是一種刻意演繹的親密感，像她突然變成了他們的母親——一個諄諄教誨的慈母——可這種感覺，突然就讓江鯉庭不甚愉悅。

「就你們可以理解的現實而言，我們漸漸沒有足夠安全的土地，能夠容納所有人居住；所以為了維持社會秩序與公平，建立了新的評分制度。而就你們這個年紀而言，**成績**是一項加權非常重的項目，它得以證明你們夠不夠聰明，未來能否對國家有長遠的貢獻。當然還有健康，但說實在的，健康還是沒有成績來得重要。聽清楚了嗎？都沒有『**成績**』來得重要。」

劉老師的語氣溫柔，但她的重音壓得很重，聲音迴響在教室裡，聽來有種恐嚇的味道。

「而當你們畢業，成年之後，若還想繼續住在綠區裡，找個人結婚，也可以大大提高對國家的貢獻度，促進社會結構的穩定；若女生之後又有幼子的話，機會又再更高一些了。」

江鯉庭左右兩側各有些女孩子嘆氣，或搖了搖頭。現在的女孩子們大多不喜歡這個話題，曾經，有一半以上的育齡女性都不願結婚，大家寧可和自己的同性密友合租房子，買土地，住在一起，婚姻並非經濟獨立女性的必需品。可自從沿海地區與離島一處處沒入海底後，政府開始實施各種新規範，管制人口居住，並試圖調整人口比例；比如鼓勵提高生育率的同時，也開始明目張膽地放棄老人。否則，我們該放棄誰呢？以前沒有一個冠冕堂皇的理由，所以無人敢明說；但現在有了土地資源不足這個主因，終於讓整個社會都得以順水推舟，不需要再虛偽了。

劉老師這人並不惹人厭。所有的好人都是社會的齒輪，所有社會應該要執行的規矩，全是靠著好人來推動。但在好人後頭那個、他們努力推動的那個——是不是根本就是一隻黏呼呼又巨大，卻無人能窺見全貌的怪獸？好人們大多是埋頭苦幹的齒輪，於是無人會成為探照燈，無人會認真思辨這種事。

「老師，我有問題。」

是金幼鸞。她又出現那種姿勢——手肘撐在桌上，雙手捧住自己臉蛋，嗓音嬌嫩欲滴又軟綿綿的。江鯉庭有種不好的預感。

「嗯？妳說。」

「那老師妳自己，為什麼不結婚呢？」

金幼鸞這句話一問出口時，教室裡有人誇張地吹了聲口哨，再來有些人笑成了一團。劉老師似乎沒料到這個提問，愣了幾秒，兩隻耳朵脹得通紅。

金幼鸞一邊壓低下巴，一邊圓睜眼睛，像委屈不懂大家為何要笑。

「這是老師自己話裡的意思嘛——女孩子最好都該結婚，該生小孩，否則年紀太大，不就會生不出來嗎？但我記得，老師不也還沒生小孩嗎？」

金幼鸞的表情是看來真的天真，口吻也是聽來真的委婉，可連江鯉庭也聽出來了，金幼鸞的話語底下，隱藏有滿滿的惡意。

劉老師直視著金幼鸞，有些驚慌失措，看起來就像個回答不出法官審問的犯人。江鯉庭猜想，劉老師應該沒那麼笨，或許也不是沒想過該怎麼回答——她應該只是沒料到，怎麼有人能問得如此直接。

「我必須提醒您，老師：我們該要開始上課了，已經浪費太多寶貴的時間了。」

馬可薇這話插得有些突兀。她面無表情地蹦出這這段話，像她不過就事論事，對八卦話題沒太大興趣；但她的語調透出些許涼意，有種不怒而威的氣魄。當她一開口說話時，教室裡所有人都安靜了下來。

「沒錯沒錯，我們還是趕快開始上課了。」

劉老師似乎鬆了一口氣，轉過身去，對著講臺，緊繃的肩膀垂了下來——這話題看來就要輕飄飄地被帶過了，她或許十分感激馬可薇的暗自解危。

金幼鸞轉頭，看著她左側的馬可薇，皺了皺眉，似乎對她介入有些不滿。馬可薇則斜睨了金幼鸞一眼，那個姿態就像在說：**怎麼？我並不害怕妳**。金幼鸞豐潤的上唇抖了一抖，原本像打算說些什麼，最後又算了，她無聲地低下頭去，看著自己手指末梢的美甲。

「我說妳啊，什麼時候該努力一下？以後不要老拖累組內的成績。」

整堂課江鯉庭都沒有很進入狀況，內心她畢竟是失落的，無法接受好歹在蕉洱島名列前茅的她，在這兒竟淪落至吊車尾。於是下課後，她依舊待在座位上黯然神傷，在恍惚間有群女孩靠了過來，將她團團包圍；少女們的攻擊總是發動得悄然無息，使人措手不及，猝不及防。領頭的是馬可薇，她臉上的表情很淡漠，幾乎可說有種讓人不寒而慄的肅殺感。

「我……」

江鯉庭被這陣仗嚇了一大跳，額頭開始冒汗，想立刻起身逃走，屁股卻黏在座位上動彈不得，她只能僵直著身子，表面上故作鎮靜。

「……我還在適應這個環境，再給我多一些時間。」

「時間？妳該不會不知道，現在在我們這個國家，在札札濟島上，最缺的，就是時間了吧？」

江鯉庭不免感覺震驚。在課堂上，所有人都掩飾得極好——大家一團和氣，溫順有禮，好像這些成績落後、表現不佳者，都能被理解體諒，沒人露出譴責的眼光。但一下課後，在她們不處於大人的視線下後，同學們立馬就來質疑她，圍剿她。或許，這也是劉老師建立此制度的目的：讓同儕間互相審查督促，學生們鬥得越狠，老師管理得越輕鬆。

「可是我必須老實說……我至少，還不是全班最後一名啊。」

這話好似在狡辯，但江鯉庭張望了一下四周，並沒有其他人像她一樣落單，然後被攻擊。於是雖然江鯉庭在椅子上如坐針氈，她仍舊很難否認，這群女孩對她的針對性。

「妳的意思是說，我們特別找妳碴嗎？」

「妳也太看得起自己了吧。」

「妳想我們真有這麼無聊嗎？嘖。」

女孩們像是被捅破的黃蜂窩，接二連三地對著江鯉庭喋喋不休，發洩脾氣。

「妳以為，我們會特別來警告妳——是因為妳氣候難民的身分嗎？」

直接開口挑明這句話的，是原本一聲都不吭的馬可薇。她「警告」這兩字還說得特別帶勁，像是自齒縫間擠出句子來，幾乎有種咬牙切齒感。原先仍有些膽怯的江鯉庭，那刻反倒覺得有些荒謬好笑了。江鯉庭明確地認知到，自己被針對了，但一個少女被針對，被孤立，被霸凌，可能有許多原因：可能是她長得太醜，可能她不會打扮，她家可能太過有錢，或是太過不有錢。霸凌的發生看似有跡可尋，但其實常常沒有原因。江鯉庭對於這些事知之甚深——於是當馬可薇自個兒提起她的氣候難民身分時，反倒有種此地無銀三百兩的意味。

江鯉庭反射性掃視了教室一眼——同學們都已散去的差不多，剩餘的人三三兩兩聚集在一塊兒，可這些人似乎都偽裝成沒見著什麼事正在發生。江鯉庭以為自己是在搜尋林鳶的身影，但後來才驚覺並不是。她的雙眼正在搜索金幼鸞——內心的直覺告訴她，此時此刻，在馬可薇面前，林鳶並沒有本事保護她，但金幼鸞可以——畢竟這兒不再是蕉洱島了。

「認真說起來，其實這也算是事實。我們會特別針對妳，或許有部分的確是像妳所認為的——因為妳的難民身分。」

這些話聽在江鯉庭耳裡，反倒有些迷惘。她沒有預料到，馬可薇會如此直截了當的，就承認了這件事。

「妳是要哭了嗎？千萬可別啊，我最討厭女孩子哭了。」

馬可薇挺直了腰桿，站在江鯉庭面前，有種居高臨下感。

「妳以為，你們這些氣候難民，為什麼得以進來呢？還不是將其他人擠了出去。在你們之前，還有過其他學生，其他女孩住在校舍裡；但因為你們，她們被趕出去了，好換得你們留在此地生活的空間。所以每當我們看著你們——就很難不將此視為一種提醒，想著，是不是下一個，就會輪到我們其中之一？」

江鯉庭雙眼略過馬可薇，看向她身後排成一列的那些女孩；她們目露凶光地盯住她，就像一群齜牙咧嘴的土狼，像盯住一隻待宰的獵物。江鯉庭想起動物頻道上見過的那些狩獵者，想起牠們為了生存而戰時，就猶如眼前這副光景。

「所以，不要把自己看得太重要了，也不要將我們都看成高高在上。不過，或許我不該雞婆，來提醒妳得要特別努力的，我應該管好自己就好。所以我才會最嫌棄你們這種人——永遠認為自己最弱勢，永遠期待別人得溫柔對待你們。煩不煩啊？大家都很忙，大家都很有生存壓力，才沒人有那麼多心思，整天意圖迫害氣候難民。妳聽懂我的意思了嗎？」

當馬可薇這樣連珠炮似地說話時，後頭那些女孩都靜了下來，沒有人得以開口插話；似乎她們藉著馬可薇的嘴，情緒充分得到了發洩。而馬可薇對於說了這麼多話，似乎感到極為不耐煩——最後在她的號召下，所有女孩就自江鯉庭面前一哄而散了。

江鯉庭一個人被留在教室裡，她鬆了口氣，有種歷劫歸來的錯覺。但一個懷抱幾本厚重精裝書、臉上有雀斑的女孩，過了不久後又繞了回來，停在江鯉庭面前。女孩將頭髮編成兩根麻花辮，她似乎將頭髮紮得太緊了，以致於頭皮看來幾乎是緊繃到發疼。

女孩有些欲言又止，江鯉庭防衛性地瞪著她，想著她是否有些怨言還未宣洩完全。

「馬可薇她啊，其實本質上人滿好的，妳若多多觀察她，或許也就看的出來。這其實也是我們會選她當班代的原因——即使她很嚴厲，多數時候也是個無趣的人，甚至可算是太過精明，妳根本就無法在她面前遮掩自己。」

女孩嚥了嚥口水。她特地跑來向江鯉庭說這一番話，可能也是鼓足了勇氣。

「而且……她親自過來這趟，看似給妳個下馬威，其實也是為了保護妳啊。她如果不親上第一線，正大公開地如此『處理妳』的話……很難說，會不會有人私下陰妳，對付妳。」

在她們交談途中，教室前門嘎地一聲敞了開來——有人探頭進來，是劉老師。她在門口轉了轉脖子，赫然發現兩人還在，一個不小心，脫口說了句：「還沒結束啊？」又趕忙掩上門，退了出去。

結束？什麼結束？江鯉庭內心狐疑不已。

女孩轉頭看了看江鯉庭的臉，指了指門口，說，「妳知道嗎？」

「知道什麼？」

「劉老師原本就打定了主意，終身不婚不生的，哪知國家政策竟變得如此之快。」

「所以……」江鯉庭側著頭，對女孩拋出她的疑惑。

「她來勸說年輕的我們結婚生子，不是也很矛盾嗎？」

「妳該不會這麼天真地以為，她是打從心底為我們好吧？」

女孩的語調開始越說越激動，連紮得太緊的麻花辮都跟在脖子後頭甩啊甩的。

「妳難道沒想過：老師們能繼續在綠區待下去的價值是什麼？就是我們啊！學生是她的業績，我們的成績好壞，同時也決定了她能否在綠區繼續待下去！」

江鯉庭恍然大悟，或許也猜到了劉老師為何要再返回教室，再查看狀況，及說了那句「還沒結束啊？」

學生們、這些少女們，就忠實呈現了她一個大齡未婚未育女性之於國家的價值。劉老師就得像一個園丁，她必須準備許多木桿，設立許多標準，好讓瓜藤們依附著規範，向上攀爬生長。她的責任就是讓他們長成，國家期望的那種菜圃的模樣。

江鯉庭有些膽顫心驚，今日失落、孤立、脆弱、不知所措的複雜情緒，全部一起湧了上來。或許她也不過是垂直農場裡，一株農作物罷了吧。

10

新生活倒也不是沒有會讓江鯉庭感到開心之事，比如每週兩次，到垂直農場去旁觀實習，前一晚都會讓她興奮到睡不著覺。

根據江鯉庭參加的導覽解釋，整棟垂直農場依照功能，分成許多不同的區塊：有學生暱稱為「末日地窖」的種子保存庫，裡頭冷凍儲存了上百萬組作物種子；有品質管理實驗室，專門紀錄所有作物的營養狀態，與監測是否有病蟲害的發生；鄰近的水產養殖與家禽家畜所，產生的排泄物能作為農產品的有機肥料。更有些不開放給學生們進入的管制區，比如監控垂直農場整體設施運作的主要控制室，與靠著電漿弧氣化法（Plasma Arc Gasification）處理廢棄物的管理中心，讓動植物不可食用的廢棄部位，可以製作成堆肥，產生甲烷，回饋能源供建物群各樓層使用。

學校的管理部門，也就是坐在辦公桌後頭的導師與行政人員們，總誤以為管理學校的是他們。他們天真地認為，一所學校，會聽話地按照組織章程運作。但事實上，學校就像有機體，像一棵往上攀爬伸展的大樹，像一隻擴張著觸手的獅鬃水母——那些傳遞於少女耳朵與耳朵間的唾液、宿怨、流言蜚語，那些眼神及眼神交會時所夾帶的迷戀、憎惡、交流，那些承載在紙條上的友誼、拒絕、中傷，全都發生在宿舍房間裡，或課後教室的走廊上。少女間權力的拉攏與鬥爭，全都發生在大人們看不見的地方；人際關係，才是少女學校生活的主要樣貌。

這也是為什麼，當江鯉庭在垂直農場裡時，才能真正感覺放鬆。這裡沒有人成群結黨，沒有人討論成績排名，沒有人議論她氣候難民的身分；所有在教室內被分配好的小組，都在垂直農場裡被打散了，與其他班級的學生混雜一塊兒。學校在垂直農場裡，像暫時不存在似的，多數往來的人，都是任職於此地的職員與研究員，於是江鯉庭可以暫時擺脫那些眼神與碎嘴，那些，會讓她自我懷疑究竟是被喜歡、或者厭煩的眼神，那些，表面上聽來是讚美，卻又好似是攻擊的閒言閒語。

四十六樓的水耕栽培（Hydroponics）溫室區燈光燦亮，貼牆而設的ＬＥＤ燈模仿自然陽光，自地板一路延伸至天花板；一層層架上方正地擺置著營養水床，農作物就種植在水床裡。靠近江鯉庭的這一頭種著菠菜與萵苣，溫室遠方的那一頭，則栽滿了番茄及茄子等茄科植物。除了江鯉庭在行列移動間，防塵衣與鞋套磨擦的嘶嘶作響聲外，整間溫室裡幾近悄然無聲；而植栽們一個蘿蔔一個坑的，安歇在設有透氣孔的栽種盤裡，有點像一整群乖巧坐在教室裡的學生。

物聯網感測器持續監測著農作物和環境，收集匯整資料，回傳至主控室，讓人工智慧學習如何分析數據，主動視情況調整燈光、水及肥料，好讓溫室設置對作物生長最有利。江鯉庭正低頭忙著點擊手裡的平板電腦，再次確認水質與溼度的數值是否準確無誤。這其實是一件無趣、又沒太大意義的工作——其實以人工智慧全自動運作的監控系統，已接近百分之百精準了——但江鯉庭依舊感到樂此不疲，也許是因為眼前這些不會言語的作物們，反倒默默給予了她一些沉靜的療癒感。

「它們長得很不錯，對吧？」

一個溫和沉穩的男嗓音，自江鯉庭左後方傳了過來。那聲音離她的上身並不遠，她可以感受到耳殼上的細毛，被和煦的氣息拂過而搖曳著。江鯉庭內心雖不願承認，但在細毛的那陣搖曳中，的確帶有許多歡愉——特別是當她側過身來，發現眼前停駐了一張極為好看的臉。男孩視線直入她的雙眼，對她明晃晃地一笑——江鯉庭的心跳幾乎猛烈地漏了一拍。你知道自己長得這樣好看嗎？江鯉庭忍不住暈頭轉目地這麼想，同時強作鎮定地，手頭仍緊緊抓住平板電腦。

像江鯉庭這樣的少女，能保持清醒的時刻從來都是稀少的：她不自信，不亮眼，也從不相信自己存在的價值，於是只要在她們耳旁吹口氣，勾勾手指頭，她們就會願意跟著對方走。江鯉庭印象裡，看過這張俊俏的臉，卻一時半刻兒不起眼前這男孩的名字。

「對啊，這裡真、真、真是個很神奇的地方，可以讓所有的作物，都在同一棟樓裡……生長。」

江鯉庭支吾其詞，覺得自己正在胡亂接話，她的不自信讓她句子仍未說完，就意識到自己真是糗。如果此刻是林鳶在這兒，一定不會讓這種情形出現吧；她或許只會優雅地笑笑，簡潔地回答，自如地應對進退。沉默與停頓，可以讓一個無趣的人變得有趣。於是江鯉庭又開始責怪自己——她總是一口氣說了太多，除了時常暴露自己的笨拙與駑鈍外，還真是什麼事都做不好。

可那男孩並沒有訕笑她，或是對江鯉庭的答話表現出不耐煩。相反的，他笑出了潔白的牙，笑容裡說不定還帶有那麼點鼓勵的意味——當江鯉庭內心這麼一詮釋男孩的善意，就情不自禁臉紅了。

「妳這陣子，在這兒，過得還習慣嗎？」

江鯉庭詫異於他的問話。大多數同學會以「我之前沒看過妳欸。」「妳是新來的氣候難民嗎？」開啟對談，可眼前這男孩並沒有——他只是單刀直入地問候她的近況，恍若對她這個人的前情提要，瞭若指掌。江鯉庭有些受寵若驚，不停在心底又驚又喜地自問：所以他是觀察過我嗎？他是調查過我嗎？

少女情懷總是春。江鯉庭心底的春季則又甜又長，像一齣不停播的連續劇。她知道自己想多了，但無法克制地心裡就種下了這分期待。「**我有注意到妳。**」男孩根本未開口說過這句話——然而，太需要人關懷的江鯉庭，開始無止盡地編劇腦補。

「嗯，只能說還不錯吧。畢竟比起某些人來，至少還有地方住。」

江鯉庭最終仍是鼓起勇氣抬起眼來，仔細端詳著男孩。他身上有種高級感，而這高級感究竟從何而來，江鯉庭也說不大上來。或許是因為他身上穿的那件熨燙筆直的襯衫？是因為鼻樑上配的那副黑細框眼鏡？或者是他笑起來時，眼尾擠出的一雙細細魚尾紋——讓他看來十分斯文，同時又表現了真誠？同年的男孩大多又臭又邋遢，像他們汗腺總是過分發達，而衣著也多是運動上衣，或洗到泛白鬆弛的圓領T-Shirt，即使他們偶然吃錯藥，穿了正式點的襯衫，也不意外會皺得像醬菜乾。

男孩的視線並沒有離開她，專注的眼神依舊停留在江鯉庭臉上。於是在這短短一瞬間，就讓江鯉庭沒關住自己的心門，話語滔滔不絕地流淌出來。

「但對這兒的學業競爭狀態，的確，我是頗無法習慣的。你不覺得嗎？我說，因為土地資源不足，所以逼迫我們得去做的事，不知道欸……總覺得，有些令人難以忍受。我有點跟不上大家的腳步。」

江鯉庭並不需要看清男孩的表情，就知道，她又說得太多了。或許男孩只是友善，過來與江鯉庭搭個話，不認真地聊個天，打發時間；江鯉庭卻又一廂情願的，以為對方想與自己當朋友，這麼容易就掏心掏肺，但說不定對方正覺得錯愕，或者尷尬。男孩沒有想知道自己這麼多事的，男孩沒有想了解自己，男孩才不可能想與自己當朋友——江鯉庭為自己的熱情感覺難為情。但男孩極有教養，即使不小心表現出不得體，也能在極短的時間內，又將自己隱藏了起來，然後不著痕跡地，替彼此找著臺階下。

「我叫金長鴿。」

啊，是那個站在講臺上的，美好的少年。江鯉庭想起了他的名字，想起她在講臺下，仰望著屬於他金光閃閃的高光時刻。

「我是江鯉庭。」

「我知道。」

我也知道你，而你竟還記住了我的名字，哇——江鯉庭放蕩在心底，表情倒是守得很緊，沒有讓她這小小心思洩露出來。

「妳應該還沒有機會，到過別的樓層吧？」

江鯉庭搖搖頭。

「我之前，在二十八樓的魚菜共生（Aquaponics）及水產養殖區（Aquaclutare）待過，那裡更有趣了。飼養箱裡除了有水生植物，還養了些吳郭魚、蝦、錦鯉等等，哦對還有淡水小龍蝦，是一個很棒的互利共生系統——如果妳去到了那兒，一定會很念念不忘的。」

金長鴿幾乎可說是手舞足蹈地，說著這段話；他的雙手隨著語句飛揚，在空中划出一道又一道弧線，好似下一刻他就要飛入空中似的。江鯉庭盯著他的臉龐，對眼前這個人更著了迷——她忍不住想再多聽他說一些話，想與他多些相處時間。

「什麼是互利共生呢？」

這才不是江鯉庭太刻意地尋找話題，她的確也想聽看看，金長鴿對這詞語的解釋。

「嗯，就是菜幫魚、魚幫菜這樣……或許，也有點像我們同學之間的關係？」

金長鴿不知道為什麼，說完這句話，自己還歪著頭笑了笑。你這種表情，那是相信，還是不相信呢？江鯉庭一面忍不住暗暗吐嘈他，一面又覺得他真是可愛。

不知不覺中，江鯉庭整個人都放鬆下來。學生們實習的垂直農場總共有好幾層，於是分配至這區塊的班上同學，原先就少之又少；雖然這也讓江鯉庭見不著林鳶，但她內心的確默默鬆了口氣，躲在一排又一排的種苗之間，感受到一股不需要與人打交道的輕鬆。現在眼前又出現一個，好似與她滿聊得來的金長鴿——江鯉庭彎下腰來，面對著她還未紀錄完的數據，情不自禁地哼起歌來。

金長鴿竟然跟著蹲了下來，臂膀靠得離她身體很近，近到江鯉庭可以聞到他身上淡淡的沐浴乳香氣。金長鴿專注地觀察她的動作，江鯉庭被瞧得有些害羞，她慣性地想將身子往後退一些，潛意識裡習慣閃躲，卻又有那麼些捨不得；於是她身子微微僵著，貪戀這對於她來說，幾乎是十分難得的一刻。

「那又為什麼，妳不選去醫院實習呢？」

「……我怕血。」

學生們其實是有選擇實習地點的自由，選項包括醫院與垂直農場，畢竟這兩種專業，未來的需求量一直頗大。江鯉庭承認自己的膽怯，同時也敬佩馬可薇選擇醫院的勇氣；在同寢四位少女中，只有她選擇去了醫院。而且實話實說，醫院的實習名額比垂直農場少了許多——江鯉庭早認清自己，應該不大有機會被挑上。

「老實說，我也是呢。」

江鯉庭倒沒料到金長鴿竟如此坦率，還對她露出了頗為羞澀的笑容。那笑臉品嚐起來，應該就會像是早晨清脆可口的蘆筍吧——江鯉庭這麼一想，雙頰就猶若被潑了顏料，忍不住暈紅起來——她趕忙撇過頭去，不想被金長鴿看見，手指頭死命地按著平板螢幕，搞得電腦吱吱作響。

「雖說這兒的工作相比於醫院，好似平淡了些……但至少，我們都還能憑著自己的自由意志，選擇自己所想要的。」

「什麼意思？」

「馬可薇的父親本來就是醫師，校長才不會讓她選擇垂直農場的。至於金幼鸞嘛……妳還不是太清楚她家的背景，對吧？她父親是垂直農場的主要經營者之一，這塊土地很大一部分，原先就是她們家所持有的，算是她父親與政府合作經營的吧——於是金家姐妹未來的出路，的確也是很早就被父母給決定了。」

「所以無論她再表現得如何不符合期待，學校裡，沒有人會動她的。沒有人敢動她的。」

她是誰？兩人心照不宣，全然不用挑明著說。金長鴿看著她的臉，一本正經地說話，眼底閃過一絲詭譎的亮光。不知道為什麼，江鯉庭覺得他的話裡，帶有種提醒，甚至可說是警告的意味。也或許純粹她多想了，因為金長鴿又不著痕跡地開啟了新話題，聊起垂直農場裡隨處可見的滴灌系統（Drip Irrigation）。

江鯉庭一面聽著，一面表現得自己像是看來無關痛癢，但當她撇過頭去，臉龐消失在金長鴿的視線之外時，她察覺那些難得積累的快樂，卻又從內心另一角澆灌出去，滴滴答答，像灑在了作物之上。她跟妳，不是同一個世界的人——我知道，我知道。江鯉庭心中有種妒嫉感，但更多的，其實是無可奈何的酸楚。

11

金長鴿和金幼鸞一樣，都是閃閃發亮的人們，是黑夜裡的那盞明燈；而江鯉庭則是那隻蛾子，飛蛾撲火的那隻蛾子——只有當她向著光亮時，才能感受到自己存在的意義。在蕉洱島上時，江鯉庭沒有意識過這一點，或者是她打心底不想承認，又或者是她從沒預料到，人與人之間對比竟能如此慘烈。

金長鴿其實是那種，知道自己長得很好看的男生。見著他走在走廊裡的模樣，江鯉庭總禁不住懷疑，他是否頭頂自帶鎂光燈？好似無時無刻都站在舞臺中心，好似知道眾人的目光焦點都在他身上。金長鴿的帽子和眼鏡從來都是裝飾用的，當他戴上帽子的時候，江鯉庭就會自以為地揣測，他是否又幾天沒洗頭了？他向右順留的斜瀏海越長越長，左邊的頭髮卻剃得極短，剃刀啃出了三條平行線。江鯉庭甚至開始默默紀錄他頭髮的長度，猜想他的金髮，應該隔個幾天就補染，才能讓髮根不顯露原生的髮色，才能使他的造型帥氣得滴水不漏。江鯉庭認為自個兒是在暗自嘲諷，實則是，她給予了金長鴿太多關注。

江鯉庭只要一有機會，就會盯著他瞧，跟著他走：走廊上，教室中，垂直農場裡，這讓她自以為對他了解甚深。跟蹤狂會將自己的行為，解釋成一種富有詩意的迷戀，是一種滿懷愛意的保護；事實上，在外人眼裡，這是一種近乎猥瑣的窺伺——窺伺卻又讓人如此上癮，躲在陰暗的角落裡不見天日，自我感動卻讓人目眩神迷，越陷越深。

「妳最近在忙什麼呢？」

江鯉庭變得最近常常不在宿舍裡。於是林鳶好奇地詢問她，興許讀出了些端倪。

但是江鯉庭不想告訴她。不知道該怎麼說，江鯉庭潛意識認為，林鳶在男孩子這件事上，幫不上太多忙。林鳶不追星，不崇拜人，不發花痴；身為女孩子，她卻像有鋼鐵般的意志，也太男孩子氣了些——她不會懂，她不需要懂。江鯉庭搖搖頭，搖頭中有種欲蓋彌彰的意味。

「沒什麼啊。就是忙著上圖書館念書，要不然，妳也知道的，我的成績還真慘，感覺總是考不過其他人。」

林鳶側著頭，她俐落的側臉弧線像勾出一個問號。

「妳不知道，其實只要在宿舍房間裡連線，也可以直接登入圖書館嗎？」

林鳶以為江鯉庭不曉得這回事兒，她只是好心，卻讓江鯉庭臉上噗通一聲，濺得有些毒辣。學校的圖書館裡，並沒有真正的圖書——土地的缺乏，也讓書本的儲存空間變得貧瘠——於是所有書籍早已電子化，只要在垂直農場範圍裡使用無線網路，登入圖書館的應用程式，就得以查閱所有館藏。

「我還是比較喜歡實體書啊。所以每天，一定要去書本博物館繞一繞，在那區域坐一坐。」

圖書館的確特別保留了一處空間，儲存那些具珍藏價值的初版書，它們就猶如古董一般。江鯉庭這麼回林鳶話，她有些心虛，覺得自己像在說謊，可她說服自己，反正她並不帶有惡意。她只是在心裡，默默將金長鴿當成了一處寄託，一根大海裡的浮木；她以為自己這種心緒不定，這種被金長鴿悄悄勾住的狀態，其實是種好的狀態，使她的生活暫時有了更結實的重心。也許真要再長大一些後，江鯉庭才會理解這不是愛，甚至也稱不上喜歡，僅僅是一種迷戀。但那真是江鯉庭當下所需要的——她需要有人成為她生活裡的注目，成為她景仰的目標；需要有人讓她自慚形穢，這幾乎是所有自卑者，潛意識裡去追求的一種自虐傾向。只不過，江鯉庭最之前憧憬的對象是林鳶，再來是金幼鸞，而金長鴿則是最近同時出現的新目標。

林鳶並沒有再多問下去，也許這對她而言，不過是另一種茶餘飯後的閒嗑話題。她身體倚著衣櫃，整理了一下自己的物品，就說要運動去了。

午後的日光在屋裡無聲地喧囂，大理石地板卻依舊照得清冷，暖不起來。江鯉庭一個人被留在宿舍裡，陽光曬得她有些恍惚，她故作好奇卻隨意地踱步至金幼鸞桌前，在散亂的雜物前探頭探腦。桌面有一整塊區域擺滿了化妝品，江鯉庭彎下腰來，讀著標籤上頭的文字——隔離霜，粉底液，珍珠飾底乳，蜜粉——很多是她不認識，也知道買不起的大牌子。這些瓶瓶罐罐的作用簡直讓江鯉庭困擾，但至少，她看過金幼鸞塗過其中一支口紅——而那顏色十分好看——江鯉庭認了出來，忍不住伸手去觸碰。

「妳，在幹什麼呢？」

一串嬌嗲嗲的氣音自江鯉庭右耳飄了進來，讓她嚇了一大跳，她趕忙轉頭——是金幼鸞。金幼鸞其實站得離江鯉庭有段距離，但她雙手交叉，背在腰後，上身前傾，給了江鯉庭一種壓迫感——江鯉庭因而手顫抖了一下，因此沒能抓住口紅，口紅滾到了地板上。

「哦抱歉啊，我不是故意要嚇妳的，只是沒想到……妳這麼膽小。」

金幼鸞的語調極其溫柔，聽來毫無殺傷力，但她直視著江鯉庭的雙眼，卻如老鷹一般銳利。當金幼鸞這麼說話時，江鯉庭隱約覺得難為情，同時她責怪自己怎如此容易受到驚嚇，特別是還在自己的寢室裡。

一會兒回過神來後，江鯉庭才意識到口紅不見了。她趕忙蹲下身來，往地上找，她以為金幼鸞會生氣，但金幼鸞只是挺直了身，居高臨下，眼神繼續打量著她，對她皺了皺眉頭。

「唔，妳對我的口紅有興趣啊？」

金幼鸞這麼說，同時臉部肌肉放鬆了下來，眼睛裡像有一道流星，跟著慧黠地笑了笑。

「說啊，妳看上誰了？」

江鯉庭聽見金幼鸞這麼說話，心頭一驚，趕忙扭頭，卻差點拐到自己脖子。金幼鸞因為她這反應——更加確定自己推論無誤了。

「說嘛說嘛。說出來，我就可以幫妳啊。」

金幼鸞本人真有一種奇特的魅力，好似立馬就能看穿江鯉庭的心思，並很知道、該如何讓人無法拒絕她。金幼鸞的話語就像一條長長的蠕動的蛆，從江鯉庭無人知曉的傷口，默默鑽了進去。

「妳……一定，不可以告訴別人哦。」

江鯉庭一面這麼說話，一面使勁地吞了口口水。當金幼鸞一聽見這句話，瞬間就換了種笑法，像她很清楚該如何，立馬就轉換了自己正在扮演的角色；原先嫵媚的笑像被熨平，成了沒有稜角的溫柔，笑容裡有種慈祥姐姐的深情。

「不會不會，絕對不說的。我發誓。」

江鯉庭看著這樣的她，內心的衝動沒有收住，金魚吐泡似地，啵啵啵全嘔了出來。

「……他叫金長鴿。」

連江鯉庭都搞不清楚，自己為何要說出來。說她信任金幼鸞嗎？倒也不至於，只是她內心深處，的確藏有許多傾訴的欲望——比如那夜，海水淹沒了蕉洱島——江鯉庭從未與人說起，沒有與林鳶提及，也沒有同自己的母親談過。理論上，經歷了相同遭遇的她們，應該很能感受身受江鯉庭的心情；可江鯉庭就是不想說，或許怕造成她們的負擔，或許是不想被母親批判，自己怎會如此多愁善感。江鯉庭依稀記得那夜，溼冷的雨打上她的肌膚，積水淹過她的腳踝，天空的雷電與街上人們驚恐的尖叫聲，混雜在一起；江鯉庭在丟失了屋頂的房子內抬頭，仍可見著像是破了一個洞的天空，那刻的恐懼深深印刻在她的骨子裡，久久無法消散。

可現實裡，人們從來不提這種事。人們忙著談重建，忙著提該要向前走的積極——未曾有人與江鯉庭談談她的失去，她的擔心害怕，像成人們總將少女的憂煩歸類於無病呻吟。於是在金幼鸞面前，江鯉庭整個人像燒開的水，像沸騰的湯，許多不為人知的心事糾纏一起，像自海底深處往上竄升的泡泡，一一浮現出來。

「啊，妳眼光還真不錯。金長鴿，可是我表哥呢。」

金幼鸞雀躍地拍了拍手，腳一蹦一蹦的，也不擔心將腳上那雙昂貴的絨毛拖鞋踩髒了；她眼尾卻有些下沉，表情像另有深意。

「但是啊……金長鴿他，最喜歡美女了。」

金幼鸞這話像未說完，留下一個懸念。她跟著歪了歪頭，想了一想，然後笑吟吟地彎下腰去，從書櫃的最深處，拉出一大袋沾滿灰塵的塑膠袋。江鯉庭內心挺好奇，身軀卻沒膽湊過去，只敢遠遠地觀望金幼鸞的動作。

「這一整袋啊，都是我以前亂買的雜牌化妝品，好久沒用了——全都送給妳吧。我媽媽最喜歡說了，和她在一起，一定會變漂亮，一定得變漂亮——這句話我與妳分享。然後，我替妳好好打扮打扮，變身一下，妳覺得如何呀？」

金幼鸞今天這樣的態度，讓江鯉庭感到有些受寵若驚，支支吾吾地，不知該回應些什麼才好。

「來啊，不要客氣嘛。」

金幼鸞站到自己的衣櫃前，敞開紅櫸木的大門，像母親敞開了她的懷抱。江鯉庭原先心裡仍頗膽怯，但金幼鸞那些美麗的洋裝，看來十分地蠱惑——江鯉庭瞬間懂得了，當時面對著毒蛇的夏娃，內心是何種心情。

「我媽媽她啊，最愛替我打扮了，但有時她替我選的衣服，我都不是太喜歡。所以妳喜歡哪幾件呢？自己挑啊。」

金幼鸞可說是手舞足蹈，那纖細腰枝水靈扭動的模樣，簡直像是一尾蛇。江鯉庭面對滿櫃花花綠綠的衣裳，根本無法做出選擇。事實上，她不是不能，而是不敢——她害怕，害怕在精緻高雅的金幼鸞面前，暴露了自己的品味，害怕金幼鸞會嘲笑她，會評價她的審美。

「我不知道欸……能乾脆麻煩妳替我挑，好嗎？」

江鯉庭怯懦地發問，沒有意識到，在金幼鸞面前，自己又再次默默交出了主控權，將自己擺到了一個卑微的位置。少女想要輾碎彼此的自信，是一件再簡單不過的事——少女在踐踏彼此之前，往往已先狠狠踐踏過自己——於是沒有人能像她們一樣，再清楚不過，該如何挑撥對方脆弱的內在，如何讓對方產生自我懷疑的心態。

「當然好哇！」

金幼鸞這話接得如此當仁不讓，她幾乎是不多加猶豫地，就揀出了一件連身長洋裝。洋裝是淡淡的草綠色，桃心領口鑲了圈作工繁複的米色蕾絲，配上誇張的泡泡袖——這些元素向來是江鯉庭所懼怕的，她也知道自己身高不夠高，膚色又不夠白，她無法相信，這麼浮誇的風格能夠適合自己。她擔憂自己撐不起這件服裝。

可是江鯉庭完全無法開口，無法表達自己的疑慮。她倒是可以想像，若是林鳶處在這種景況下，她一定會開口嘟嚷好幾聲：「這不適合我啦。」但江鯉庭沒膽提出質疑，沒勇氣表達出一丁點碰撞；於是金幼鸞認定了她的欣然接受，順理成章地示意她轉過身來，踏進長洋裝裡頭去。

江鯉庭肥肥的臀部勉強擠過了洋裝的腰身，但金幼鸞站在後頭，替她拉鏈才提到一半，就尷尬地卡在了江鯉庭的下背部；江鯉庭聽見金幼鸞一面低低地「嘖」了一聲，一面繼續粗魯地扯著拉鏈。江鯉庭都替自己覺得丟臉，心裡急得都快哭了。

「好吧，拉鏈還真的沒法再往上了。妳就只好先這樣吧。」

金幼鸞一邊說，一邊出其不意地將江鯉庭使勁轉過身來，正對著自己。江鯉庭一個踉蹌，險些跌跤——於是她來不及見著金幼鸞最初的表情，只瞧見了她堆疊出來滿臉的笑。

「沒關係啦。不管拉鏈了，正面看起來，不是也很好看嗎？雖說，妳腰能再細一些就好了——但也算很不錯了啦。」

江鯉庭卡在了長洋裝裡，總歸有些彆扭。而且此刻她面前並無全身鏡，於是她並不清楚自己現在看起來的模樣，一切只能靠金幼鸞的反饋。金幼鸞說話的口氣裡，聽來似乎藏有某種優越感，但在收穫了貶抑後頭的讚美後，江鯉庭又不是那麼肯定了。

緊接著，金幼鸞站到江鯉庭身後，替她梳頭，嘴裡哼起了歌。江鯉庭眼鏡被取了下來，她見不著金幼鸞的表情與動作，可是從鑽入了耳道、富有彈性的音符裡，她猜測金幼鸞心情是愉悅的，或許也可以說，是江鯉庭這麼期望著。

「來啊，拉起妳的裙擺，在我面前轉一圈吧。」

金幼鸞退後一步，審視著自己的成果，看來頗引以為傲。

「妳真是個漂亮的娃娃啊。是吧？是吧！我們下次再一起去逛街，買衣服吧。」

金幼鸞將雙手擺到了胸口，海獅般地鼓起掌來，不知道是替自己、或是替江鯉庭鼓掌。江鯉庭則感受到了自己的快樂——她的心臟在胸腔裡猛烈撞擊，簡直像要暈過去一般。金幼鸞幫助了她，讓她變得美麗，讓她得以去取悅金長鴿——現在的江鯉庭並不知道，哪件事更讓她愉悅，她也根本無法確定，金幼鸞比上金長鴿，究竟，她是喜歡誰更多一些。

12

江鯉庭此時對金長鴿的迷戀，以及她對金幼鸞的注目，倒能幫忙她將注意力，由五月底即將舉行的親師會上頭轉移。

江鯉庭並不是害怕親師會本身，也不是害怕母親第一次與劉老師見面，而是害怕讓母親窺見自己現在的生活。自從江鯉庭聽從政府發落、搬到附屬校舍後，江鯉庭只去過黃七區一次，探訪母親現在的住所。黃區除了海拔稍低一些外，江鯉庭倒看不出街景建築與綠區有什麼巨大的不同；也許是因為近來無風也無雨，氣候極度乾熱的緣故，江鯉庭只聽母親說，黃區最近降雨減少，於是偶爾會輪流限水，但這件事並不是綠區的煩惱，於是江鯉庭也不想在乎。

政府在黃七區蓋了整片的社會住宅，建物頗高，沿著山坡蓋得密密麻麻。即使已經過了下午三點鐘，太陽依舊毒辣，江鯉庭母親沒戴帽子，吃力地走在前頭，爬著坡。江鯉庭有些不忍直視母親的背影，於是她遠遠地落在後頭，提著行李袋，步行在小道上，簡直要被整齊劃一的陽臺欄杆誘發出密集恐懼症。

黃七區的景致倒讓江鯉庭回憶起蕉洱島。在蕉洱島上的生活，似乎已是久遠前的事了，但其實也不過才過了一個多月。江鯉庭的背後已微微滲出汗來，若真要問，江鯉庭是否懷念蕉洱島呢？矛盾地，她又答不太上來。說全然不想念吧，又好像真還有那麼一些眷戀——特別是當她回想起只有母女倆相依為命，一起擠在小廚房裡煮著飯、忙開伙的日子；但要說她真的很掛心吧，江鯉庭卻也常常厭煩母親的黏膩，因為只有她們二人，只剩她們二人，江鯉庭就成為了母親僅剩的出口。

江鯉庭的父親很早就「拋棄」她們了——這是母親告訴她的說法。而父親告訴她的說法，則是：「他離開**她**，與**他們的婚姻**。」婚姻與家庭，指的是同一件事嗎？江鯉庭內心一直有這樣的疑惑。這件事其實與江鯉庭無關——父親如此鄭重地澄清，他從來沒有拋棄她的想法。然則，實際上，父親也是在江鯉庭上了中學後，才重新與她聯繫上的——他之前又都去哪兒了呢？她小學時，對父親並無太多印象，於是江鯉庭內心也並非很相信他，她在決定是父親、或母親究竟是誰說謊之間，反覆搖擺著，像少女的疑惑總是無法得到大人們的解答。值得慶幸的是，江鯉庭的確學會了，該如何拿父親的話，去反擊母親，去攻破母親——在她終於忍受不了的時候。

政府在黃區分配給母親的屋子極小，畢竟原本就只設計給一個人住的。房間裡頭一房一廳一衛浴，有點像單身公寓——於是母親並沒有預留江鯉庭的房間，江鯉庭也不預期母親會想到她。室內沒裝空調，即使江鯉庭早已汗流浹背，也不覺得屋裡比戶外更涼爽。

母親準備讓江鯉庭在臥室裡打地舖，可江鯉庭自己倒是不甚自在。她覺得自己最近長得很快，已不習慣與母親離得太近，如此親密，於是打算自個兒將涼蓆搬移至客廳。

「妳確定？」

母親的嗓音被風扇吹得含糊不清，像對著棉絮嘟噥。

「我可是只有一臺電風扇。」

江鯉庭的母親其實向來有份不錯的工作，江鯉庭也盡可能不讓她操心，在學業上保持不錯的成績；可母親仍無法不對自己的人生心懷怨恨，特別是在心情低落的時刻。

「如果當時我沒有懷孕、沒有奉子成婚的話，現在我的人生，一定會有很大的不同吧？」

母親在對江鯉庭的背影這樣說話的同時，絕不會在字句中嘆氣；她的語氣永遠平鋪直敘，像她內心毫無波瀾，並不是真正在意。她會極其有耐心，耐心地，等到江鯉庭轉過頭來，然後以混雜受傷與難堪的表情，回看向母親——母親才會像逮著了最佳的時機，重重地嘆了一口氣。在江鯉庭小學畢業以前，很常因為母親的這些話語，而不知所措，自我譴責，於是半夜常常躲在被窩裡垂淚。那時的江鯉庭曾三不五時幻想，會否有一個什麼人，或者一個什麼事件，能來敲破鎖住這小小母女世界的鐵窗，好讓江鯉庭得以逃亡？江鯉庭打從心底相信，自己紮紮實實地對母親的人生，造成毀滅性的傷害，於是她為自己的出生與存在，三不五時感到羞愧。

如果我沒有生下妳就好了。江鯉庭知道，這是母親從未說出口的心裡話。

江鯉庭沉默地將涼蓆拉至玄關，沒理會母親此刻的念叨。玄關裡空間太窄小了，於是她的腳趾頭不得不抵到鞋櫃，江鯉庭只好告誡自己克制，並蜷起身子，像一個蟲蛹。她睡在客廳的一片漆黑裡，聽著簡陋的家具們也在沉睡中吸納吐息；牆壁太薄了，於是她可以聽見隔壁鄰居，有人似乎也正貼著地板竊竊私語，像自土壤裡鑽出來的小地精。**青菜買到了嗎？沒有，今天去晚了。明天得早點起床，搭車去搶。**青菜——江鯉庭倏地就想起了垂直農場，想起了溫室裡的涼爽，與農產品的富饒；她想起了301號房柔軟的大床，與少女們盥洗後的清香：金幼鸞洗髮精的櫻花香，馬可薇沐浴乳的青蘋果，林鳶止汗劑的牛奶味；江鯉庭為了融入她們，也替自己去販賣部找了個薰衣草味，但現在江鯉庭卻滿頭大汗。她爬起身來，打算將就些，至少去洗把臉；她摸黑走進母親的浴室裡，扭開水龍頭，發現，天，還真的停水了。

在蕉洱島上，林鳶家離江鯉庭家並不遠，中間隔了條窄小的巷弄。江鯉庭出了自家的大門後，往左轉，沿途成排的檸檬桉樹葉一經揉擰，就散發出陣陣強烈檸檬混合香茅的氣味；只要聞一聞那天江鯉庭右手的指頭，就知道她有沒有又去林鳶家拜訪。江鯉庭及母親是在她剛上小學時，才搬到蕉洱島來，約莫是父親剛捨下她們遠去。而林鳶家是江鯉庭母親少數願意往來的對象，因為她們同樣是由一位女性，獨自帶著一個女孩——只不過，林鳶是由奶奶帶大的。

林鳶家並不大，但整間屋子裡頭，找不著一張她母親的照片。石牆上掛的大多是林鳶自個兒的獨照，偶爾穿插幾張林鳶與奶奶的合照。

「妳從小到大，就沒見過妳媽媽嗎？」

林鳶搖搖頭。那時她們正玩著鄰居送的舊娃娃，林鳶翻箱倒櫃，找出一把剪刀，她使勁兒將娃娃的及肩長髮箍起，打算將娃娃的一頭長髮剪短。

「留長髮，真是太麻煩了。」

林鳶幾乎是嫌惡的這麼說。那時蕉洱島一年到頭都是炎熱的，春秋冬季都被夏日吃進了肚子裡；林鳶則剃了個三寸頭，從背影看來，她就像個小男孩。

「妳怎麼，跟我媽媽說的話，一模一樣。」

在江鯉庭模糊的幼年印象裡，母親的背影從來都是長髮過肩的，即使是在熱氣氤氳的廚房裡，母親依舊披散著頭；於是當母親端菜上桌時，江鯉庭都肉眼可見她頭頂的油亮，及髮絲瀰散出的油耗味，像母親將頭髮放進鍋裡炒過。江鯉庭挨著餓，與母親一起，等著父親回家；她的小腳總在桌下焦躁地蹬著，而當她餓到受不了時，她就鑽進母親的頭髮裡，偶爾可以聞到蒜頭香，辣椒辛，豬肉留存的腥臊，還有被沖得很淡很淡的洗髮水味道。母親會作勢捶她，然後她們會在漸漸冷掉的菜餚前，笑鬧成一團。

母親的長髮是一桌童年的菜餚，是母親身為女人，被拌炒過的青春。但在父親離她們遠去之後，母親似乎開始厭惡起身上的一切女性特質。她從來不是真正喜歡留長髮，不過是因為父親高興——母親這麼對江鯉庭說，於是江鯉庭再聞不著她髮裡的菜香。母親並將各式各樣的裙子，通通藏到了衣櫃深處，還收起了她原先對人說話溫柔的腔調，似乎她再不願使出這些招數去親近、甚至誘惑男人，因為他們使她受挫，使她心碎。母親同時開始厭惡起自己的軟弱，將這種特質，歸咎為是她被拋棄的原因——於是她也開始痛恨江鯉庭表現脆弱，她暗自希望，江鯉庭能像男人一樣強勢。

也是在那樣的日子裡，林鳶很快就對洋娃娃失去了興趣；也許是因為她必須早早就跟著奶奶上市場幫忙，所以她並不總有太多時間，陪著江鯉庭扮家家酒。林鳶有點像小一號的母親，江鯉庭暗自這麼想過，也許林鳶，比她更適合當母親的女兒。

後來林鳶的頭髮總像貧瘠的農地，從未真正長長過；她的頭髮最常由側面推高，削得如西瓜皮般薄。她上身最愛穿著長版的坦克背心，下身穿著男孩牌子的運動短褲，皮膚曬得黝黑。最先開始對著林鳶吹口哨的，其實並不是男孩子們，而是將她視為偶像崇拜的女孩子們：女孩們討論著林鳶精壯的小腿，討論她被健康小麥膚色襯得更顯潔白的牙；她們偷拍她瀟灑坐在欄杆上乘涼的相片，意淫她，想像她內心其實正在思念著她們。這樣的盛況在林鳶被選上高中籃球校隊的隊長後，更攀爬到了巔峰。

校園裡，總是有許多關於林鳶的謠言。比如說，她是不是喜歡女生？她是不是在屁股上方偷偷刺了青？女孩們總藉著閒言碎語，來拼湊一個人的全貌；而其中很大一部分傳聞，更是關於林鳶的母親。林鳶在升上高中以前，總可順利逃避這話題，畢竟她母親的照片，並不總是被高高掛在川堂的相框裡，帶著幾乎與林鳶如出一轍的笑容，對著走廊上熙來攘往的人們燦笑。而最先認出林鳶母親的，竟還不是林鳶本人——是當林鳶趾高氣昂地，帶著籃球隊的跟班們，浩浩蕩蕩走過川堂，準備去練球時——一個總是伶牙俐齒的矮個男孩出聲了。他躲在一群老是翹課，老是溜出校門抽菸的小混混幫派後頭，暗箭般發話了：「喂！林鳶，川堂照片裡，那個和妳很像的女孩，應該是妳媽媽吧？聽說妳不是從來都不知道，妳媽媽是誰嗎？」

「連自己是不是沒媽的小孩，妳都搞不清楚嗎？」

老實說，這並不是多丟人之事，但男孩群裡聽說浪出了一陣爆笑，像夏日湧潮似的，一波一波向林鳶襲去。聽說林鳶僵在當場，好像快要哭了。聽說林鳶只是一本正經，眨了眨眼。聽說林鳶臉上一陣青，一陣白，幾乎是落荒而逃了。聽說林鳶揍了那矮個兒男孩一頓粗飽。江鯉庭當時並不在現場，她全是聽別人描述後，試圖在腦海裡重組出那幅畫面；旁觀的女孩們吱吱喳喳，畫面裡身為注目焦點的林鳶，卻總是看來模糊不清。

自學校返回江鯉庭家的路途中，有一處由四條叉路所圈成的小圓環，圓環上的草全枯了，連上頭的狗屎都被太陽曬得既乾且碎；其中三條大路是由柏油所鋪成，最不起眼的那段，則是一條小小的泥巴道。小路平常沒什麼人走，路的末端叢生著錯亂的雜草，立了個木牌，寫著「**此路不通**」；於是外地人會在這兒就停住了，只有熟門熟路的當地人，才知道若踩過這區的荒蕪，再走一小段路，死路又會被走活。江鯉庭走著走著，目的地是幾步後的小空地，還有空地上，那棵枝葉茂密的蓮霧樹。

江鯉庭遠遠地就在祕密基地找著林鳶。林鳶正以膝蓋後窩勾住樹枝，身軀懸空倒吊著，像具頭下腳上的屍體。江鯉庭歪著脖子，試圖看清楚林鳶的表情——她的表情看來有些倔強，卻也難掩沮喪。

「妳為什麼，不跟妳奶奶談談呢？」

「談些什麼呢？」

江鯉庭清理樹下被砸爛的蓮霧殘渣，連裙子都還沒順好，就一屁股坐下。她盤腿，拿出包包裡的一袋小番茄，攤在沾上了些蓮霧爛果肉的膝蓋頭上。江鯉庭挑了一顆，塞入自個兒嘴裡，然後揀了一顆大的，往上拋給林鳶；林鳶單手靈敏地抓緊，緊跟著放入了自己嘴巴裡。

「談妳媽媽啊？」

「那還真是，沒有什麼好談的。」

林鳶放任身體隨著清風搖擺。她的聲音聽來很悶，像有人拿著布，勒緊了她的聲帶。

「我不想讓她不開心。」

「唔，妳在讓別人不開心這件事上，應該贏不過我。」

林鳶用力扭了扭脖子，看了看江鯉庭，嘴角悄悄牽動一下，看似不大情願，但最後她仍是忍不住，笑了出來。江鯉庭見著她這模樣，終於暗自在心裡鬆了口氣。

「妳打算一直保持著這姿勢嗎？我必須側著頭跟妳說話，很累欸。」

林鳶聽見她這樣說，於是將上半身撐回到樹枝上，用她強健的臂膀扶著，一溜煙就自樹上竄了下來，像一隻俐落的花貓。她拉住江鯉庭的左前臂，和江鯉庭併肩坐到了一塊兒；江鯉庭跟著不客氣地，將番茄袋改擱到了她腿上。

「……謝謝妳。」

「謝什麼？」江鯉庭翻了個白眼，「妳不是從樹上下來，改要聽我抱怨的嗎？」

江鯉庭表面上自嘲地這麼說，內心卻是想：要不是有林鳶的話，她還真不知道自己究竟能在誰面前，表現出這一面。江鯉庭那時就漸漸意識到，她不大能在大夥兒面前，被視為幽默風趣，被認為是值得一交的朋友。能誘發她這一面的人寥寥無幾，甚至是在江鯉庭的母親面前，她也很難展現這種樣貌。

「我母親就像是個謠言。而我是*謠言的女兒*。」

林鳶一面拔起腳邊的牛筋草，一面有些失魂落魄地說。

「妳知道的——她好像從來都與我無關，卻總是三不五時會在我的人生裡出現，像個陰魂不散的鬼魅。」

「母親，不都是這種模樣嗎？」江鯉庭試圖找著合適的語言來描繪，「就，不論她們是死是活，都像背後靈一樣。」

當林鳶一聽見死這個字時，揪著草的手猛地顫抖了一下。江鯉庭才恍然意識到自己說錯話了。

「對不起。」

「不要緊。」林鳶搖搖頭。「我從來不提我媽媽，是因為我真的對她沒印象。我奶奶從來都不想提她，所以我覺得，我也沒必要問。今天的事，我只是有些措手不及——不知該如何反應。」

在江鯉庭的觀感裡，林鳶的奶奶很完美：身材圓圓矮矮的，笑起來很慈祥，對林鳶說話總是輕聲細語，看樣子，祖孫倆幾乎不吵架。奶奶不提林鳶的母親，但奶奶就像林鳶的母親，不過是蒼老了點，虛弱了些。奶奶總是支持林鳶的任何打扮穿著，贊同任何林鳶想做的事；林鳶沒有母親，卻反倒過得更自由自在，江鯉庭其實內心裡，老為此感覺不公平。

林鳶的奶奶總圈著一條花圍裙，會做好幾道拿手菜，雞，牛，豬，所有食材來到了她手裡，都能被折騰出各種美味。她還在自家庭院的角落裡，隔出了一畦菜園，然後會招呼江鯉庭，帶一些新鮮葉菜，回家讓母親烹煮。江鯉庭的母親偶爾會嫌棄林鳶奶奶的土味，然後一邊挑剔菜賣相不好，一邊又全將菜入了鍋，下了肚。

江鯉庭在悶熱中等了半天，卻還是等不到水。她突然痛恨起自己，也痛恨起母親。她意識到，自己並不屬於這兒——跟這些傢俱比起來，她並不是這裡的一分子——她沒有家了。當時蕉洱島拋下她們，被海水吞沒，然後江鯉庭搬去垂直農場的校舍，以為一切只是暫時性的；她仍妄想母親所在的地方，依舊可以被她稱為家。但今天，當她與母親待在同一間屋子裡時，當她躺在這母親居住著、卻沒有太多自己物品的房間裡時，江鯉庭並沒有感受到任何歸屬。

有一陣子，江鯉庭常常跟母親頂嘴。從小到大，母親往往是大同小異的一套戲碼，比如說習慣性地碎念，碎念她一個人養小孩，是多麼酸楚的一件事——她真是命苦。

如果江鯉庭一如往常地忍氣吞聲，附和母親說：「對，妳好辛苦。」或是撒撒嬌，說待會兒可以幫她捶捶背，像小時候常常做的那樣，也許母女就不會開戰。可年紀漸增的江鯉庭，對這種劇碼越感疲憊，在她的念頭能控制以前，她的舌頭往往就先抖了個機靈，酸了句：「對，妳真的**最偉大**，最了不起了。」

「妳、說、什、麼？」

對過分敏感的母親而言，江鯉庭話語裡暗隱的不滿，是不可能聽不出來的。江鯉庭這像湧泉般即將噴發的、深深淺淺的挑釁，讓母親也不自覺地提高了質疑的音量。

「我說，妳可以不用一天到晚這樣抱怨，妳不需要一直從我這裡，得到認可。很煩欸，妳究竟知不知道？」

江鯉庭若是躲入自己的腦殼裡，就得以見著理智線熔斷是何種景況，就像挑起吉他上的一根弦，再無來由剪斷它；或是像個幸災樂禍的旁觀者，眼睜睜看著由怒氣捏成的雪球越滾越大，轟隆隆地奔下山，砸向山腳那間，被江鯉庭取名為「**母親脆弱面**」的小屋。

於是母親會像吃了炸藥，抓住手裡那把水果刀，威嚇地向江鯉庭逼近。她會揮舞著手頭的武器，對江鯉庭激動地大吼：「我怎麼會養出這種女兒！妳還是、去死一死好了！」

可事實上這些場景，永遠只會在江鯉庭的腦海裡發生。她才沒勇氣在現實裡，去實現這種情節；江鯉庭自認是個孝順的女兒，孝順女兒最基本的表面工夫，就是不與母親大聲吵架。於是江鯉庭最終會悶悶地回了句：「沒事。」

在一片漆黑中，江鯉庭躡手躡腳地順著牆壁，走到母親的房門口。為了通風，母親沒有關門——江鯉庭可以見著母親呈現大字型，豪邁地躺在薄木板床上；床板已被汗水溽溼了一大片，像母親尿溼了床。母親下身的亞麻褲腳很寬大，露出好大一截小腿肚；那腿肚如蟒蛇鱗片，又粗糙，又黝黑，沾滿了母親的汗液，江鯉庭似乎可以聞到那股汗臭味。母親微微打著呼，鼾聲與轉動的電風扇頭一起，幾乎是要一搭一唱，在深夜裡譜成一首歌。

「我也像我母親的影子。妳明白嗎？」

林鳶是謠言的女兒，江鯉庭則是母親的影子；這就猶如她們向別人介紹，自己是「**母親的女兒**」的同義詞。

「母親，真是一種麻煩的生物。」

林鳶促狹地下了結論。江鯉庭不知她帶有多少真心的成分，畢竟她不能算是真正認識自己的母親。江鯉庭內心有種泫然欲泣感，可她仍與林鳶交換了眼神，然後兩人一同大笑了起來。只有在很短暫、很短暫的時刻，江鯉庭才會意識到，她們總是不留情面、惡毒地評論母親，可她們卻從不討論自己的父親；就像她們幾乎沒有與自己父親的合照，像父親從來不曾存在過。那個最不常在身旁的人，擁有最模糊的影子，卻往往也擁有最多的愛。

江鯉庭躲在母親房外的陰影裡，突然感覺到飢腸轆轆。母親今天替她準備了食物，她晚餐其實吃得很飽，所以那陣飢餓感，並不全然是真實的。可江鯉庭身體深處的確有一股空虛，像有隻怪獸棲息在她體內，因為無人餵養，於是發出巨大的哀鳴，成為伴隨江鯉庭久久不歇的耳鳴。

江鯉庭繼續注視著母親熟睡的模樣，有些心疼，她既想哭，卻又同時覺得母親庸俗可恥。江鯉庭想起了金幼鸞，想起了金幼鸞幼白纖細的腳踝，想起了她精緻的裝扮與笑容，想起了她對著自己說：**妳真是個漂亮的娃娃啊**。母親的世界早已沒有漂亮的娃娃了，只有過度的炙熱，與隨處可見的貧瘠。江鯉庭不僅僅是羨慕金幼鸞本人，她還羨慕金幼鸞身邊擁有、與代表的一切。她再也不屬於這兒了，她也不想屬於這兒了——江鯉庭知道自己得努力，往上攀爬，向上生長；像垂直農場裡的莊稼一般，在綠色的溫室裡，欣欣向榮。

江鯉庭決定天一亮就走，她決定離開母親。她得早點回去，認真奮發，努力念書。

13

舉辦親師會的目的，是讓劉暖鸝和家長們見面，討論討論學生們期中考之後的表現。相較來說，這件事或許與江鯉庭及林鳶比較不相關，畢竟期中考舉行於三月底，是在她們搬進垂直農場之前；可也許又和她們息息相關，誰讓那些期中考吊車尾的少女，原先的位置，就是給江鯉庭及林鳶取而代之。

江鯉庭發現不只有她一個人在親師會當日情緒焦躁：馬可薇猛咬自己的指甲，金幼鸞則在房裡頻繁地走來竄去。馬可薇也就罷了，原先她就有許多強迫行為，不意外地今日完美主義又發作了；比較不能讓人理解的，是原先總優雅從容的金幼鸞，一大早就像隻翅膀著了火的孔雀，即使依舊趾高氣昂，但由她頻繁輕皺的眉頭，與三不五時嘴唇所砸出的「嘖嘖」聲，江鯉庭仍肉眼可見她的暴躁。

「馬可薇，妳拿了我的燙睫毛器嗎？」

房裡緊繃的氛圍由金幼鸞率先發難打破，她的語調又尖又高，紮紮實實地嚇了江鯉庭一大跳；可她沒膽量轉過頭去，只敢側眼瞥向金幼鸞的方向。

「我才不會動妳的東西。」

馬可薇也被她突然的質問嚇了一跳，舉著衣架的手抖了一抖，但畢竟不愧是極有自信的馬可薇，在極短時間內，她又很快鎮定了下來。

「怎麼可能？那我怎麼會找——不——著——」

「誰知道，妳自己又擺到哪裡去了？」

馬可薇的回話頗沒好氣，大概是覺得金幼鸞在無理取鬧。金幼鸞一股怨氣無處發洩，於是狠狠將手裡握著的圓梳，重重地摔到桌上。

宿舍裡又回復一片沉靜無聲。按照江鯉庭對金幼鸞粗淺的了解，以往她是決不可能找馬可薇興師問罪的，她最常找金幼鴻的碴，可金幼鴻此刻已被她攆了出去。剩下的林鳶素著一張臉，連隔離霜也沒擦；而江鯉庭則胡亂只抹了粉底，眉毛也沒修，雜毛胡生，腮紅也不會打，睫毛即使拉遠了看，也是又短又塌，一看就知道她才不會使用燙睫毛器這麼高檔的玩意兒。她倆都不可能名正言順地，成為金幼鸞的出氣筒。

「妳可不要發瘋，好吧？」

馬可薇對著金幼鸞冷言冷語。她前臂勾起了掛在椅子扶手上的包，看來已著裝妥當，準備要出門。

「妳這麼對我講話的嗎？賤貨？」

江鯉庭差點被自己的口水嗆到。連林鳶此時的注意力都被吸引過來，一臉難以置信地，瞪著如此說話的金幼鸞，可她也不敢開口插話。馬可薇原本已走至門口穿鞋，現在她又轉回身子，雙臂交叉胸前，面對金幼鸞，擺出防衛的姿態。

「妳說什麼？妳這個婊子？」

「說真的，妳用什麼燙睫毛器呢？想變得像我一樣好看嗎？告訴妳，妳永遠無法達到我這種境界的——醜女就是醜女。」

「妳又有什麼好得瑟的，敢說這種話？妳這個到處勾引人，和別人上床的婊子！就跟妳媽媽同一個模樣。」

「那也比妳、和妳媽媽好啊，一家無趣的女人。妳媽媽和妳，在床上應該都同個模樣吧——就像兩條死魚一樣。」

江鯉庭簡直驚呆了。她沒料到這兩個平日看來白白淨淨，優雅氣質的淑女，罵起街來竟然這麼髒。她們一個可是女神，一個是女王啊——而且在今日之前，江鯉庭倒也沒見過她們有過摩擦。她以為，她們都很需要彼此：女神與女王得以互相襯托、結盟，好鞏固彼此的社交地位。

「怎麼辦哪？」

林鳶湊到江鯉庭耳邊來，滿臉擔憂，江鯉庭對著她搖搖頭，二人面面相覷。好險下一秒戰場上的局勢，直接就推進了她們的決定——馬可薇抓起江鯉庭桌上的筆筒，向著金幼鸞擲去——有幾支筆飛到了林鳶身上，於是這讓她才找著理由，衝上前隔開兩人。

也因為早上這樣一鬧，同一寢四個少女參加親師會全遲到了。在移動的過程裡，馬可薇全程鐵青著一張臉，金幼鸞則是三不五時舉起鏡子，確認自己妝容，她們誰也沒有搭理對方。說也奇怪，因為她們兩人反常的舉止，江鯉庭心情反倒輕鬆了起來；她不由自主地期待著，能在今天這樣的場合見著金長鴿，特別是她今天還化了妝——她想讓他瞧瞧，她盛妝打扮的模樣。她認真打扮起來，應該也還算是能看的吧？

親師會舉行的地方，是一個平日不常使用的主會議廳，位於北側建築群的最頂樓，比教師們的辦公室與宿舍更高，於是學生們平時不被允許進入。光是搭電梯，就要經過層層驗證身分的關卡。

她們是最落後的一批學生，於是電梯裡只剩她們這一夥人；學生們都知道出了宿舍後，連電梯裡都設有監視器，於是所有人保持著鴉雀無聲。江鯉庭留意到，連金幼鸞的側臉竟也輕輕滲出了汗珠，這對總是自信爆棚的女神而言，也可說是極為罕見了。

電梯門終於「叮——」的一聲敞了開來，刺穿落地大玻璃窗的陽光，耀眼地讓江鯉庭感覺刺目；而這裡畢竟是六十層的高樓，江鯉庭遠眺戶外的景致，有種向下俯瞰、並將朱漆山踩踏於腳下的愉悅感。走廊地板上舖蓋著厚重的繡花地毯，偌大的通道裡此刻空無一人。

江鯉庭跟在金幼鸞與馬可薇後頭，一推開會議廳結實的大門，門口群聚的部分人們，突地有志一同轉過頭來，盯住她們——四處環顧會議廳後，江鯉庭突然領悟，為何今日女神、女王會有如此難得的反應。

首先映入江鯉庭眼簾的，是坐在離入口不遠，側臉對著門口、一位看來過分年輕的女人；任何地方只要有這樣的女人存在，總會奪走其他女人的風采。女人即使坐著，上身儀態依舊保持著挺拔，她的皮膚平滑得如高山針葉林裡凍結的湖面，雪白得像是在發光；她的長髮雍容地挽得垂垂的，洋裝的一字領開得有些低，露出的鎖骨猶如一對長長粉粉的淺盤子。當女人側著頭，抿起嘴笑時，江鯉庭才意識到這風情的相似性——女人是金幼鸞的母親，由她甩頭時的媚態，與不經意挑起的手指，都隱隱可看出金幼鸞的影子。

而後江鯉庭不自覺地，就開始玩起了連連看的遊戲。這房裡竟沒有男學生，沒有金長鴿，一眼望去，看來也沒有誰家的父親出席——只有少女與女人，女兒與母親。少女是女人未成熟的擬態，是暴雨時水面的映照，是被成人世界擊碎的玻璃渣；女兒是酒杯，母親是酒水，母親與女兒在屋裡相遇交錯。

所有的母女都是具有相似性的。即使她們可能刻意隱藏，但在許多細節上，是會根本性地暴露出端倪。以此為憑據，馬可薇的母親並不是太難辨認——那幾乎是整間會議廳裡，第二位會讓江鯉庭印象深刻的女人。女人氣場強大，臉部立體，但表情嚴峻，她高聳的鼻樑更襯托出面部表情的陰沉；她將髮髻梳得太高太緊了，髮根惡狠狠地牽扯臉皮，整張面部不由自主地繃得極緊。上衣扣子被堅持扣到最上頭，衣料幾乎包裹住整個下頸部，那拘謹看在江鯉庭眼底，有種讓人無法喘氣的窒息感。

最先留意到入口的她們，將視線移轉到她們身上的，是馬可薇的母親；可她並無綻露笑容，或牽扯出任何歡迎她們的表情。她雷射一般的目光，最後鎖定在了馬可薇身上，那眼神無不帶著譴責的意味；馬可薇先是與母親對視，但很快就將上眼瞼落了下來，目光閃躲。馬可薇母親以凌厲的眼神，在這場母女角力中取得勝利，她挺直了腰桿，將注意力游移至其他母親身上。

於是真正先敞開懷抱歡迎她們的，其實是金幼鸞的母親。她伸直那雙看來昂貴，保養得宜的纖纖右手，越過整間屋裡的人群，以一種猶若招呼姐妹淘的軟糯語氣，呼喚著金幼鸞。她的神態裡有種遮掩不住的驕傲，幾乎是高調地在向其他人炫耀：「看哪！那是我的女兒！」

金幼鸞聽從召喚，向著金太太走去，一路上總有人偷偷瞄她，但看看她的表情，無法得知她究竟是開心，或者不開心。同寢的四人暫時就分了開來，江鯉庭暗自搜尋母親的身影。不消花上多少時間，江鯉庭就找著了她——江鯉庭的母親屬於另一種萬丈光芒，屬於另一種端不上檯面的醒目——她正對著一旁、不知誰家的母親大聲嚷嚷，而對方臉上雖掛著微笑，死抿的嘴角卻出賣了她的忍耐，像正隱忍著別讓情緒爆發。江鯉庭懷著忐忑的心情，默默走向母親，可母親仍沉浸在自己的世界裡，從頭至尾沒有抬起頭，沒有留意她。

要待江鯉庭再走近一些後，才能聽清楚母親正在喧嘩什麼。她正忙著抱怨現在她的居住品質有多差，抱怨一開始，也不是她自願要去蕉洱島定居的，而是政府分派她去駐點服務的，現在竟因氣候變遷，淪為氣候難民；抱怨即使養出了一個看似成績優異、頗有前途的女兒，事實上，也無法嘉惠回她身上，她人生忙了這麼久，又有得到什麼足夠的回饋呢？

所以母親知道她過來了，只是無心搭理她——因為此刻母親才淡淡瞥了江鯉庭一眼，然後又沒好氣地繼續碎念下去。江鯉庭忍不住在心底長嘆口氣，然後一面是同情，一面又是敬佩的，向著被迫聽母親嘮叨的那位家長點了點頭，默默表達她的歉意；可對方也根本不屑理她，耐性似乎快耗到了盡頭。

沒了出場戲分的江鯉庭，只好百無聊賴地四處晃蕩。她看見林鳶正一人窩在角落，背牆而立，木然地像旁觀這一切。江鯉庭好奇地觀察她好一陣子，她的身影看來如此孤單，神態卻又如此輕鬆；林鳶應該是班上唯一一位，沒有家長陪同出席的學生，江鯉庭向她揮了揮手，朝她所在的牆角靠近。

「妳奶奶呢？」

江鯉庭聽見林鳶正在哼歌，比起金幼鸞及馬可薇，她悠哉到不像在參加親師會。

「哦，從紅六十九區要到這兒來，以她的年紀來說，實在是太舟車勞頓了。所以我事先徵得了劉老師的同意，她不需要出席，沒有關係。」

若是在一般的情況下，在多數正常的情況下，江鯉庭會替林鳶感到同情。但此時此刻，當江鯉庭看向自己的母親正不停抱怨自己的處境，像擔心其他人不知道她的人生有多委屈。事實上，在這間會議廳裡，真正值得同情的也許只有林鳶——而且大家是真心誠意地發自內心——而江鯉庭懷疑，別人對母親所顯露的這種表面式的同情，是否或多或少都摻雜有鄙視的成分。

江鯉庭轉身，朝向金幼鸞所站的方向。對金幼鸞的羨慕像無影無蹤的鬼魅，在江鯉庭心頭縈繞不去，她甚至開始羨慕金幼鸞擁有那樣的母親。江鯉庭明白這種妄望極不應該，但她的確曾發自內心誠心地祈禱：今日母親不要出席的話，那該有多好。金幼鸞的母親此時已站起身來，她下身穿了一襲黑絲緞長裙，剪裁合宜的布料服貼地勾勒出臀部線條，然後又大氣地往底下舒展開來；裙子的開叉高度有些微妙，底下白皙的大腿若隱若現。金幼鸞與她母親魅惑人的能力，簡直不相上下，當母女倆並肩站在一塊兒，看來就像親姐妹——那種既讓人欽羨，卻同時也讓人備感壓力的親姐妹。

金幼鴻其實也正站在離母親與姐姐的不遠處，但看來像是被冷落在一旁，無人多加搭理她，甚至連江鯉庭也沒意識到她正站在自己的視線之內。

「劉老師，我們人應該都到齊了吧？是不是應該快點開始呢？畢竟已經遲了好一陣子，不是嗎？」

率先發難的是金幼鸞母親，這倒也不讓江鯉庭太過意外。她說話的語氣十分溫柔，但整個人的神態，配合著略略抬高的下巴，依舊讓人讀出了一絲頤指氣使的味道。

「那……校長，請您先來替我們發個言，好嗎？」

劉暖鸝雖然順從了金太太，卻將發言大權交到了馬可薇母親身上。穿著西裝褲套裝的校長，緩緩自椅子上站起身來，她也以同樣若有似無的高傲，瞥了金幼鸞母親一眼，一面順了順身上的淺藍色條紋襯衫。她的西裝外套與襯衫都被燙得筆直，恍若暗示了她個性裡的有稜有角；這身俐落的、充滿剛強線條的裝束，更烘托出她的中性氣勢，與金太太柔美飄逸的裙裝相較，更顯現出她們二人並非同一路人。

林鳶看出了這當中的戲，對江鯉庭投出一個疑惑的眼神。少女們從來不明說她們不喜歡誰，她們甚至說不出「討厭」這個字眼，好似這是一個極其汙衊與惡毒的詞彙，會玷汙她們的單純與甜美。而這種技能，其實也是都是從她們母親身上習得的，那些表面優雅高貴的女人們，更是很少公開展現她們的負面心理；她們只會用肢體，用眼神，用誰東施效顰了誰的髮型，誰又借給誰穿她的洋裝，來隱晦地宣示她們的喜歡，她們的憎惡，她們的情仇。不論是女人或者少女，她們就像工蜂，像螞蟻，彼此間有一套暗地溝通的模式。

江鯉庭心中暗自有些得意。雖說平日林鳶更常與金幼鸞走在一起，但現在的江鯉庭，擁有金長鴿這隻會耳語的小小鳥，讓她聽見了更多關於金幼鸞的小道消息，這種小道消息更會讓她錯覺，自己與金幼鸞比想像中更親近。

「金幼鸞的父親，擁有原先垂直農場一半以上的土地。同時理論上，學校是屬於垂直農場的附屬設施。」

江鯉庭讓林鳶伸過頭來，靠在耳邊，悄悄對她低喃。

「可是馬可薇的母親，才是學校目前的管理者。」

劉暖鸝在退下講臺前，平舉雙手，示意所有人安靜。她的穿衣品味一如既往地糟，江鯉庭認為那身服裝與這組動作，讓她看起來簡直像隻海獅；江鯉庭並沒有意識到，她現在與金幼鸞一樣，總是以外在衣著去評斷一個人。

「我們很開心，看見仍留在這裡的學生們，大部分都還是熟面孔，真是恭喜妳們。同時也恭喜新加入的少女們——歡迎妳們成為這個大家庭的一分子，也希望妳們能繼續保持下去。」

校長的聲音低沉且富有磁性，透出一股不容拒絕的威嚴；身為班代的馬可薇發言時，的確也頗有乃母之風，有相仿的氣魄與架勢。

「大家都憑著真材實料，證明自己是有實力，才得以留在這兒的。」

事實上只有少女們，才是憑著學業成績，而得以留在綠區的，而她們背後的母親，各自有不同的地位與處境，比如江鯉庭的母親，就不夠格待在這兒。江鯉庭以眼角餘光偷偷瞄了母親一眼，留意到她微微變了臉色；而同樣讓江鯉庭不解的，其實還有金幼鸞的母親——除了美貌，江鯉庭還未理解她究竟有何重要的建樹，得以留在綠區。

「除了學業上的出眾，婚姻——也是妳們特別被看重的一環。」

在聽見婚姻這詞時，金幼鸞的母親輕輕咳了一聲，點了點頭，似乎對這句話十分認可；但她既沒接話，也沒答腔，只是嘴角揚起了淡淡的微笑。此時會議廳裡有許多人——準確來說，是許多妻子——明白了她的意思，理解她正在低調炫耀她人生的勝利；她們不約而同向她拋去注目的眼光，可從眼神裡，很難分辨她們究竟是讚嘆，或者嫉妒。

「金幼鴻，妳的領結鬆掉了。真是的，這種事，還需要人提醒嗎？」

金太太猛地捏尖了嗓子，突兀地刺了金幼鴻一句，隨著言語的攻擊，她的上身含蓄地搖搖擺擺；即便挑剔歸挑剔，金太太卻也根本懶得伸出手去，親自幫小女兒整理儀容。附近座位的幾個人開始竊笑，金幼鴻則是羞恥地低下頭來，脹紅了臉頰。金太太知道，大夥兒原本都在瞧她，於是更意圖要將注目，持續停留在自己身上；而公開指責自家的女兒，更會被旁觀者讚揚——真是一位認真督促女兒的好母親，於是這就成為某些母親慣常的手法。

「所以，最後讓我再三提醒在座的各位，妳們必須得證明——妳們之於國家現在的價值，之於國家未來的價值，才有資格繼續待在綠區，才能繼續享有目前政府投注於妳們身上的好資源。」

已經有不少少女開始坐立難安，有些人要不表情茫然，要不一臉呆滯，有些人則是忙著玩弄自己髮辮，有些則已快要打起瞌睡。唯有馬可薇仰直了頭，眼神專注，像是注目著神壇上的神，敬畏地盯住自己的母親；可她母親正忙於發表長篇大論，一直未曾看往馬可薇的那個方向。馬可薇腰桿子與頸脖都挺得很直，端正地坐在椅子上，竟看來有些像隻等候母親發號施令的忠犬。

「馬可薇簡直像是她媽媽的員工。」

林鳶並不算對著江鯉庭說話，反倒像是對著自己碎語；她用腳上穿著的運動鞋磨了磨地板，頓了頓頭，眼神又再次飄往會議廳的另一側。金幼鸞坐得離她們有段距離，和金幼鴻分別坐在母親的左右兩側；江鯉庭畢竟仍十分注意林鳶的舉動，她看見林鳶正無聲地以唇形說了句：嗨，感覺對金幼鸞既率真，又熱絡。金幼鸞很快就給了林鳶回應，她一邊向著她們這方向翻白眼，一邊伸出右手，朝自己的白脖子上一抹，江鯉庭讀懂了她刎頸的意思，甚至可以想像出她說這話的語氣：「這也太、無、聊了吧。」

興許金幼鸞認為這樣的場合很可笑，但她這種反應，也大有暗中嘲諷馬可薇的意味在。林鳶似乎沒考慮那麼多，僅僅雙眼放光，對金幼鸞笑開了嘴。江鯉庭好似誤闖了拍戲片場的路人，不確定自己該不該跟著笑；她不確定自己在金幼鸞心目中，地位是否足夠穩固，是否有資格像個閨蜜一樣，因著她逗趣的舉動而笑。於是江鯉庭只好有些手足無措地，對金幼鸞欠了欠身。

但當江鯉庭一做出這個動作，立馬就後悔了。特別是金幼鴻也瞧見了這一幕，驚訝地睜大雙眼，瞪著江鯉庭——江鯉庭覺得自己該就地挖個坑，將自個兒埋進去。她有必要這麼卑微嗎。

金太太此時似乎低語了一句，金家姐妹就又乖乖地，將頭都轉了回去。任何明眼人都看得出來，即使金幼鸞偶爾也想扮小丑，想替自己保留些許的獨特性，可當金幼鸞坐在母親身旁時，看來仍像她母親的洋娃娃。她的容貌，她的打扮，她的言行舉止——在在都看得出金太太刻鑿雕琢的痕跡。沒有少女能徹底擺脫這件事，沒有少女能擺脫母親自小至大的琢磨，敲打，冶煉——像她們即使只共享了一半的遺傳物質，卻極難避免，會被迫活成母親的複製品。

14

馬可薇的母親並未佔去過多發言時間，導師劉暖鸝又回到了講臺上。她先是略微緊張地清了清喉嚨，然後在她背後的大螢幕上，驀地就秀出了所有少女的成績排名。江鯉庭用力地倒吸了一口氣，覺得自己像是被突襲，被出賣了；她原先一派天真地以為，親師會的目的，是要建立老師家長間的溝通橋樑，而不是績效發布會。

劉暖鸝是否曾經意識過，自己正要宣布的這些事，會讓學生們不快，甚至使她們難堪？但也許在意學生的感受，並非劉老師的工作，證明她底下的學生都能擁有足夠優異的成績，才是她主要的標的。

「我得先將話說在前頭：學生們課是一起上的，沒有待遇不平等，沒有特別之心。但總排名是男女分開排的，因為最後，仍必須按照綠區未來所需的專業人才，依照一定的性別比例，淘汰掉一定數量的學生，好保持人口組成的性別平衡。」

劉暖鸝的語氣幾乎可算是慷慨激昂，像她對身為這幕後有力推手一事，極其驕傲。但江鯉庭聽見周遭有不少笑聲，其實像她反應如此震驚者並非多數，大多數學生似乎對此早已見怪不怪了，甚至有幾位母親的臉上，看起來滿不在乎。

「統計是由上次期中考過後至今。當然，有些學生在期中考過後，就被刷掉、搬出綠區了。這第一頁上頭的名字，依舊是我們理所當然的驕傲——恭喜這些學生與家長。」

馬可薇毫無懸念地，排在了第一名，她本人也毫無懸念地，看起來無動於衷。但她的確迅速地拋給自家母親短短一瞥，又很快將眼神收了回來，似乎十分留意母親對於這件事的反應，卻又不敢明目張膽地表現。

「榜首毫不意外的，依舊是馬可薇——不愧是校長的女兒！」

劉暖鸝話裡的重音放到了「校長」這個詞上，而不是「女兒」，於是這話裡就暗隱了許多奉承的意味。可馬可薇母親不過輕輕頷了頷首，臉上仍撐住了那張撲克臉，讓人無從得知，劉暖鸝是否成功收買了她的虛榮。但不知會議廳後排有誰，開頭鼓起了掌——卻讓劉暖鸝伸手制止了。

「不，我們不需要這種行為。我們得讓女孩們理解這種努力，算是她們原先的本分。我們可以替她們感覺開心，但不能使她們得意。」

女孩的本分。江鯉庭對這話再熟悉不過了，上一個同她說過類似論調的，就是她自個兒的母親：讓母親快樂是女兒的本分，讓母親過上好日子，彌補先前人生的不愉快，是女兒的責任。這些話語自小到大，都在江鯉庭的耳殼與腦海裡穿梭，而她向來無法反駁母親的這種言論；於是此時此刻，她也只能坐在臺下，任憑擺布。

同時也讓江鯉庭感到震驚的是：金幼鴻竟也在前十名內。雖說除了第一名以外，第二名往下都不過是馬可薇的手下敗將，是輸家，很難讓人留下印象。可最讓江鯉庭嘆息的是，金幼鴻也太沒存在感了吧——一般而言，成績優異也是一種社交籌碼——可她的好成績卻未使她贏得太多矚目。

但當第二頁的排名一公布時，江鯉庭瞬間就恍然大悟了。金幼鸞的名字出現在這頁面的第一位，意思是，金家姐妹倆成績差距並不大——至少不足以翻轉她們外貌與魅力的差距。而且金幼鸞的名次，說實在驚人，甚至還遠遠勝過林鳶——美貌或多或少，遮蔽了大家對她能力的期待，容易先入為主地，將金幼鸞自動定位為花瓶。當馬可薇的名字出現在螢幕上時，坐在她身旁的女孩們沉靜肅穆，當金幼鸞的名字跳出來時，附近好幾位少女伸出了手，拍了拍金幼鸞的肩頭，一陣鼓譟。金幼鸞笑臉盈盈。原先正埋首玩弄自己美甲的金太太，終於也抬起頭來，猶若此刻才願加入這場歡慶的喜宴；她對兩個女兒的偏愛如此顯而易見，絲毫不多加掩飾。

投影片一直往後跳，排名一直向下拉——林鳶的名字排在中間段，但她顯然不是太在乎，更何況沒有家人出席，她也不需操煩給誰丟了面子。但江鯉庭遲遲未見著自己的名字，一旁母親的臉色越來越難看，跟著她的內心也越來越焦慮。

「終於，我們來到最後一頁了。這些孩子們說真話，妳們得要努力些才行了——要享受安全的處所，得到安全的保障，就得先證明，自己配得上才行。」

劉暖鸝看了一眼江鯉庭這方向。劉暖鸝或許並不是針對她，看著她，無非是因為最後一名，那個叫魯均君的女孩，恰好就坐在她們正後方。但江鯉庭有種不祥的預感，母親會將劉暖鸝的這眼神，解讀為嘲笑她的，嘲笑她有一個這麼端不上檯面的女兒，真是可悲。母親永遠有那種能力，能將任何狀況理解為專門針對她；母親永遠都能將自己視為受害者，而不論直接的、或者間接的，在母親心目中，江鯉庭永遠佔據了敵方的一分位置。

江鯉庭此時才真正理解到，她嚴重低估了母親的怒火；可她的確也未曾預料過，自己會落入倒數十名內。她的確對成績可能不大入眼這事有過心理準備，畢竟每週小考的組排名，她幾乎都淪落到墊底，可她沒預期到自己會如此慘烈，沒預期到，她才下定決心要留在此地，就這麼快滑落到危險的邊緣。

「妳究竟，在搞什麼啊？」

感覺母親極力壓低音量，可依舊無法澆滅隱藏於其下的憤怒，與將憤怒當成燃料，猛烈如連珠炮的串串話語。

「枉費我對妳有這麼多的期望，枉費我花了這麼多心思栽培妳。我為妳犧牲奉獻了這麼多……最後，在這麼多人面前，我只配得到這種結果?!」

「噓！妳小聲點！」

江鯉庭急了。坐在一旁的林鳶看了母女倆一眼，又很快將視線轉開，江鯉庭感受到她的憐憫，更覺得丟人，擔心最後，連遠處的金幼鸞都被吸引了注意力。母親身上一直有種絕望感，而這種絕望感使人無趣，更讓人窒息。若此刻江鯉庭才是母親，她一定會甩出一巴掌，好叫母親閉嘴。

「怎麼？做出丟人的事，還不讓人說啊？還、怕、別、人、知——道——啊——」

江鯉庭越反叛，母親就越挑釁。她最後幾已放棄多加掩飾，在不知不覺中，又回復正常音量說話，還特意拖長了尾音，深怕無法惹人注意；於是不只江鯉庭尷尬，連坐在她們周遭的人，也不免被拖入狼狽的漩渦。唯一對此無感的，只有母親本人。**妳這個賤人，妳怎麼能這麼賤**。江鯉庭被氣到了，垂著臉，不想正眼看母親，眼角餘光卻仍是瞄到了，母親嘴角殘留著方才啃過的餅乾屑沒有擦乾淨。幸好金幼鸞坐得遠，幸好金長鴿今天不在。江鯉庭心底陡然升起一股恨意——她知道自己丟人，但出現在這裡的母親，卻比她更加丟人，而她自己卻沒有意識到；江鯉庭希望母親趕快滾出自己的生活，遠離她的綠區，滾回自己該待的黃區去。

「我們公布大家的成績排名，從來不是想懲罰誰，或公開宣揚什麼。我們只是想表揚那些值得讚許的，值得被效法的、優秀的好女孩們，然後讓那些輕忽的女孩們，有所警惕。」

劉暖鸝躊躇滿志地站在講臺上，她今天或許得意非常，畢竟，她不但將任務圓滿完成了，還紮紮實實地拍到了上司的馬屁。江鯉庭在心裡頭咒罵，可她沒有將對大人們的忿恨表現出來，她的怒意是被分解的屍骨，而她不著痕跡地替屍塊綁上磚頭，讓它們沉入深深的海底，沒在明面上濺起一點水花。

親師座談會就這樣邁入尾聲了，沒有花太多時間關心女孩們在綠區的生活，沒有問候她們適應得好不好；她們的身體健康，她們的心情，以上這一切，通通比不上她們的成績，比不上在國家危急存亡之際，她們的前途。江鯉庭觀察著，是否有母親找劉暖鸝攀談，再多談些女孩們的狀況；但劉暖鸝在說完最後這段官腔的演講後，人就消失地無影無蹤，她大概覺得自己責任已了，不願再多付出精力去應付家長們了。

人潮漸漸往會議廳門口散去。金幼鸞狀似親密地勾住金太太的手臂，而金幼鴻不意外地落在後頭，一行三人在過道裡，與林鳶及江鯉庭母女相遇。所有人裡，林鳶最先舉起手來，慣常地與金幼鸞打招呼；金幼鸞此刻卻像變了個人，和早先遠遠想逗林鳶發笑的態度截然不同，她冷淡地點了點頭，腳上那雙楔型娃娃鞋的鞋尖朝向門口，似乎隨時準備要逃跑。而此刻金幼鴻反倒移動得迅速，她身體自動自發地貼向江鯉庭的上臂，似乎終於找著好理由，再進一步拉開與自家母親的距離。

「哦，妳們是金幼鸞的好朋友嗎？」

金太太的右腳往前踏了一步，她的鞋跟很高，但她踩得極穩，順勢踩出了響亮的一聲「喀」；她又將自己充分管束的胸脯挺了出來，腰桿也直了起來。江鯉庭的母親感受到壓迫，略略縮了一下自己的上身。跟著飄散過來耀武揚威的，還有金太太身上馥郁濃烈的香水味。

江鯉庭的母親打量著金太太，似乎都在衡量對方什麼來頭。門口的這群小團體，瀰漫著一股詭譎的氛圍：金幼鸞保持著一貫冷淡的假笑，江鯉庭畏縮在一旁不知所措，金幼鴻則像個旁觀的局外人，抽離得像尊泥偶。於是在場的四位少女裡，只有林鳶可說是神態自若，她猶如潤滑劑般，落落大方地回答：「我們是她四月後，搬進來的新室友。我叫林鳶，這是江鯉庭。」而她並沒有正面回應，她們是否為金幼鸞好朋友的這種陷阱題。

可是金幼鸞沒有跟著接話，一副置身事外的模樣。在場的兩位母親之間，似乎存在著某種微妙的張力——她們知道有責任與彼此社交，但內心或許又不是那麼情願與對方交談。大夥兒陷入一陣沉默，不知誰先該措詞誰的頭銜；金太太懶洋洋地等待著，似乎以她的身分，向來都是別人先替她引介的。

江鯉庭想著，也許母親是想不出什麼太得體的話題，於是無法忍受這股氛圍的她，只好怯生生地跳了進來，圓了場。

「這是我媽媽。」

「很好。」

金太太如願了，順勢舒展了笑顏，可她倒也真沒想繼續與江鯉庭母親攀談，而是轉過頭去，問了林鳶問題，似乎林鳶比較能引起她的興趣，這讓江鯉庭尷尬到想死。

「林鳶，那妳的家人呢？」

「我家人今天都無法出席。」

林鳶回答地果決乾脆，但也不想多加解釋。

此時馬可薇跟在她母親後頭，走了過來。江鯉庭感受到原先權力的天秤，輕微地開始歪斜；金太太嘴角揚起一抹輕蔑的笑，上身轉往馬家母女的方向，若她屁股後頭長有尾巴，現在可就翹了起來。她的那副姿態，就像隻站穩了戰鬥位置的母獅子。

「喲，我說馬太太呢！妳先生可好？」

江鯉庭原先還在納悶，金太太與校長之間，究竟誰地位高些？就像金幼鸞和馬可薇，誰高誰低，江鯉庭起先也分不明白。金太太嫁得比較好，丈夫成就高，可馬家的女兒成績比較出色；就好比金幼鸞長得遠遠較馬可薇好看，但馬可薇的成績比金幼鸞更優異，金幼鸞受歡迎，人緣好，而馬可薇則是班代。但當江鯉庭見著金太太喜滋滋地，率先打了個招呼，像給了馬可薇母親一波下馬威——就知道金太太豔壓過了對方——至少在金太太的認知裡，是如此替彼此排序的。

所以，結婚對象事業的成功與否、及其地位的高低，依舊遠勝於女人本身的專業成就，與栽培出子代的優秀程度——江鯉庭默默歸納出後頭這評分系統的加權比重。可或許，單純是她想得複雜了，一切不過是因為金家擁有大片高海拔的土地，是更強而有力的資本罷了。

「他很好，診所生意不錯，依舊有許多病人，讓他忙得不可開交。」

馬可薇母親面無表情，木著一張臉，對著金太太答話。

「嗯嗯，我先生呢，他也很好。垂直農場持續改良生產技術，真的幫上國家農業不少忙，讓許多窮苦的人民，免於挨餓。」

金太太渾身閃閃發光，髮飾，耳環，項鍊，手錶，每一處都鑲有寶石碎鑽，於是由她嘴裡冒出的那詞「窮苦的」，不禁讓人懷疑，她是否真明白什麼意思，是不是得遞給她一本字典，讓她查找一番；而她即使笑著，眼角卻未曾牽扯出一絲細紋，專業的笑容一如既往地不動如山。林鳶瞪著她，看來有些不悅，但江鯉庭卻突然有些理解了金幼鸞生活的難處——在這樣的女人身旁生活，好似周遭所有人，都成為了她可供炫耀的飾品——丈夫與他的事業，女兒與她的貌美，都是為了給她自己錦上添花，而那為了使她增色所添的花，卻還不能豔過她。

「那真的很了不起欸。馬可薇，妳還未跟金幼鸞的媽媽打過招呼，不是嗎？妳怎麼可以這麼沒有禮貌？」

馬可薇的母親猛地伸出手來，使勁推了推馬可薇的後背；馬可薇瞬間往前一個踉蹌，差點兒跌跤。

「我希望我們家的馬可薇呢，能一直保持著這麼出色的、永遠第一的好成績，未來有機會，得以進到垂直農場工作呢，她一定可以給予您家先生不少幫助。」

馬可薇母親不愧是校長，即使是想不露聲色地顯擺什麼，依舊面面俱到，而且話裡仍透出藏不住的威嚴。但凡在場聽得懂的人，都會知道，這話不過是馬可薇母親高來高去的客套話；馬可薇將來一定是從她父親的老路，從醫，而不務農，畢竟垂直農場是金家的勢力範圍，而不是馬家的。

「妳們說真的呀，真好。哪像我們普通人家——即使想要炫耀什麼，也沒什麼東西好炫耀的。」

這局面原先還頗為矯情，馬可薇像被夾在兩位母親之間當槍使，雙方不若一般女人平靜地話家常，反倒像在比拚些什麼——於是江鯉庭母親這番直率到不合時宜的大實話，反倒出乎意料的，解開了這僵局。

林鳶沒忍住，輕嘆了一聲，差點大笑出來；金幼鸞跟著對林鳶眨了眨自己的長睫毛，認同她對荒謬母親們的不屑與嘲弄。金幼鴻轉過頭去，或許也正忙著憋笑，不敢讓母親看見；馬可薇表情鬆懈下來，於是趕忙低下頭去，偽裝成沒事樣。只有一旁安靜著的江鯉庭有些想哭，苦著一張臉，心默默沉了下去。她知道母親並非機靈地打圓場，她沒有那種歷練與智慧，而是她內心的確是這樣認為的：她沒有值得炫耀的丈夫，甚至連僅有的女兒，都稱不上出色，無法替她掙臉面。

「我們一起帶女孩們出去吃個飯，如何？」

由金太太率先做出這樣的提議，不禁讓人懷疑，她是否想繼續延續戰場。但看著她一面說著，一面親暱牽起金幼鸞手掌的模樣，江鯉庭覺得或許是自己多想了——至少，她還是表現出對自家女兒的關愛，沒有將注目的焦點，時刻都鎖在自己身上。

「不，我還有事得忙，妳們去吧。」

只是馬可薇母親一刻不遲疑地，就拒絕了她，一副不想與這女人多有牽扯的模樣，甚至不留情面地就轉身離去。馬可薇將臉撇過去，不想讓人見著她受傷的表情；某種程度上，她母親的確也是不想花時間多多與馬可薇相處。

金太太還未主動開口詢問：「那您呢？」剩下所有人的目光都不約而同地，飄向江鯉庭的母親那兒。江鯉庭暗自祈禱母親不要答應，她實在很難想像，若母親與金太太相處了整整一頓飯的時間，會不會失控地發生什麼大事，又會給她丟掉多少臉面。她暗暗祈禱母女相聚的時光再少一些，才不會被彼此拖累。

江鯉庭的母親不過沉思了片刻，倒也主動接話，說：「那我也同樣不參與了。我要回到黃七區的處所，還得花上好一大段時間呢。」

金太太此時連戲也不想演，立馬擺擺手，對江鯉庭母親說：再見。江鯉庭聽見母親這樣答腔，心裡既放下了一顆大石頭，又同時矛盾地感覺失落。她不清楚母親今兒個到這裡來，究竟有什麼實質意義——母親既沒提要去她宿舍看一看，沒說要關心一下她生活的環境，沒說要到處走走，就說要離開了，好似母親壓根兒不想關切，不想在乎她在此地的生活。興許是江鯉庭成績真的太差，母親不願久待，不想再自取其辱；她還是別痴想從母親那兒得到安慰，今晚一個人，好好消化消化自己的爛成績。

「妳媽媽其實人滿好的。」

在她們走至電梯前，等待下樓的同時，林鳶這麼告訴金幼鸞。

「不，她不過是無聊罷了——相信我。」金幼鸞一臉淡漠地回答。

「妳跟江鯉庭對她而言，不過是有趣誘人的新玩具罷了。」

15

江鯉庭整個人躺成了大字形，癱在金幼鴻的床上；金幼鴻則側身蜷在一旁，凌亂的被單纏上她左側的小腿。這真是個奇妙又讓人難忘的夜晚。她們方才都喝了酒，但或許只有江鯉庭喝多了，金幼鴻只不過試著淺嚐幾口；即使無法全然抵抗她母親，金幼鴻仍嘗試著拒絕，在某些事情上頭，她的確比自己的母親更有分寸。

「來吧，這樣美好的夜，不是很適合喝酒嗎？」

五位少女坐進臨時招來的豪華加長電動車裡，駛離垂直農場與校區；車裡的香水味更濃了，簡直像躺入金太太的懷抱。江鯉庭從未在門禁過後離開校園，於是這是她第一次見到，沿途路樹在她們經過時，枝椏上大大小小的光圈一棵一棵依序被點亮，宛若列隊歡迎她們，而在車輛遠離後，又富有節奏地按次暗了下來。明明滅滅的燈火，勾勒出銀匣山脈的形狀，矗立於朱漆山頂的垂直農場建築群則燈火通明，簡直像是孤島上醒目的燈塔，是夜裡奪目的火炬。江鯉庭忍不住發出驚呼。

「妳這個土包子。」

「哈。」

「那是為了節約電力。」

馬可薇對江鯉庭的大驚小怪嗤之以鼻，金幼鸞跟著冷笑了一聲，金幼鴻則好心地低聲向江鯉庭解釋。

但此刻的江鯉庭只感覺到興奮——她覺得自己就像灰姑娘，正短暫逃離被控制住的人生。

「可是……我們都還未成年欸？」

車裡只有林鳶直白地提出內心的疑慮，連江鯉庭都萬萬沒想到的是，平日最守規矩的馬可薇，竟毫不猶豫就接過了金太太遞來的酒杯，似乎對這類事早見怪不怪。馬可薇整個人現在明顯放鬆許多，不再正襟危坐，而且她灌起酒來，還真是又急又猛。

「妳們不說，我不說——又有誰會知道呢？」

金太太對林鳶眨了眨眼，此時她的故作俏皮，像無時無刻都在發散並檢驗自己的魅力。江鯉庭隔著車內昏暗的燈光，觀察著這一幕，發現林鳶竟然臉紅了，可金幼鸞的表情卻不甚開心，整張臉像垮了下來。

「妳媽媽……總是那樣嗎？」

江鯉庭躺在床上，把玩著金太太的珍珠耳環。珍珠在燈光的照射下色澤誘人，江鯉庭得非常克制，才能不將它們吃下肚。我是瘋了吧，今天，江鯉庭忍不住躲在被窩裡咯咯笑，不敢相信今夜是真實的。

「哪樣？」

此刻金幼鴻已將鼻樑上的眼鏡取下，擱在一旁的床頭櫃上。她的眼鏡其實並非必需品，只是戴起來讓她攻擊性更低一些，可以低調地融入人群——江鯉庭聽她這麼解釋過。金幼鴻正慵懶地以雙手環抱膝頭，翻了個身，綁髮的髮圈似乎是斷了，長長的頭髮在她身下散開，像四處潑濺的黑水。江鯉庭看著她這些動作，看得倒有些愣住了，除去眼鏡的遮蔽，金幼鴻擁有不一定會輸給母親與姐姐的好底子，只需好好整理修飾過，讓她別總是那麼樸素。

「就是……」

江鯉庭正在斟字酌句，想著該如何婉轉表達，才不會顯得自己太沒禮貌。金太太表現得像是極欲成為她們的姐妹，興許是希望別人稱讚她年輕，或許是打從心底，害怕自己顯老。這麼想雖說似乎頗為失禮，畢竟江鯉庭才剛剛到人家家裡做客，還吃了對方一頓昂貴的晚餐；但當她一回想起金太太矯揉造作的娃娃音，卻又不得不在心裡這麼吐嘈。

至少對江鯉庭而言，多數用餐的時刻是感覺到愉悅的；但對金家姐妹倆來說，或許就不是那麼一回兒事了。金太太總會下意識地與女兒們比拚──當女兒勝過她時，她就打壓，當女兒輸給她時，她就嘲弄。

「妳是否曾經想過，為什麼妳媽媽會比較偏愛妳姐姐，而比較不喜歡妳啊？」

江鯉庭這話一說出口後，才意識自己是否過分直接，於是她趕忙補充說明，其實自己也很淒涼。

「我的意思是，我媽媽也不大喜歡我，畢竟我好像也沒什麼太值得她驕傲的點。比起我來，妳至少成績要好上許多，臉蛋也比我漂亮，身材也比我好；比起妳來，我真心覺得自己一無是處。」

不論是在怎樣的人面前，江鯉庭總是習慣性地貶低自己，即使對方是相對溫和的金幼鴻也一樣。可金幼鴻沒有對江鯉庭這番話有所回應，她今夜，似乎也沒有想鼓勵江鯉庭的心情。

「有啊，我當然有想過。」

金幼鴻微微瞇起她的雙眼，這樣的她看來就像隻軟萌萌的狐狸，讓人有忍不住想揉她頭的衝動。

「我想，是因為金幼鸞個性上比我強悍，更有機會與能力，對抗她吧。金幼鸞瘋起來，還真不是好惹的。」

「瘋起來？」

江鯉庭一臉茫然。

「妳沒領教到嗎？換宿舍這件事……」金幼鴻話才說了一半，就機警地停了下來，意識到談論這件事，可能會使江鯉庭尷尬。

「總而言之，我媽媽或多或少，也是有些忌憚她的吧，所以她才必須偏愛她，才不得不偏愛她——這樣一來，她才能夠掌控住她。而我嘛，或許也可以說，是一個比較懦弱的女兒？所以媽媽可以盡情打壓我，欺凌我，反正無論如何，我都沒那勇氣違逆她。」

江鯉庭回憶起飯桌上印象深刻的一幕，是當她們用完正餐後，金幼鴻正打算再挖一勺飯後甜點；甜點有看來無趣的低脂無糖奶酪，有各式各樣誘人的小蛋糕與手工餅乾，還有上頭淋了莓果醬的牛奶布丁。江鯉庭自己吃了好幾口布丁，雖說果醬有些太甜，但畢竟上頭的莓果，嚐起來像是珍貴的特殊品種，甚至是在垂直農場裡，也不容易遇見，於是這實在讓少女們很難克制。

金幼鸞的確很早就停了刀叉，但以一個少女的標準而言，金幼鴻也不算吃下太多主食，於是她的胃若全部留給了甜點，也是情有可原的——可金太太似乎不這麼想，偏偏就插話了。

「金幼鴻，妳現在的衣服，是什麼尺寸啊？」

江鯉庭差點被嘴裡含的那口棉花糖嗆到，林鳶有些尷尬，低頭猛喝水。她們都沒有預料到，會有母親公開討論女兒的衣服尺碼，還是在晚餐的飯桌上，在女兒朋友們都在的場合——對少女們而言，簡直就是種明目張膽的惡意。

「我記得是L號吧，是不是？」

「是的。」

金幼鴻只是卑微，只是低下，但並不是愚笨。她聽懂了母親的暗示，溫順地放下手裡的大湯勺；她坐在椅子上，拱著背，頭垂得很低，額頭像是要磕到了桌角。金幼鴻責怪自己，也是她今兒個有些快樂過頭了，所以忘形了，忘記了自家母親的殘酷。江鯉庭瞥見角落裡站著的金家管家，將頭轉了過去，低垂的睫毛看來像正微微顫抖著。沒有人會忍心看，對吧。

「金幼鸞，妳呢？妳應該還有盡力，維持在XS到S碼之間吧？」

「嗯。」

金幼鸞並不是太樂意接話，但仍然順著母親，緩緩點了點頭。她沒抬眼看向金太太，也不想看向自己的妹妹，今夜，她的室友們都在這兒，她不想多說話，以免又多講錯了什麼。

「對嘛，妳們兩人之中，至少得有個人，得繼續保持在S碼以下——否則我衣櫃裡那些漂亮的衣服，幾年後，又該留給誰穿呢？好歹都是國外知名設計師的作品，就這麼丟掉，也實在太浪費了。即使如此，金幼鸞——妳胸部那邊，還是得送去給人改小一些——我想過幾年後，妳罩杯應該也無法再升級多少。」

母親的衣物尺碼比女兒小，身材比女兒好，胸部比女兒豐滿——要是她不主動提起，江鯉庭與其他人根本不會知道，也不覺得有何重要；越是在意的越需要比較，越是匱乏的越容易拿來炫耀。一般人不會將母女排在同一條水平線上，但金太太無法承受這種風險，她的女兒們正在成長，正由少女邁向年輕女子，其中一位，甚至出落得十分美麗；女兒不該是母親的假想敵，但母親心底那個不安的女人，卻總是蠢蠢欲動。於是金太太非得強調她的身段苗條，非得確認地位不會受到動搖，要承認青出於藍，卻可能更勝於藍——對大多數女人而言，從來都是件殘酷之事。

妳為什麼不反抗她呢？江鯉庭原先想問這句話，想想，又堵在了自己嘴裡。她又有什麼資格問呢？連她自己也是由母親身旁逃走，而不是想反擊她。人生並非每個問題都有解答，那乾脆，就不問了吧。兩個同樣不受寵的女兒，兩個失敗的少女，躲在校舍房間裡，談論這種話題，江鯉庭真切地感受到她們的落寞。但不知是否喝了酒的緣故，內心倒也有某種欣慰——有人與她處境相似，雙人分的孤單，似乎也沒那麼讓人恐懼了。

然後江鯉庭將注意力轉到指尖的小圓珍珠耳環上。她轉動手腕，像在逗弄它們；珍珠分別鑲在了兩隻銀色蝴蝶上頭，蝴蝶翅膀的紋路刻得很細緻，像蝴蝶背起珍珠，即將乘風起飛，這對耳環煞是好看。

江鯉庭不理解，為什麼金太太會將這對耳環送給她。在她們準備結束飯局時，金太太推開椅子，站起身來，左耳上的耳環就落了下來，滾過好幾張椅子，恰恰滾到了江鯉庭腳邊。江鯉庭趕忙彎腰拾了起來，她倒什麼也沒多想，逕直遞到了金太太眼前。

「還給您。」

江鯉庭說這話的同時，看進了金太太的眼裡。那眼神原本是沉甸甸的深褐色，在它們回看向江鯉庭的同時，迅速地閃過一絲光亮，那光亮的狡詐讓江鯉庭聯想起毒蛇吐信，她不由自主地打了一個冷顫。

但那蛇很快就消失了，取而代之的，是一雙慧黠又透出溫暖的雙眼。江鯉庭知道，過分敏感向來是自己的毛病，卻又隱隱約約感覺，身旁的女人們總有太多的戲。她質疑是否又是自己的錯覺。

「謝謝妳。但我說，那就直接**送給妳吧**，連這支一起。」

金太太一邊笑著，一邊將她右耳上的耳環也取了下來。

「妳戴上它們的話，一定會襯得臉很好看。」

「妳會將它們，還給金幼鸞嗎？」

金幼鴻一直微微瞇著眼，江鯉庭原先以為她已經睡著了，沒想到，她其實正將江鯉庭的一舉一動盡收眼底。

「憑什麼，我得要還給金幼鸞？」

江鯉庭對金幼鴻的提問冷不防大吃一驚，她無法克制地將珍珠耳環緊緊埋入手掌心裡。江鯉庭防禦性的回答，暴露了她內心的貪婪——她壓根兒不想退回這麼貴重的禮物，她需要這分虛榮感，來填補她今日、甚至是這些日子以來的失落。

「金幼鸞一直很喜歡我媽媽的每一件珠寶首飾，那副耳環也不例外。她們一直很有默契，那些總有一天，都會是金幼鸞的東西。」

妳不會覺得不公平嗎？江鯉庭在心中大吼，但表面上，她只是心平氣和地提了個疑問。

「妳不會也想要嗎？」

金幼鴻打了一個大呵欠。

「我想要又如何？這世界上，想要又得不到的東西，實在是多得去了。」

金幼鴻翻了個身，臉孔朝向天花板。她看起來有些沮喪，但那沮喪像是她早已習以為常；不爭不搶與無能為力，有時是一體兩面之事。

「只有金幼鸞那種人，才會認為沒有她想要、卻得不到的東西。所以就如我所說的，別去招惹瘋起來的金幼鸞；而且更可怕的是，沒有人會知道，她究竟何時會瘋，為了什麼而瘋。所以我老早就學會了，她要什麼，全都讓給她，明哲保身，別擋了她的道。我真心勸妳也這麼做，將我媽媽的珍珠耳環，直接交給金幼鸞；在她心目中，那原本就是屬於她的東西，沒有人可以從她手中奪走。」

「那妳媽媽，又為什麼要給我呢？」

江鯉庭委曲巴巴，她萬分不願意退回禮物。她完全可以想像，當自己戴上金幼鸞家的耳環，在校園裡行走時，可以為她帶來多少艷羨的眼光。

「我也不懂欸，說不定，是我媽媽想將妳拉進她們兩個人的遊戲裡。但說真的，為了妳好——絕對不要介入，絕對不要參與她們的遊戲，相信我。」

她們兩人在談話的縫隙，依稀聽見有人站在門外，翻找包包的聲響。李知鳩回來了——江鯉庭立馬自金幼鴻的床上跳了下來。李知鳩的歸來，暗示她回301號房的時間到了，她得回去女神女王暗潮洶湧的祕密宮殿裡。金幼鴻動作流暢，順勢就躺滿了整張床。

「欸，江鯉庭，」江鯉庭正蹲在金幼鴻的床腳，套鞋子，綁鞋帶。金幼鴻躺在床上，瞇著眼，盯住她，江鯉庭隱約可見著金幼鴻裙下的底褲，但她沒有閃開視線，也沒覺得有此必要，這或許可當成金幼鴻對她信賴的展現。

「我很抱歉今天親師會發生的事。但說實在的，如果妳真想留在這兒，那就得再更努力一些。太常待在那些人——我是指，我們這些人——的最後一頁，是不行的。」

金幼鴻的聲音開始模糊起來，像在輕聲嘟噥。

「妳不可能不知道，在這兒，我們無時無刻都被排名著；但同時，我們也正忙著排名別人。我們就是這麼賤——作踐別人，也作踐自己。金幼鸞與馬可薇在金字塔的最頂端，我、妳、還有李知鳩，都是處在最底層，對吧？妳不可能看不出來。」

在江鯉庭心目中，李知鳩的社交排名其實是在她之下的——但實際上，李知鳩今天的名次成績，畢竟還是勝過了江鯉庭。江鯉庭可能不情願承認，但在她自以為熟悉、最常接觸的這些人之中，沒有人跟江鯉庭一樣，排名恥辱地落到了最後一頁。

「連我母親也是，她就是食物鏈最頂級的掠食者，勝利者，而妳媽媽不是，所以她才會被分配至黃區。妳如果早一些認清這個事實，接受這個事實，知道該如何與這個可悲的事實，和平共存，甚至存活下來——妳就能過得快樂一點。」

江鯉庭最後替她拉好薄涼被，蓋住金幼鴻的下身與腿。當她離開房間時，恰好在門口與李知鳩錯身而過。「嗨！」江鯉庭試圖友善地打招呼，李知鳩卻連正眼都不瞧她一眼。江鯉庭曾住過的313號房門，在她身後狠狠地被甩上——她感覺自己孤伶伶地，被遺棄在空無一人的走廊上。

江鯉庭鬼鬼祟祟地躲在公共廁所裡，把玩著金太太的珍珠耳環。從313號房離開之後，她還沒想這麼快就回到301號房裡，於是她一個人坐在馬桶蓋上，靜靜地與廁所瓷磚融合在一塊兒，反覆咀嚼著金幼鴻說的那句話：「如果妳真想留在這兒。」江鯉庭的確是想繼續待在這兒的，因為，如果她不待在這兒，她又能夠到哪裡去呢？

此時有人猛地推開公廁的大門，衝了進來，鞋跟密集又清脆地敲打在地磚上，那巨大的聲響著實嚇了江鯉庭一大跳。都已經這麼晚了，會是誰呢？

江鯉庭將身子蜷曲成一團，縮在馬桶蓋上，即便她有滿腹的好奇心，也沒有那個膽子爬下馬桶，自門縫裡窺探。她擔心發出任何聲響，引起對方注意。然後她聽見隔壁廁所門被打開的聲音，聽見馬桶蓋被急急掀起的聲音，聽見有人朝著馬桶，使勁嘔吐的聲音——毫無疑問的，是住在這層宿舍的某位少女，但江鯉庭無從得知對方究竟是何方神聖。

然後又有人打開廁所大門，跟著走了進來；這少女的鞋跟更尖更高，但她步伐徐徐緩緩，不驚不擾，於是相較之下，反倒沒有第一位少女來得讓人不安。嘔吐聲暫且停了下來，轉變為使勁地擤鼻涕，後面這冷靜的少女尾隨聲音的碎屑，找著了前頭這少女所處的廁所隔間——跟鞋在門外安靜了下來，而少女則不留情面地開口調侃。

「胃酸都吐得逆流，灌進鼻腔了吧。那滋味可不好受——對嗎，馬可薇？」

江鯉庭驚訝地捂住嘴巴，好讓自己別尖叫出聲，差點整個人從馬桶上摔下來。也不知是哪件事更讓江鯉庭震撼——是偷偷躲到公共廁所裡嘔吐的馬可薇，或者是，跟在後頭的少女，竟然是金幼鸞？

「不用妳管。」

想必是嘔吐的緣故，馬可薇的嗓音聽來沙啞，氣若游絲，然而即便如此，她話裡依舊有股暗湧的倔意。

「妳應該已經催吐完了吧？我想妳對這項技藝，早已掌握得駕輕就熟了才是。」

即使到了這種時刻，金幼鸞依舊不忘挖苦馬可薇。馬可薇推開廁所門，走了出去，江鯉庭聽見水龍頭被扭開，及其後緊跟著嘩啦嘩啦的水聲。

「不過說真的，用手指頭去挖喉嚨，催吐——真的很傷身體。妳要不要考慮換一種方式，來控制自己的體重啊？」

「妳是說，我應該要學妳，乾脆什麼都不吃，簡直要活活餓死自己嗎？」

水聲此時停了下來，換馬可薇回嘴嘲諷，金幼鸞似乎是低低地以一聲冷哼回應。

「哦——餓死自己，倒也比被自己的媽媽當面奚落身材，來得好上許多。我可不想淪落到金幼鴻那種田地。」

「說真的，妳怎麼會猜到，我今天晚上會來催吐？」

馬可薇似乎是拉了張擦手紙，捲筒哐啷哐啷地轉動。江鯉庭躲在廁所隔間裡，額頭上汗珠狂冒，她手裡還緊緊抓著珍珠耳環，於是無法得空擦汗。江鯉庭好似正坐著雲霄飛車，好似正親身經歷一個天大的祕密——平日自律嚴肅，卻會偷偷摸摸躲在公共廁所裡，催吐的學霸女王——她感到刺激非常，簡直是亢奮得要暈了過去。

「這不難觀察啊，因為那道千層麵。我看妳原先並不想吃，但那肥胖又愚蠢的江鯉庭，毫不在意地舀了兩大匙，於是妳也就跟著動搖了。噗，妳也真必須承認，我家廚師很會做菜吧？」

窺伺大祕密的喜悅就像水裡頭的泡泡，很快浮至水面，而後破滅。江鯉庭沒有預料到，此刻會從金幼鸞嘴裡聽見自己的名字，然後還被人身攻擊，還被嫌棄。即便她沒有親眼見著金幼鸞的嘴臉，但她可以想見表情裡的輕蔑，就像金幼鸞暗地嘲諷劉老師的那副模樣。金幼鸞不是很喜歡她嗎？那天，不是還認真想替她打扮嗎？江鯉庭心裡仍在抗拒著事實，但她的手已開始顫抖，眼眶裡不由自主地蓄積淚水。

「但是我了解妳，知道妳沒克制住，吃了下去，最後一定會後悔的。所以囉。」

馬可薇重重嘆了口氣。

「沒想到，我竟會被江鯉庭那種貨色給『煽動』。」

江鯉庭愕然失笑，但這不過是為了壓抑住自己想哭的衝動。她是不是應該直接開門，闖出去呢？表示她此時此刻，人在這兒，表示方才的話，她一字不漏，全聽進去了。但凡江鯉庭再有點勇氣，她會直接走出去的——她會表明她聽見了金幼鸞對她的評價，她會表明她得知了馬可薇的祕密，她會站穩她的立場，然後，她不會把珍珠耳環還給金幼鸞，那是金太太主動開口贈與的，所以理直氣壯地，它們就是屬於江鯉庭的了。她會暗自在心底與金幼鸞切割，然後語氣溫和、卻堅定地告訴金幼鸞：這樣暗地批評她，很傷她的心。她會挺身而出，捍衛自己；她們可能無法再當朋友，就只能是單純的室友。

可江鯉庭知道自己做不到。**我們總是作踐別人，也作踐自己**——金幼鴻說的沒錯，她們總是任由別人踩踏，還無法替自己發聲。若江鯉庭是林鳶，她就一定可以——說不定她還能衝出門去，賞給金幼鸞一巴掌，不論是為自己，或者是為江鯉庭。可惜林鳶不在這兒，江鯉庭也永遠無法變成林鳶。江鯉庭自己就是這麼下賤。

「妳其實可以多去運動，講真的，至少比催吐健康。」

「再增加運動量的話，會壓縮到我讀書的時間……行不通的。」

「不過話又說了回來，妳何必這麼在意自己的身材呢？妳媽媽，跟我媽媽又不一樣——她在乎的，更多是妳的學業成績吧？」

金幼鸞的語氣在不知不覺中，慢慢起了變化。原先字句裡刀光劍影的殺氣被抽離，替換成能感同身受馬可薇的溫柔，而這份溫柔，倒也是江鯉庭未曾感受過的。

「我並不是真正在乎體重，我只是希望……可以多多掌控住某些事罷了。這也是控制欲的一種吧？我其實一直以來，都很不安。」

馬可薇的態度也跟著軟了下來，在金幼鸞面前，難得坦率暴露內心的脆弱。兩位少女明顯地不再針鋒相對。廁所裡陷入短暫的沉默，江鯉庭聽見原先砰砰砰急劇跳動的心臟，隨著水龍頭滴滴答答的節奏，也一起沉緩了下來。那就這樣吧，江鯉庭這麼想，反正她就繼續躲在這兒，偽裝成自己並不在場，於是一覺過後的明日，她們依舊得以當成什麼事都沒發生——**金幼鸞還是很喜歡我的**——江鯉庭這麼想，淚珠卻順著臉頰滑了下來。可現在的江鯉庭，仍寧可維持著她世界的虛假和平。

「我很抱歉，早上衝著妳發脾氣啊。妳也知道的，像今天這樣的場合，總是讓人煩躁。」

「沒關係的，我了解。」

原來金幼鸞這種人，其實也會道歉的，若真有機會，江鯉庭還真想親眼看看，女神低聲下氣的臉，究竟會是何種模樣。原先在金幼鸞說她「肥胖又愚蠢」時，江鯉庭內心只覺得傷心難堪，但現在，聽著她們的對話，江鯉庭更感受到深深的寂寞。金幼鸞對馬可薇是真心的，對江鯉庭則不是；她們之間那種，歷經過激烈的謾罵與嘲諷，最後卻能再和好——才是屬於真實友誼的一環。或許對金幼鸞而言，總是傷得越深，才代表愛得越深。於是對比之下，金幼鸞對江鯉庭表面的客氣，浮誇的稱讚，不過是虛偽社交禮儀的一部分。江鯉庭在恍惚之間明白，自己永遠、永遠無法成為她們之間的一分子——她無法融入這個世界，這個表面上光鮮亮麗、讓人憧憬的世界。金幼鴻的話殘酷，卻往往一針見血，江鯉庭只是打從心底深處，一直想要否認這個再明顯不過的事實。

「對了，所以妳媽媽今天，突然將珍珠耳環送給江鯉庭——那是故意的嗎？」

「一定是的啊。她那麼狡猾，那麼老經驗，一定老早就看出來，我其實特別不喜歡江鯉庭——她大概是想測試看看，我會不會為了那副很喜歡的耳環，委曲求全地去向江鯉庭討回來吧。那隻卑鄙做作的老狐狸！」

理智上，江鯉庭說服自己不該難過，但依舊聽得渾身顫抖。金幼鸞說這些話時的表情，是在她美麗的臉孔上，再舖上一層赤裸裸的憎恨呢？或者仍是皮笑肉不笑地，隱藏住她的反感？就像金幼鸞在平日生活裡，對待江鯉庭那樣，永遠笑臉盈盈的，卻總是讓人摸不透她內心的想法？

「既然妳那麼討厭她，為什麼，還要派金長鴿去接近她呢？她一定會自以為是，以為金長鴿是真心想要接近她的吧。哈哈哈哈，光想像她的自我感覺良好，就足以讓我笑噴了。」

「因為外人看待我們，就好像一個團體，是一個小幫派，總不能老是讓江鯉庭，拉低我們的平均素質吧？說到這兒，我又該重做我的美甲了，我今天瞄到她啃自己的手指甲，真是粗鄙得可怕。總得讓我們不入流的室友長點兒自信，提升等級，不是嗎？」

「但老實說，她今天的成績，也真是太……無藥可救了吧？」

馬可薇說這些話時，聽來倒真像有幾分擔憂，她的語氣不若金幼鸞般尖酸刻薄，像是真的擔心江鯉庭會被逐出綠區去。

「我原本還想說，是不是該去念念她。但想不到，妳媽媽竟還邀她一起來吃飯……迫不得已，我只好忍住了。」

「是吧？她實在太丟我們301寢的臉了！我原先就不對她抱有太大期望，卻也沒想到，她還真能差勁到這種地步。虧我平時還如此忍耐她。」

江鯉庭恍若瞧見金幼鸞說這些話時，一邊以手指捲起髮尾，一邊以甜膩的嗓音搭上無辜的表情，好似這一切都不是她的錯，全都是江鯉庭自己不好。江鯉庭聽到這兒，依舊是很難忍住，又一滴眼淚溜下臉頰。

「我還討厭她的**每一件衣服**，她帶來的**每一雙鞋子**。但沒辦法，誰叫她是我們國家的氣候難民？難民就是可憐，難民就是值得同情，聽得我都要煩死了。」

可金幼鸞的數落仍舊沒完沒了。江鯉庭沒能理解，怎麼有少女能如此惡毒，或者說，怎麼有人能將惡毒，隱藏得如此之好？

這就是美好少女們的偽裝：越是聰明的少女，越是知道社會之於她們的期望。當她們哄騙了社會，哄騙了大人，讓他們相信她們本質上的無害，她們就越安全。在成長的過程裡，少女們學會、並習得了一個最強大的武器：裝出無辜討喜的那面，因為這是人們最想要相信的，相信少女無害，相信少女天真，相信少女單純。於是少女們最擅長於偽裝，演戲。絕對不要相信少女是漫不經心的——漫不經心，不是少女們在垂直社會裡生存下去的法則。

「話又說了回來，妳這樣要求金長鴿，他難道不會生氣嗎？他沒表達過他的不情願嗎？」

金幼鸞與馬可薇的對話聲逐漸轉小。她們正一邊說話，一邊往廁所大門口移動。

「不會啊。這對我們任何一個人來說，都是一石二鳥的好計畫。我跟他說，只要他去幫忙辦這件事，之後，我就跟他上床。」

江鯉庭回憶起，當她首次對金幼鸞談起金長鴿時，她的嬌羞害臊，她的自慚形穢，她像緊閉的蚌殼，終於願意對金幼鸞露出她柔軟的肚。金幼鸞當時的欣喜，表面上表現的良善與積極，都是為了包裹住裡頭的那把利刃，利刃的骨幹，全是她的圖謀與嘲弄。江鯉庭以為會聽見自己內心的狂風暴雨，像那晚蕉洱島震耳欲聾的雷聲，可此時此刻她的胸膛裡，卻反倒一丁點聲響都沒有——原來被自己信任崇拜的人所傷，是崩解得如此迅猛，而且透徹，像直接就被利刃搗碎了心窩。

「我還一直以為，妳是試圖真心跟江鯉庭當朋友的。否則，妳何必為了讓她住進來，而把金幼鴻趕出去？」

「反正，不論我怎麼做，金幼鴻都不敢有怨言的。再來，這就得以塑造出一個完美的形象啊：我，這麼好，這麼美，卻可以與任何人成為朋友；對那些邊緣人而言，這不也是一種施捨嗎？這也不是一種，極佳的經營形象方式嗎？想一想，怎麼樣，都是雙贏啊。」

*金幼鸞很瘋。而且沒有人會知道，她究竟何時會瘋，為了什麼而瘋。*江鯉庭想起金幼鴻的話，突然領悟到，金幼鴻的話不能算百分之百正確——金幼鸞才不是瘋起來，而是從來就沒能正常過。

「那林鳶呢？我看妳們真的滿要好的。」

「林鳶比起江鯉庭來，可有意思多了。而且她比較有自己的主見，也並不是會對我的話照單全收，會試圖反駁我。這才有趣嘛——無法掌握的人，無法被玩弄的人，才真正是好玩的啊。」

江鯉庭等到再也聽不見她們聲響後，還靜靜逗留在廁所裡好一陣子。她一個人沉沉默默地哭著，哭到好似肺都要跟著乾號了出來，哭到她終於意識到自己的視線模糊，是因為眼皮腫脹的緣故。她也不清楚自己後來靠在廁所裡，睡了多久，當她清醒過來後，只覺得脖頸痠痛到不行，雙手雙腿都麻木無力。江鯉庭活絡肩膀，伸伸脖子，順帶看了看窗外，幸好，天仍是黑的，她依舊可以悄悄溜回寢室去，幸運的話，並不會被其他少女注意到；江鯉庭完全不想解釋，特別是，她並不想跟林鳶解釋。

江鯉庭將金太太的珍珠耳環收入口袋裡，走至洗手檯前，洗了把臉，洗去臉上的淚痕；她按摩自己的上眼瞼，期望沒有人看出她哭過。走出公共廁所前，江鯉庭倏忽想起一件事——她衝至那間寫有金幼鸞傳言的廁所隔間，當她串聯起所有線索，知道被劃去的字跡下，該要填入誰的名字時，所有文字的軌跡，都顯得再合理不過了。

門背上那句，由未知少女所留下的語句，應該就是：「**金幼鸞睡了金長鴿**」。現在那字跡讀來龍飛鳳舞，像是帶有滿腔的恨意。在少女們耳殼與嘴唇間流轉的心事，事實上，全都被曝曬在陽光底下，都不能算是祕密；於是唯一一個無解的謎，或許只有：寫下這句話的少女，究竟是誰？

是和自己一樣，地位低下的人吧——江鯉庭這麼想。少女只能將怒氣發洩在無人留心的公廁牆面上，而且，即使有人湊巧讀到了，還不一定能讀得懂。

觸目所及之處無不下著傾盆大雨，滂沱雨勢將不久前才重建過的道路，又全摧毀成了白費工夫；沙地浸泡成泥沼，房屋認不出原貌，斷裂的樹木碎片在水面上載浮載沉。江鯉庭閉上雙眼——想像這場景在腦海裡重現，猶若蕉洱島最後的遭遇；但她才想了沒幾秒，金幼鸞與金長鴿兩人的身軀一上一下，交纏床上的畫面自她眼底一閃而過——嚇得江鯉庭又趕緊睜眼。

江鯉庭挺起上身，脖頸卻又懶了下去，她趴在書桌前，看著窗外的藍天白雲發愷。其實不論哪件事，都非江鯉庭親眼所見的景致；她現在人生裡只有書本，平板電腦，筆記與試卷，千篇一律，枯燥乏味。畢竟在學校裡，生活自成另一道風景，安穩地宛若嵌在鉛塊裡的帆船：學生們在乎小組成績甚於居住正義，關心午餐的菜色遠勝平地的糧荒，男女情事的蜚語在教室裡流竄，成群結黨的碎嘴於寢室間串門。綠二區外頭的事無人聞問——垂直農場一如其名，是座被保護得極好的溫室花圃，在看不見摸不著的透明玻璃罩裡，風平浪靜，遠離世俗的囂嚷。

江鯉庭心裡沉重，她空有帆卻揚不起，只有林鳶是一道敞開的窗。林鳶像永遠自由自在的風，每回去過紅六十九區探望奶奶後，會吱吱喳喳地與留在宿舍裡的江鯉庭，分享紅區的狀況。

「我真的好擔心我奶奶啊。」

江鯉庭最近常常與人倫調班，跑至垂直農場林鳶實習的區域。她刻意躲開金長鴿，即使平日在宿舍裡避不了金幼鸞，但只要她一見著金長鴿的臉，就免不了想起他們俊男美女，多麼般配；或想起金長鴿虛假的友善後頭，其實是金幼鸞深不可測的心機。不論愛情或友情，江鯉庭都不想要別人的同情；她不想像自家母親一樣，向別人乞討那一丁點的愛意。

林鳶實習的地點，是位於五十一樓的育苗中心。育苗中心與末日地窖相距不遠，是垂直農場裡，如同幼兒園的一處工作場所。所有最終進入垂直農場的種子，都必須先進行表面的淨化，送入診斷實驗室裡，測試有無微生物病原體的存在。「否則它們就會像特洛伊木馬，將病原體帶進農場裡。」林鳶捧著一盆看來沉甸甸的種子，雀躍地向江鯉庭解釋。一旦證實沒有病菌，種子就會被送入苗圃內，進行品管測試，而後幫助種子發芽；發芽後還必須再次複驗，直到確認一切無虞、沒有感染風險後，幼苗才會被正式移植入垂直農場裡。

「為什麼？發生什麼事了？」

這一區的幼苗不只有農作物，還有許許多多不同的草藥，比如毛地黃、大麻、罌粟花等等。江鯉庭壓根兒對不上這些五花八門的名字，但當林鳶手頭忙碌時，她就一邊自個兒讀著相對應的解說文字，一邊默記它們的功用與樣貌，比起了解人，江鯉庭更願意多花心思去了解植物。

「紅區整體狀況真的頗糟啊。而且，我以為政府至少會派幾個人，去管理管理那兒。若是停水停電了，道路坍方，應該也要派人去巡邏、幫忙搶修。結果什麼人都沒有，真的，一個可以幫忙的人都沒有出現。」

其實江鯉庭並不需要問出口，就能猜想到林鳶的不滿。目前除了政府機構群聚的綠一區，及垂直農場與附屬校區所在的綠二區，剩餘只有幾處綠區設有大型醫療院所；黃區僅僅只有小診所與警察局，聽說連消防系統也設置得零零落落，甚至救護車都不開進去紅區了。更加之公衛預算嚴重不足，高強度的暴雨常常帶來環境與供水汙染，郊區野外因而蚊蠅滋生，使瘧疾等各種傳染疾病爆發。但對綠區而言，這些都不是問題——問題只存在於紅區與黃區裡頭。

「所以我還得自己一個人，涉水走去離我奶奶家有段距離的小超市，替她買手電筒、電池還有飲用水的。紅區居民簡直都像是被放棄般，任憑自生自滅了——更何況，那區還大多住了老人。唉唉唉唉唉，我好擔心她，卻也不知該如何是好。」

林鳶一面打呵欠，一面搖頭。她這陣子明顯睡眠不足，因為她常常連續兩天週末，都偷偷跑出綠二區，去紅區照顧她奶奶。每個學生周末都有一次外出的機會，得以離開宿舍十二個小時，去處理自己的私事。既然江鯉庭不想去黃區探望她母親，而林鳶則需要去照顧她奶奶，江鯉庭就乾脆將她每週的那一次機會，全讓給了林鳶。

一開始，兩人都不確定這場偷天換日計畫是否可行。校門口的出入管制並非不認得她們的臉，也不是不會核對她們的身分，複驗她們的出入紀錄；可最終出乎她們意料之外的，這件事的成功，竟是讓江鯉庭給促成的。

「妳說，我是不是，得去拜託金幼鸞搞定這件事呢？我相信，她一定能有辦法的。」

江鯉庭對林鳶總三不五時要去找金幼鸞，金幼鸞長、金幼鸞短的，心裡總有些不舒坦。「妳知道垂直農場的屋頂上，裝有高效率的太陽能板嗎？地下室還有高效電池，陽光照射時產生的電力，都會儲存在這些電池裡頭。金幼鸞都帶我去看過了。」林鳶的表情看來總是很開心，而江鯉庭回想起自己剛到這兒時，也多想與金幼鸞混成一個小團體啊——現在回頭想想真是可笑，人家根本也瞧不上自己。江鯉庭也不想與林鳶分享公廁裡發生的事，因為不論怎麼說，她無可避免地感到丟臉，她只想把這件事鎖在心底，當成自個兒的祕密。有些少女比較勇敢，或許可以把握住馬可薇的把柄，拿來威脅她，或從中謀利；可江鯉庭不屬於這類少女，她知道自個兒懦弱，不勇敢——戰鬥，或者逃跑，她永遠會選擇逃跑。

「不需要麻煩金幼鸞了，我有人脈。」

江鯉庭靈機一動，想起心中另有一個最適當的人選。

在江鯉庭的印象裡，記得王二董曾同她說過，他與校門口出入管制的其中一名警衛熟稔，王二董可以請他幫忙：林鳶只要與江鯉庭互換手環，再讓安全人員進入系統，竄改數據，包括出入紀錄、與手環同步收集到的身體狀況，王二董說，這其實不是件困難的任務，他們一定可以做得天衣無縫。

當江鯉庭告訴林鳶這個計畫時，林鳶不僅僅是驚訝，更要為此感激涕零了。這算是在她們的友誼關係中，江鯉庭最有實質建樹的一次；林鳶簡直被此事震撼了，而江鯉庭則為此感到驕傲。

但林鳶心中難道沒有疑惑嗎？她難道不會想提問嗎？她難道不想要了解，江鯉庭在這件事上能給予幫助的人脈，究竟從何而來？

或許林鳶的確不想知道——她不想知道江鯉庭的祕密能力後頭，是否真有什麼錯綜複雜的難言之隱；也或許林鳶不是不想關切，只不過她目前沒有多餘的精力，去在乎這些事。而江鯉庭也不想對林鳶吐實，她內心沒想全盤告訴林鳶，她是如何與王二董熟稔，甚至熟稔到可以信任對方。最親密的友誼裡頭，也難免會有祕密——或許也可以說，是**祕密維繫了關係**——祕密替友誼保持了距離，製造出空隙，鬆開了土層，好讓關係蔓生的根芽，能保有呼吸的餘裕，莖葉才得以舒展，進而繼續向上，存活生長。

江鯉庭的第一次順手牽羊，是父親剛剛離開母親，相依為命的二人搬至蕉洱島上，展開母女倆的新生活。所有的惡都起源於小破口，如泉水一般，自牆上不起眼的小裂縫滲透流出。那間小雜貨店離江鯉庭的家很遠，並不在她平日的活動範圍內；雜貨店裡潮濕而陰冷，牆角四周都蓄了積水，幾隻未及打掃的蟑螂屍體，漂浮於小水坑上。坐在門口看店的，是位瞎眼的老先生，江鯉庭原先進門時，老先生一動也不動，江鯉庭踮起腳尖，宛若隻老鼠鬼鬼祟祟，心裡懷疑他究竟是睡了，或是死了；直到對方突然嗆了一口，喉頭聽來像卡了一口老痰，而痰在氣管裡上下滾動——「您自己隨意看啊。歡迎光臨。」

江鯉庭膽戰心驚，大氣不敢喘一聲，身軀無膽扭一下，怕連脖子一個轉折，頭頂上磨擦的髮絲都會冷哼一聲；她身未轉，側著臉，餘光發現老先生雙眼放空，直面著天花板說話，嘴角還帶著笑意，像他頭頂上的空間人影幢幢。江鯉庭才意識到，自己此時是個明目張膽的透明人，才真正放鬆了一些些。

弱者心底的陰影往往更惡毒，更汙穢，像這世界未曾心慈手軟地善待他們，於是亟需一個報復的契機。他們會在面對強者時蟄伏，裝得委屈不反抗，但在面對比自己更卑微的對象時，自尊心卻像吸了水的海綿，極速膨脹，脹到像是放不入任何陰道的陽具，硬到以為是能擊碎所有盾牌的矛釜。於是江鯉庭的遲疑並沒有太久，她不是真心想要那件物品，她不是真心需要一條放在架上已久、早已發潮軟化的牛奶巧克力。江鯉庭究竟需要什麼呢？這是一個少女無時無刻都在叩問自己的問題，但若是能順利解答出來，少女早就不少女了。

江鯉庭先是收腳不動，像一隻躲著探照燈的野鼠，老先生的喉嚨持續咕嚕咕嚕作響，是將沸未沸的熱水壺，江鯉庭豎起耳朵，那聲音只在原處停滯，於是她躡手躡腳挨近架子，右手抓起最上頭的一條巧克力，甩著書包，腳踝一扭，就往外逃跑；她的運動鞋踩過幾處水灘，濺髒她的白襪，遠方有不明所以的野狗正在狂吠。

江鯉庭知道沒有人會追上來，老先生或許在數天過後，仍不會知道究竟發生了什麼；但江鯉庭依舊一直跑，一直跑，猶如當她這麼跑時，罪疚感就能被拋在腦後。她的右掌心黏答答的，分不清是汗水、抑或是化掉的巧克力；清風拂過江鯉庭的臉蛋，腎上腺素的分泌讓她的雙頰上騰發出緋紅，她奔跑至一條大水前，確認自己安全無虞後，氣喘吁吁地大笑了起來。江鯉庭一面大笑，一面將巧克力拋入未加蓋的溝渠水渠裡，在空中畫出弧線的巧克力噗通一聲，沒入水中，像江鯉庭拋擲了一部分的自我。

自此之後的江鯉庭有些食髓知味，而她倒也未曾被逮住。一來，或許是她到手的，全是些不甚重要的小東西，二來，或許是她本人的不起眼——她的沉默乖巧，她的溫馴隨和，使她容易被大人們忽略，卻往往也是最佳的保護色。

實話而言，江鯉庭家並不算有錢，但她也不是想要什麼東西，卻都得不到，或真的缺乏什麼物品。可她三不五時，仍會無法克制自心底湧上的那股衝動，那股偷東西前，感受到心跳加速所帶來的存在感，還有那股東西到手後，成功得逞的心滿意足感。江鯉庭對蒐羅來的戰利品如數家珍：街角首飾店角落玻璃櫃裡的金飾，百貨公司手扶梯底下的琉璃耳環，美豔擅長打扮的化學老師脖子上曾繫過的真絲絲巾，還有她同天搭配的、豐滿胸脯上的瓢蟲胸針。當江鯉庭清點、把玩那些順手牽羊的成果時，她非常替自己感到自豪；好似當她擁有許多物質，她就越被人疼愛。有錢人家的孩子們，不都是如此被對待嗎？擁有財富，就擁有了愛；一談到花在孩子身上的花費，所有的奢靡，都變得既高貴、又合理了起來。

這樣的狀況在她和林鳶變得熟稔，又常常跑去對方家，厚臉皮地接受林鳶奶奶的照料後，暫時得到了改善。那些不帶消極攻擊性的語言，那些不帶情緒勒索的關心，就像混凝土般，使江鯉庭感受到內心那個正在漏水的洞口，被暫時堵住了，不再滴滴答答，不再濺溼她整個胸口，不再總是讓她心頭感受到冰冷。

可這種平衡在江鯉庭與林鳶必須搬至垂直農場，必須與林鳶奶奶分離後，就再次被打破了。對江鯉庭而言，更雪上加霜的是，林鳶不再像往常一樣，將注意力都放在舊朋友江鯉庭身上，她結交了更時髦、更有魅力、更吸引人的新朋友。於是無可避免地，江鯉庭總會扭曲心思地想：自己對林鳶而言，是不是就像個舊玩具？江鯉庭在札札濟島上號稱最安全的綠二區裡，卻找不著歸屬感，這種不安是猛獸的食糧，餵養著被封埋在江鯉庭心尖的那片陰暗。

暗影蠢蠢欲動。驅使江鯉庭在課餘時間，信步晃至南側大樓的販賣部。江鯉庭之前沒有仔細留意，販賣部裡還有個很大的生鮮部門，看來是樓下超市的延伸；展示了垂直農場各區生產的作物，開放給學校教職員與農場員工固定訂購。還有一區是禮盒與紀念品區，給那些來參觀交流的外賓們，買些過度包裝的商品，好帶回自己國家炫耀、或者說嘴。另外還有一個不起眼的區塊，販售些生活雜物，這兒其實沒有任何吸引少女的商品，沒有亮晶晶的髮飾，也沒有足夠時尚的手鍊，大多販售的，都是給學生們應急的日用品。

但對空虛的人而言，即使是最無聊的地方，也有最不無聊的物品值得偷。更何況，對目的本來就是偷竊的江鯉庭而言，拿到手頭的物品從來都不是重點，而是隨之而來、證明自己存在的踏實感。

江鯉庭僅僅以眼角餘光，迅速查看走道左右兩側。沒有人——於是她以極快的速度，將靠近貨架外緣的一包衛生棉掃進提包裡。她甚至不在意衛生棉的厚薄、長度，不在意是否她慣用的品牌。江鯉庭感受心臟劇烈地撞擊胸壁，如她的心情無法克制地狂喜。當衛生棉安全地降落於她的袋裡，江鯉庭並沒有抬頭，沒有四處張望，沒有確保自己不被人目擊——那是張皇的新手才會犯下的錯誤。江鯉庭只是鎮定地低下頭來，裝作正忙著瀏覽貨架上的其他品項，同時低頭默數：五、四、三、二、一。叮，咚。江鯉庭嘴角揚起一抹賊笑，沒有人對她大吼大叫，沒有人從角落衝過來，抓住她的手，扭著她的身軀。於是她幾乎是大搖大擺的，轉身朝大門走去；只有在江鯉庭偷竊時，她才會感覺到自己自信心爆棚。

但王二董此時就這樣突兀地，擋在江鯉庭面前，她甚至還沒來得及多走上幾步。王二董臉上面無表情，但他的眼神很妙，像先裝成漫不在意，而後眼神又倏忽亮了起來；那眼神就像隱藏在森林裡獵捕野獸的陷阱，金屬鐵絲所反射出的光線，在落葉堆下幽微地閃著光亮。

江鯉庭多少意識到，自己即將大禍臨頭，但她同樣欠缺逃跑的欲望；或許也算打心底明朗，自己根本無法逃遠，於是她只是僵在原地，像隻被突如其來的強光，震懾住的土撥鼠。

「嗨，我記得妳呢。」

王二董的語氣裡有種故作輕鬆感，但他反覆清喉嚨的舉動，似乎同樣暴露了他的不知所措。他低頭看著江鯉庭，僵硬地勉強自己笑著。

「妳就是那個，來到這兒不久的氣候難民，嗯？對吧？來自蕉洱島的？」

江鯉庭不甚情願地點了點頭，兩人之間又陷入短暫的沉默。

「嗯，所以，妳、妳身上有什麼東西，是、是該要給我的嗎？」

王二董很認真組織他的語言，他的結尾語氣上挑，並對江鯉庭眨了眨右眼，似乎極力避免要將氣氛搞砸。可他依舊無法掩飾他的緊張，所以看來像是他的眼睛抽搐，而舌頭打了個結。

江鯉庭瞪著他好一陣子，沒有立刻將偷來的東西交出。她並不想這麼快投降。

「你怎麼會知道？」

「因為這地方……其實是設有監視器的。」

江鯉庭大吃一驚。老手如她，下手前曾充分檢視過這兒的狀況，並沒發現天花板、或任何牆壁角落，裝有監視器的蹤影。

「我想，妳是認不出來的……我說監視器們。監視器被設計得十分迷你，這樣任何人都不會意識到，自己正在被監視。」

「妳並不是真正需要那件東西的，對吧？所以，我們做個交易好嗎？妳乖乖將東西還給我，並答應我，下次不要再做這種事。今天這事我就當沒發生過，一筆勾銷，如何？」

王二董簡直是低聲下氣地，哄著江鯉庭，可江鯉庭只是不在乎地聳聳肩。她並不相信王二董能理解她正在經歷的這些，她也並不相信這世界上有任何人得以理解。於是她依舊站在原地，一動也不動。

在無人所知的偷竊慣犯江鯉庭心底，是否也期待著自己被逮著的那天？就像金幼鸞與馬可薇那樣——對彼此飲食偏執的控制欲望，能互相理解，即使她們表面上總酸言酸語，針鋒相對，但江鯉庭明白，她們其實非常能同理對方的痛苦。某種程度上，江鯉庭也渴望有人能見著她的黑暗面，然後告訴她，沒有關係的——每個人在心裡，都或多或少有些骯髒齷齪，而骯髒齷齪其實都值得被接納。江鯉庭渴望著光線，能照進她內心每個陰暗的角落——於是當她在公廁裡，窺視著金幼鸞與馬可薇時，她才理解到，自己對她們的友誼其實是既羨慕，又嫉妒。可她並不是馬可薇，她也未曾遇見自己的金幼鸞。

王二董繼續凝視著江鯉庭。等了好一段時間，在他再次開口前，似乎也是下了非常大的決心。

「妳知道嗎，我剛剛到此地時，也是有許多事情我不習慣，甚至非常難以忍受的。」

江鯉庭沒有答腔，只是靜靜地聽著王二董說話。

「我可以算是這個國家的第一批難民，但那時的我們，並不被視為難民。那時所有的事都剛開始發生，沒人當過難民，無人可以教會你，什麼叫好的難民準則。」

「政府也不知道該如何安置我們，照料我們，不知該把我們擺在何種地位。在原本的島嶼上，我算擁有分優越的工作，但在海水湧上來的瞬間，我就變得什麼也沒有了。沒有人教過我們，該如何面對突然失去安身立命的處所。而且說實在的，事情不一定總會變好，所以那時候，我犯下了一個錯……我殺了人。」

江鯉庭傻愣在當場，不知該如何反應。她眼前似乎正站著一個殺人犯，所以她應該要尖叫，應該要逃跑嗎？她也不知道，她瞪著王二董的臉，王二董看起來比第一次遇見她時，更加年輕了，皮膚或許因為常常運動的緣故，看來十分緊緻有光澤；雖然王二董沒有頭髮，但他那張臉看來很有故事，卻又偽裝成像是沒有故事，像是一本無字天書，只有正確的人翻閱時，才會顯現上頭的文字。

「我的重點是，在這兒，總是會有適應期的。妳一定會老是覺得，自己和別人格格不入，無法融入。很多人都會有這種感覺，妳並不孤單。所以，如果妳真的遇到了什麼事，妳找不到其他人去說，去談，妳可以來找我。我會一直都在這兒——妳不需要把情緒，都發洩在偷東西上頭。」

在那樣的一剎那，江鯉庭終究是感到了難為情，並湧起一股想哭的衝動。她為自己感到丟臉，猶豫再三後，最終仍是將提包內的東西掏了出來，塞入王二董手裡。她沒有留下來，再聽王二董多說些什麼，她怕自己忍不住會哭出來，那樣子就太丟臉了。於是江鯉庭一溜煙地，跑離了販賣部。

說到頭來，也是身為少女的江鯉庭，並不清楚自己想要怎樣被對待；但至少，王二董與其他大人對待她的方式，截然不同——沒有批評，沒有刻薄，沒有要求。或許也只是王二董沒有像其他人那樣，那麼重視她罷了，這是江鯉庭的母親告訴她的：為妳好，才會更嚴厲地要求妳。慣著一個少女，對她未來的發展，是沒有好處的。江鯉庭認為那是母親對她的愛。

於是江鯉庭一開始，並沒有太信賴，或仰賴王二董——她認為自己只是利用他，她認為自己很聰明，可以利用一個大人，更何況這大人，更是個成熟的男人。王二董說他殺了人，但江鯉庭有些懷疑，他根本是在說謊。她說不上那種感覺，或許是她心裡的投射——江鯉庭希望他是在說謊，因為她需要一根結實點的浮木。在不知不覺中，江鯉庭又好像無法克制住自己，因為有個人總是在那兒，聽自己的煩惱，給自己意見，像江鯉庭是那麼獨一無二的存在，像江鯉庭在王二董的眼中，始終閃閃發亮。

江鯉庭從來沒有意識到，自己其實是個癮君子：除了對偷竊上癮外，她也對人際關係上癮。先是母親，然後林鳶，再來金幼鸞，還有金長鴿，最後是王二董——江鯉庭總是渴望能獲得強者的認可，好讓江鯉庭能從他們的瞳孔裡，看見自己的倒影，確認自己的存在。江鯉庭或多或少，知道自己無藥可救，或許，她其實也不想被拯救。

Part 2

林鳶

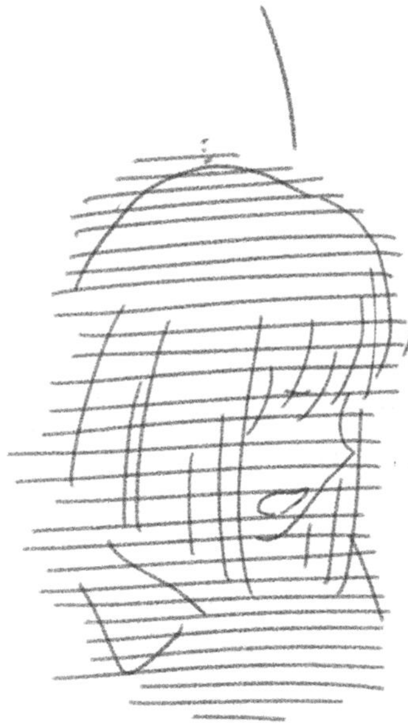

18

林鳶常常蒙起棉被，躲在被窩裡偷偷哭泣，卻未曾有人留意到這件事。

在人生中有許多時刻，生活就是會一無所知地繼續過下去，像生活是條湍急無終的流水，像生活本身總帶有某種程度的麻木。江鯉庭在校舍裡，在學校中，所留下的孔洞迅速被填滿，那填補的勢態如此兇猛，像她從未在此地實際存在過；沒有女生再談論她，嘲弄她，像江鯉庭不過是一頁悄悄被撕去的日曆紙。

「關於妳奶奶的事，我很遺憾，還有江鯉庭。我知道，妳們曾經是極要好的朋友。」

金幼鴻又搬回了301號寢室，取回了短暫被江鯉庭佔走的床位。這些日常瑣事的細微變化對林鳶而言，好似也不過夢一場。在等待的電梯前，林鳶俯視著金幼鴻，對她點點頭，接受她的致意，心態卻是十分地抽離。

附屬學校裡其實也有很大的不同了：李知鳩搬離了宿舍，與其他成績一直徘徊在最末段的學生一起——準確來說，他們是被逐出綠區的，然後又有一批新的氣候難民取而代之。林鳶都還未曾與這批新的難民熟稔，第二批、第三批新難民又搬了進來，再有幾批學生被刷出去。這些學生都必須走上她們之前走過的老路：以學業地位上的成就，換取地理上所佔據的位置。到後來，這些新的名字在林鳶耳中，聽來都是同種模樣，她也就再無心思去認真分辨誰又是誰了。

「最近這種重複的過程……真是越發頻繁了。」

金幼鴻沒有閉上嘴巴的傾向，看樣子是打定主意要繼續與林鳶閒聊。但林鳶沒有將心思放在對話上頭，她有些自憐自艾地感嘆自己，真變為孑然一身了，於是對金幼鴻說的話全然沒有回應。直到金幼鴻整張臉孔填滿了林鳶的視野，一臉憂心忡忡的模樣。

「林鳶，妳真的……還好嗎？」

「抱歉，妳剛剛說什麼？」

「我說，妳需要幫忙嗎？畢竟妳同時還有奶奶的後事需要處理，如果妳真的忙不過來，我可以代替妳——去與江鯉庭的母親見面。」

「哦，沒關係的。我自己可以。不過是我現在還有許多情緒，需要消化罷了，但還是謝謝妳的關心。」

「還是我陪妳去呢？好嗎？那些東西，看起來滿重的。」

金幼鴻眉頭全擠成了一塊兒，嘴角沉沉地往下撇。如果是在平時，林鳶可能會覺得金幼鴻真是讓人感動，但現在，她只覺得對方讓人煩躁。她目前不想與任何人說話，她只想獨自靜靜地反芻她的憂傷。她好累。

「不了，江鯉庭其實沒有太多東西，箱子裡大多數都是閒置的，所以我自己來，可以的。」

林鳶又再一次拒絕了金幼鴻，但她所敘述的也是事實。當林鳶替江鯉庭清點遺留下來的物品時，她並不訝異江鯉庭在物質上的匱乏，一如每個難民該有的那樣；江鯉庭不像金幼鸞，擁有許多妝扮自己的工具，或是像馬可薇一樣，坐擁各式各樣的文件筆記。江鯉庭很少化妝，連一盒色彩齊全些的眼影盤都沒有，也只有幾包、或許是金幼鸞送給她的保養品試用包——於是這讓她留下的其中一樣物品，顯得特別突兀。

那是一個外表樸素，看來毫不起眼的首飾盒。首飾盒開闔處的雕花刻紋已嚴重磨損，但裡頭卻裝滿了江鯉庭未曾佩戴過的珠寶配飾，有些上頭的吊牌，甚至還沒來得及拆下。林鳶一件一件讀著上頭的標價，納悶江鯉庭怎麼可能負擔得起這些商品？更納悶江鯉庭為何在洪水吞沒家園的當下，卻還特別花了心思，帶走這些東西？林鳶打從心底不明白，江鯉庭為何試圖保留這些華而不實的飾品？

「我先走了。」

林鳶向金幼鴻示意，搭上往下走的電梯。她與其他學生的目的地相反，他們得去上課，而林鳶得以自課堂告假，前往與江鯉庭的母親會面，這也算是劉暖鸝老師特別指派給她的任務。

林鳶到達北側大樓的三樓，納悶劉暖鸝是否也不想處理江鯉庭母親這塊燙手山芋，於是才甩鍋給她。說實在話，林鳶並不算太熟稔江鯉庭的母親，以往常常是江鯉庭跑到她家去，很少是林鳶至她家拜訪。印象裡，江鯉庭幾乎沒有邀請過朋友們回家，她或許也隱隱約約地，排斥母親與自己的朋友們見面。

當林鳶進到小會客室時，對方已經坐在皮沙發上等了。她穿著看來有些洗滌過度，於是起了毛球的黑色短袖T-shirt，下身套著牛仔褲；林鳶此時才留意到，江鯉庭母親的腳真是大，像她有雙男人的足，腳上還套了雙男版的運動鞋。她的雙眼泡泡的，像是剛剛才哭過，也像是哭了許久。

「唉呀，林鳶！」

江鯉庭的母親一見著林鳶，立刻就站起身來，做出一個連林鳶都詫異不已的動作。她迅速飛奔過來，雙手環抱住林鳶的肩頭，因為林鳶的身高要高出她許多，讓江鯉庭母親的這個動作紮實有些吃力；更別說，她的頭幾乎是靠在了林鳶的胸峰上，讓林鳶尷尬不已。

「倒也真是，辛苦妳了。」

江鯉庭母親擁抱林鳶好一陣子後，才終於心甘情願地鬆開手。林鳶難為情地點點頭。江鯉庭母親與林鳶印象裡，的確有些不同，不似當江鯉庭在她面前時那般咄咄逼人，簡直是江鯉庭母親展現了她不為人知的另一面——那不希望江鯉庭、不希望自己女兒見著的另一面。

「這是鯉庭剩下的一些雜物。大部分東西，都是她從老家帶過來的，有些是政府後來配給的生活必需品。因為沒有太多紀念意義，所以……我就沒帶過來了。」

紙箱裡頭，的確也沒剩下太多私人物品：大概就是江鯉庭的幾張生活照，一雙她很喜歡的平底娃娃鞋，一隻小綿羊布玩偶等等。林鳶自作主張地，沒有將神祕的首飾盒交出來，她不知道江鯉庭母親會怎麼看待這件事。於是林鳶決定替江鯉庭隱藏住這個祕密——她不希望，江鯉庭最後被母親視為一個賊，就像林鳶此刻懷疑的那樣——但究竟真相為何，她們可能永遠都不會知道了。至少江鯉庭值得成為她媽媽心目中，一個最美好的回憶。所有的女兒，都值得成為母親心頭的驕傲——即使女兒們，從來不覺得自己夠格。

至於金太太送給江鯉庭的珍珠耳環，在林鳶想通該怎樣處置耳環才是最好的解法前，她決定先將耳環留在自己身邊。

江鯉庭母親接過箱子，使勁扯著林鳶，讓她坐到自己身旁。林鳶感覺到江鯉庭母親身上汗毛濕潺潺地張開，像有千千萬萬個江鯉庭，寄生在她母親身上，正對著林鳶吸吸，吐吐。外頭下雨了嗎？是黃區剛下過雨，被江鯉庭母親帶進綠區裡來嗎？室內陷入沉默。江鯉庭母親不斷撫摸箱裡的一隻北極熊玩偶，玩偶不知何時被咬掉了一隻耳朵，然後像是再三斟酌後，才終於開了口。

「林鳶……我知道這要求很不近人情，因為我想妳……現在也是非常不好過。但，我以一個母親的立場請求妳，可以從頭到尾再向我說一遍，事情究竟是如何發生的嗎？」

瞬間林鳶像是被重重擊了一拳。她雙唇發白，指尖禁不住地顫抖，趕忙以右手去抓住左手，但她的左手卻像泥鰍般滑溜。江鯉庭的母親並沒有錯讀她的心思——林鳶十分排斥，甚至逃避似的，不願去談論江鯉庭的這些事。

「沒關係，慢慢來——我**等**妳。」

江鯉庭母親將缺耳的北極熊放回箱子裡，再緩緩捧起眼前的那杯熱茶，放入自己掌心，轉啊轉。她說話的那種腔調，那聲重音沉沉地敲在「**等**」字上，透露出江鯉庭母親不接受拒絕的威嚴。林鳶也知道基於道義，江鯉庭母親有權知曉事情的始末，即使內心掙扎再三，她也只好娓娓道來。

「我常常溜去紅區，偷偷去給我奶奶送藥。我奶奶每天需要很多藥，高血壓，糖尿病，利尿劑，還有安眠藥。」

林鳶起了個頭，像吟唱出樂曲的首個音符，卻難以繼續下去，像她正在真空裡歌唱，像她被人鎖住了喉頭。那天的事，林鳶其實記得再清楚不過了——她總在心底一遍又一遍地播放，像在反覆審判她自己。

「因為不知道從哪天起，紅六十九區有些藥就開始買不到了。我奶奶必須走上很遠的一段路，到紅五十二區裡，一家轉角的大藥局，才能領到她所需要的藥物。而且據我所知，紅區傳染病盛行，可政府並沒有分配經費，替居民施打預防針。總而言之，那樣的路程對一位老人家而言，實在是太奔波勞累了，於是我會拜託我同學，幫忙領到奶奶需要的藥物，我再送去給她。」

當江鯉庭母親聽見「我同學」這三個字時，耳朵似乎輕輕跳動了一下；林鳶瞬時膽戰心驚，擔心她會否繼續追問下去，問出這個幫忙她違規的同學，究竟是誰。但幸好江鯉庭的母親沒問，也許，這從來就不是她關心的重點。

「原本那天，星期六，是我原定要送藥給奶奶的日子，但我卻突然有事，不能照計畫去了。」

「有事？是什麼事？」

林鳶像是深埋於土裡的蘿蔔，而江鯉庭的母親正使勁地、奮力地要將她給挖掘出來，將要看看她醜陋的模樣，將要清清楚楚明明白白地，審判她。可這的確責怪不了江鯉庭的母親——母親總是滿懷希望，希望能知曉自家女兒的一舉一動，畢竟也是直到現在，林鳶才發現自己也不全然了解江鯉庭——才理解江鯉庭在某一方面，的確也像個謎。

「劉暖鸝老師在周末，替我們組了一個讀書會。畢竟期末考是很重要的，她希望即使放假，還是能確保我們有在認真學習，知道我們在哪裡。其實，這就有點像變相地，逼迫我們星期六還待在校園裡頭。原本這也沒什麼大不了的，我可以等到星期日，再替我奶奶送藥。但是……」

林鳶並未意識到自己的緊張，她講話的語速持續加快，猶若她快趕不上火車。

「讀書會？所以江鯉庭，她不需要參加讀書會嗎？」

江鯉庭母親的語氣突兀，甚至有些尖銳。江鯉庭一定有許多事情，不曾告訴她的母親。

「不，只有成績在前三分之一的學生，才需要參與……我很抱歉。」

江鯉庭成績不在最前頭的三分之一，並不是林鳶的責任。但此刻，當林鳶面對江鯉庭的母親，卻依舊很難不感覺愧疚。

「天知道，江鯉庭都在哪些活動被排擠。」

江鯉庭母親不滿地咕噥了兩句，林鳶感到尷尬，但她的確無法反駁。小會客室裡又陷入短暫的沉默。

「然後呢？」

「然後鯉庭很好心，她說，她可以去幫我做這件事。我說沒關係的，我可以隔天、星期日再去，只差一天而已，並不是真的很要緊。但鯉庭異常地堅持——堅持要幫我奶奶這個忙。她說，畢竟也好久沒見著我奶奶了，正好趁機去陪她聊聊天，散散心。鯉庭真的很好心。」

那天只有那刻的細節，林鳶有些記不清楚，或許是她發自內心不願再回想起。當時林鳶正要與金幼鸞、馬可薇一起出門，去參加讀書會，甚至連金幼鴻都是讀書會的一分子，於是寢室裡只會剩下江鯉庭一個人，大概可預期江鯉庭一整天都會孤單一人，無人陪伴。金幼鸞為此有些興災樂禍，甚至調侃了一句：「恭喜妳啊，妳今天可以在301寢稱王了。」江鯉庭於是囁嚅地問起，林鳶送藥給奶奶的事，林鳶先是推辭她說——沒事，真的沒關係的。

現在回想起來，江鯉庭的主動幫忙，是發自內心、真心誠意地想幫忙林鳶嗎？或者林鳶也質疑自己，是否犯賤地給了江鯉庭什麼暗示？當時林鳶是否也有些半推半就，也不是很想果斷拒絕，於是就順水推舟地，接受了江鯉庭的提議？林鳶是否，的確，順勢利用了江鯉庭的好心與友誼？或甚至更糟糕的，林鳶在不知不覺間，受到了**金幼鸞**的影響——開始感覺到江鯉庭的可憐，江鯉庭的值得同情，於是假藉著讓江鯉庭接下這個任務，好安慰林鳶的內心，安慰她自己，她才沒拋下江鯉庭這個舊朋友？

「但在江鯉庭出發前，妳們沒有人知道紅區的天氣狀況嗎？妳們都沒有收到氣象預警嗎？說那幾天，有一個超級強颱，正在札札濟島南方的海域上成形？」

「不……我們真的都不是太清楚。應該是說，在綠二區這兒，幾乎總是風平浪靜的，於是我們都沒想到紅黃區的氣候狀況，可能會是截然不同的。」

特別是江鯉庭。林鳶記得江鯉庭在搬進綠區後，也只去過黃區幾次，更別提她根本未曾真正進入過紅區。而林鳶也沒多加留心，忘記該要提醒她這件事——可現在，她根本不敢與江鯉庭的母親提及，她仍無法開口懺悔，懺悔她對江鯉庭安全的疏忽。

「所以，妳是從什麼時候開始，察覺到事情不太對勁的？」

「在那天讀書會結束後，回到寢室裡，發現天都黑了，鯉庭卻還未回來。可因為那時才剛過九點不久，我以為她有別的活動，或是跑去其他寢室串門子了。更何況，隔天就換我必須早起去找我奶奶，所以我很早就上床睡覺了，沒有等鯉庭……這件事的確是我太放鬆了，不夠警覺。」

「直到隔天早上起床，發現鯉庭的床鋪並沒有動過的痕跡——才發現，她其實一夜未歸。」

「校方沒有人發現嗎？」

「我離校的時候，有遇到出入管制的警衛，他們正在交班討論這件事。我告訴他們，我可以順便到紅區去找看看她。」

「我沒有責怪誰的意思，但我希望，我能早點得知這件事。」

江鯉庭母親兩手的手指頭，正快速敲打著自己的膝關節，似乎正極力按捺內心的怒火。

「我明白。」

即使林鳶口頭上說明白，但心底是頗有疑問的。據她所知，江鯉庭很少與她媽媽聯絡，而反過來說，江鯉庭的母親其實也很少主動關心她。但林鳶不打算在這當下，當面戳破這件事。

「我趕到綠黃區交界的檢查哨口，那兒的工作人員問我說：我確定，現在要離開綠區嗎？綠區外頭的天氣非常不好，雨勢滂沱，難道我不知道嗎？」

林鳶嚥了口口水，有些艱困地說：「我回他們，說，不，我的確不知道。」

「我和鯉庭都太大意了。在學校裡不需擔心這些事，不代表學校外頭，也絕對是安全的。」

「工作人員們苦口婆心，勸我打消這念頭，但我說，不行，我一定得去找我奶奶，與我的朋友。」

當時林鳶搭車，轉乘，狂奔經過黃六區、黃十五區與黃三十八區，雨勢越下越大，原本她拿的傘撐不住，只好半途再買了件雨衣，套在身上。但黃區僅僅只是雨大，人們都躲在屋裡，排水系統依舊運作良好，於是當時的林鳶還不算太擔心害怕。

「但當我要從黃區進入紅區之前，又被檢查哨口再問了一次。」

管制哨口的荊大叔很嚴肅，因為他常常遇到去送藥的林鳶，兩人已經有些熟稔了。他認真直視著林鳶的臉，問說：小姑娘，妳確定嗎？過去了，可能就再也回不來了。林鳶篤定地點點頭，說確定，她一定得要過去。荊大叔嘆了口氣。

「然後，他們要我簽切結文件，代表進入紅區後，若是發生了什麼事，後果得自己負責。」

「等等，切結文件？這是一直以來，都規定必須要簽署的嗎？」

「是的，一直以來規範就是如此。然後我問說，昨天鯉庭有簽嗎？工作人員回答說，有。」

荊大叔是個滿臉鬍渣的中年人，但他體格壯碩，肌肉虯結，林鳶知道，這是在檢查哨口工作的必要條件之一，畢竟他們最重要的工作，就是攔阻想自紅區偷跑入黃區的人們。

「如果我們警告了三次，對方還不遵從指令的話，我們就會開槍，擊斃他們。」

荊大叔曾經一派輕鬆地，向林鳶分享工作的這些狀況，那時林鳶還好奇地問：所以，會有許多紅區的人試圖越界，進入黃區嗎？一開始很多啊，荊大叔這麼回答，但後來，黃區進駐巡邏的人口居住部隊，人員增加不少。妳知道**人口居住部隊**吧，嗯？那些人，是政府由軍隊裡特別獨立挑選出來的，確保大家根據手環的顏色，待在自己該待的區域。所以啊，這些戴著紅色手環的人，知道自己即使進入了黃區，也越來越容易被逮著，所以後來試圖偷闖關的，也就少了許多。

荊大叔人很嘮叨，他一面替她處理那些行政作業，一面嘀咕著說，真搞不懂妳們這些小姑娘在搞什麼？有好好的綠區不待，幹什麼非得往紅區跑？特別是在這種鬼天氣。荊大叔將資料全輸入了平板電腦，然後抬起頭，凝視著林鳶的臉，沉重地說：妳難道不知道，可能在幾個小時後，紅六十九區就會不見了嗎？然後又會有舊的黃區，變成新的紅區，這些年來，他在檢查哨口的工作，已經看了太多太多了。

「要珍惜生命啊，小姑娘。妳不久前才從蕉洱島倖存下來的，不是嗎？」

林鳶也知道，她必須愛惜自己的生命，但她同時也非常捨不得，知道奶奶或許過不了這一關；但至少，她可以在奶奶生命的最後，去陪她一小段。

「所以，妳奶奶當時並不想離開，是嗎？」

江鯉庭母親的這話猶若匕首，直直刺入林鳶的心窩。林鳶克制不住，開始掉淚。

「即使她想走，也是走不了的。黃紅區的警戒線與檢查哨口，不會讓她進入的。求情也沒用，我知道他們不會心軟。」

林鳶用左手想抹去眼淚，她手腕上閃著綠色光芒的手環，此刻更顯諷刺。茶几上的面紙盒擺在靠江鯉庭母親的那一側，隔著林鳶有好一段距離；可她只是木然地坐在座位上，一點兒替林鳶抽張面紙的念頭都沒有。林鳶只好自個兒起身，伸長了手，讓自己整副身子跨過茶几。

「所以為什麼，江鯉庭不跟著妳離開呢？」

江鯉庭母親低著頭，盯著擺在膝上的瓷製茶杯，語氣是秋天樹枝上高掛的葉子，一邊瑟縮顫抖著，一邊自她嘴裡頭落了下來。

「一開始，她是跟在我後頭的。但不知道為什麼，當我拐了一個彎後……她就不見蹤影了。」

在前往奶奶房子的路途上，早已是滿目瘡痍。豪雨不停地下，路上的樹與電線桿倒成一片，而排水溝明顯地早失去了作用。越往低地走，水淹得越高，林鳶被雨勢及路上的漂流物阻攔，可說是寸步難行。當她全力跋涉至奶奶家時，小腿以下早已全部沉入水中，屋子的大門不見了，而江鯉庭與奶奶正抱著彼此，擠在一張木頭桌子上。

「妳是說，江鯉庭被大水沖走了嗎？她是跌了一跤嗎？」

「也許是，也許不是，我不知道。我當時真的，什麼都沒看到。」

林鳶低下頭來，她也不知道有什麼更好的方法，能幫助江鯉庭的母親——還有她自己——接受這個事實。

「我走回紅黃區交界處的檢查哨口，向工作人員確認，鯉庭有沒有回來。他們說沒有。然後我坐在那兒，一直等，一直等，等到整個紅六十九區都被淹沒了，還是沒有看見她。我很抱歉。」

當時荊大叔給了林鳶一床厚棉被，讓她包裹住身子。他們一起喝著熱湯，看著玻璃窗外頭，漫漫淹成一片水鄉澤國。林鳶漸漸地不再發抖。妳肚子餓了吧？想喝酒嗎？荊大叔問她，塞了一個白饅頭到林鳶手裡。每當又一塊紅區被淹沒時，荊大叔就會喝一杯烈酒，慶祝自己依舊活著。想要喝威士忌，或是白蘭地？林鳶說她不能喝，她得保持清醒，等著江鯉庭回來，但她乖乖咬了一口饅頭。妳朋友啊，她也許，其實是不想回來了吧？林鳶搖搖頭，說，不可能的，鯉庭才不會有那樣的念頭。

小會客室裡陷入一片死寂。林鳶等著江鯉庭母親開始歇斯底里地大吼，大叫，罵她，揍她，或是等著江鯉庭母親情緒崩潰，失控地大哭。但江鯉庭母親像尊石化的雕像，坐在那兒，不哭，也不鬧。林鳶等了許久，卻什麼都沒等著，就像她從未等著江鯉庭一般。

荊大叔似乎有些醉了，林鳶的白饅頭也吃完了。荊大叔伸出他粗壯的胳膊，摸了摸林鳶的頭，說，小姑娘，生命就是這樣，其實也沒什麼了不起的啊。

19

那天後來的課林鳶全請了假，早早回301號房裡躺著。她並非真覺得身體哪裡不舒服，而是心理上的疲憊，她不想說話，也不想戴上面具，去應付周遭其他人。她只想靜靜地躺著。

林鳶以被單裹住自己身子，反覆回憶奶奶最後與她相處的那段時光。

「趕快離開這兒吧。趁還能走時，就趕緊走。」

「不行的，奶奶……」

林鳶話還未說完，奶奶就堅決地打斷她。

「妳知道的，實際上，我早就已經死過一次了。在這種氣候變遷、海平面持續升高的情況下，我要不是死於颱風，死於洪水，最後也是會死於某種傳染病。妳知道，光是上個月，紅六十九區因瘧疾與傷寒死去的老人，就有多少人嗎？反正，我已經活夠本了，不要緊的，妳們年輕人的生命比較重要。」

林鳶當下並不知該如何反駁，早在第七十六號颱風侵襲蕉洱島時，她或多或少就曾預想過這天的到來；但早已有心理準備，與能否接受現實，從來都不是同個層次的事。如果那天只有林鳶與奶奶的話，她就可以多花些心思與口舌，去說服奶奶，或與奶奶討價還價；可江鯉庭也在，她看向窗外的大雨，看起來既驚慌，又狼狽，眼珠來回地在林鳶及奶奶身上打轉。江鯉庭永遠不像林鳶自己，這麼勇敢堅強，林鳶內心隱隱作痛，自責不已——於是林鳶當下就明快下了決定，必須先照顧好江鯉庭，畢竟當初是她好心，自願替林鳶送藥，所以讓江鯉庭安全地回到學校去，是林鳶義無反顧的責任。

林鳶轉過身去，拉住江鯉庭的手，打算先將江鯉庭帶離紅區。然而走了幾步，林鳶又依依不捨地回頭，看著奶奶；奶奶嘆了口氣，溫柔地揮揮手，示意她們快走，林鳶這才眼眶噙著淚水，將江鯉庭拉出大門。

「其實，我不想回去那兒。」

在她們走離奶奶家，走了一小段路後，江鯉庭突然使勁甩開林鳶的手。林鳶大吃一驚，詫異地看著這樣說話的江鯉庭。

「別傻了，那妳要去哪兒呢？去黃區，跟妳媽媽一起住？她不會同意的，政府也不會同意的，妳現在的位子屬於綠區。」

「可是……」

她們站在已快被水淹沒、看不見前路的鄉間小道上，前頭的林鳶停下腳步，轉過臉來，試圖在滂沱大雨中，看清楚江鯉庭臉上的表情。

直到現在，林鳶仍想不明白，江鯉庭那刻臉上的神情，究竟是什麼意思？是茫然、絕望，或者是不甘心？江鯉庭是從什麼時候開始有那種想法的？而為什麼林鳶從來就沒意識到？或者，林鳶真的真正了解過江鯉庭嗎？

江鯉庭當時的態度，就跟她留在寢室裡的首飾盒一樣，深深地讓林鳶感到困惑。

「我今天一整天，都還沒跟妳好好說過話呢。」

有一副軟綿綿的身軀，自林鳶側躺著的後背貼了上來。是金幼鸞。她說話的嗓音刻意壓得低沉，有一種陳酒沉澱在甕底的甜膩感。或許是金幼鸞手腳有些冰冷的緣故吧？雖然林鳶心情有部分是歡愉的，為著金幼鸞對她的關心，但她竟仍不自覺地打了個哆嗦。

「妳還好嗎？」

金幼鸞的氣息吹拂過林鳶的後耳殼，那陣酥麻感由耳朵朝著腳尖，快速地傳遞，讓林鳶的五隻腳趾頭忍不住彎曲，然後又再打了開來。

「我很好。只是覺得累，不太想和別人說話。」

林鳶順著圈住自己細腰的金幼鸞手臂，借力使力，將自己身體給轉了過來，讓臉朝向金幼鸞。金幼鸞的長捲髮隨意地散在床鋪上，她的眼珠像月亮，像潔白的瓷盤，反射出窗外夕陽的餘暉；躺下來的時候，金幼鸞沒有記得要先順順自己的長裙裙擺，像一個聽從母親教誨的優雅淑女那樣，於是她一整塊白皙的大腿露了出來。林鳶瞧見了，但她裝成沒瞧見。

「我聽說了，他們找著了江鯉庭的手環——雖然並沒找著她的屍體。」

金幼鸞一面說著，修長的手指頭像蜘蛛腳似的，一寸一寸地撫上了林鳶的臉頰。林鳶的心臟此刻像被切割成了兩個部分：左邊的心臟有些羞澀，欣喜，卻又不知所措；右側的心臟同時卻感到感傷，念舊，並盈塞了滿滿的罪惡感。此時林鳶的左心正為了金幼鸞而跳，右心卻懷念著江鯉庭，這讓她的心臟幾乎無法同步，像林鳶正經歷著心悸；但此時此刻，林鳶的雙眼卻仍是屬於江鯉庭的，於是她終究是忍不住，開始啜泣。

「……認領江鯉庭的屍體，並不是我的工作。」

「哦，我知道。」

「所以，我只看見了我奶奶。」

「可憐的孩子。發生在她們身上的事，絕對不是妳的錯。」

金幼鸞強勢地將林鳶的臉埋入自己胸脯，然後用雙手緊緊環抱住她，像金幼鸞將自己視為一個強壯的男人。

「小姑娘，我要回去睡覺了。」

荊大叔後來先下了班，留下林鳶一人，獨自面對一班她並不熟悉的警衛。林鳶那時坐在紅黃區檢查哨口的玻璃窗前，俯視著眼前節節高升的水，像她正坐在一個無處可逃的大浴缸裡。警衛們在她周圍來來去去，沒有人安慰她，只有人問她，要不要吃個桃子？林鳶沉默地搖搖頭，可桃子依舊被塞入了她的手掌心；她茫然地瞪著水面，錯亂地想，她能否將桃子擲入水裡，打水漂？有些紅區的物品順著水流，漂啊漂，漩渦般打轉，像它們正在狂風暴雨裡，開心地跳著華爾滋；水面上有樹枝，板凳，枕頭，玩偶，它們跳著舞，它們找不著出口，像這個浴缸裡，沒有人會是那個塞子。

林鳶痛恨自己為什麼不是那個塞子，她痛恨自己為什麼不是那道解答。她最終在金幼鸞的懷裡，號啕大哭了起來。

林鳶不知道自己哭了多久，但她哭到渾身發燙，而金幼鸞從頭至尾，幾乎是一動未動。然後林鳶突然就冷靜下來，她沒有預料到，今日的金幼鸞竟對她如此有耐心。在林鳶大腦的理智全部奪回掌控權，能替她決定下一步行動之前，林鳶的感官先意識到了金幼鸞柔軟的身軀，她微微起伏又連綿香甜的，少女的胸部。

林鳶沒有想透哪件事先發生的，像時間在美好的那一剎那，總是爭相打起了架：是林鳶先止住了哭泣，或者林鳶先羞紅了臉，或是金幼鸞捧起了她的臉，吻了她。雖說林鳶內心張皇失措，極度地想要逃離，身體卻僅僅是僵在床上，無法動彈。行動勝於言語，也勝於欲念——於是林鳶實際上只是偽裝，並不是真心想逃。

金幼鸞嘴唇的觸感，比林鳶想像中更粗糙些——她原本以為這麼完美的少女，嘴唇會像絲綢，像棉花糖，或黏稠到像會招惹螞蟻的蜂蜜，可實際上，都不是。現實遠不如想像，金幼鸞的唇蜻蜓點水般在林鳶嘴上輕啄，金幼鸞的唇有種苦澀的味道，甚至有些辛酸，接觸時像砂紙，像金幼鸞的唇經歷過許多磨難。林鳶從頭至尾沒有反抗，任憑金幼鸞吻著她，然後金幼鸞的舌尖探了過來，伸進林鳶的嘴裡，像試圖舔開一道厚重的門。舔是什麼聲響？沒有人會知道。舔這個動作，向來都被歸類為低下的舉止，不屬於任何一個音階，掛不上任何一條五線譜；端不上檯面，於是不許吟唱，於是少女們只好深深地收拾在心底，從來不討論。

林鳶曾隱隱約約察覺自己，或許喜歡女生，也或許，她僅僅是對金幼鸞這個人，抱有這種曖昧的情愫。誰會知道呢？如果少女們什麼都知道，那就不是少女了。而金幼鸞繼續吻著她，林鳶的身體越來越燙，像金幼鸞正以她為甕，熬煮著一碗粥。有時少女們的友情與愛情很相像，因為她們彼此關係緊密，因為她們常常形影不離，無話不談；她們經過言語，與同性交換的口沫，從來都比異性多出許多。而林鳶並不想去搞懂，也無能為力去搞懂，這究竟是怎麼一回事，只想繼續沉浸在金幼鸞強勢的吻裡，像颱風那天風雨交加，漸漸淹起的水面。

猛然，金幼鸞將手擺到了林鳶的下體處，知己知彼地，輕易就滑入了林鳶的內褲，猶若將要捧起一束花。林鳶在短短的那瞬間的確是驚呆了，而時間依舊在打架，她開始劇烈地扭動身軀，直覺地意欲逃離當下的情境，就像她那天要帶著江鯉庭逃離洪水。可是金幼鸞並沒有放手的意思，只是在林鳶的耳旁低喃了一句：妳乖。

金幼鸞的那個詞就像咒語，像有人在林鳶所面對的這團混亂中，明燈般指示了林鳶該要做什麼，即使她從來未曾知道，這樣究竟是對，或者不對。少女的既定印象總是柔弱的，順從的，她們大多數時刻，會將不選擇，也當成是一種選擇。於是林鳶軟了下來——任憑金幼鸞以她的嘴，與手，在自己身上擺布。林鳶的下身漸漸有了溼氣，一絲絲細微的小顫抖，隨著金幼鸞的唇與手指，緩緩擴散至林鳶的嘴巴，讓她不住地呻吟。林鳶像是金幼鸞手頭的織布機，像金幼鸞是林鳶這棟房子的裝潢師；金幼鸞框線，纏梭，敲敲，打打，探索林鳶身上的每一處孔洞，梳理林鳶身上的每一條經絡。

「舒服嗎？」

金幼鸞以同一隻手，幫著林鳶順了順她的短髮。或許是另一隻、不同的手？林鳶自己也搞不清楚了，她滿身大汗，被金幼鸞推入、進而深陷在一種狂歡後的欣快感裡，好似那些曾讓她煩心之事，現在都被逼得遠遠的；中間的防護罩是金幼鸞的所作所為，金幼鸞成為她暫時得以躲避的堡壘。

「妳的身體，真美。」

同時林鳶也慢慢變得大膽，她悄悄允許自己化被動為主動，她的下巴順著金幼鸞滑嫩的脖頸，一路向下，滯留在了胸部上頭。林鳶紳士而有禮地，在金幼鸞精緻的乳房上，留下了一個吻。

「那妳知道，在這麼美的身體上，還欠缺了什麼嗎？」

金幼鸞滑溜地抓住林鳶床上那條多餘的薄被單，遮掩住自己胸口，像以身段表達出她的欲語還休，像她準備開始收起利爪，遮蔽住自己的強勢。

「什麼？」

林鳶仍舊處在某種迷亂裡，腦袋一時半刻還轉不大過來。

「缺上一副、好看的珍珠耳環。」

金幼鸞的語氣切換了一個聲道，由命令轉為撒嬌。而時間終於停止了打架——林鳶還沒很明白金幼鸞的意思，卻已不由自主地，將自己上身抽離金幼鸞身體，不由自主地想遠離她一些，然後呈現趴姿，以雙手手肘撐起上半身。她看向金幼鸞。

「耳環？」

金幼鸞重重地點了點頭，眼神期盼似的閃閃發亮。林鳶卻聯想起才剛舔過死屍的黑貓，黑貓行過屋脊，像晴空豔日下，一道毛茸茸的詛咒。

「妳是在說……妳媽媽送給江鯉庭的，那對珍珠耳環嗎？」

「是啊。」

林鳶已完全坐直身子，臉頰再沒有一絲紅暈，好似有人當面潑了一桶冰水，洗去她臉上所有的喜氣。

「……江鯉庭才剛剛出事欸。」

「我知道啊。所以我今天才這麼**認真**地，安慰妳啊。」

金幼鸞的語氣很溫柔，但同樣也十分慎重，像在哄小孩。但她很明確地，將重音放在了認真兩個字上，像認為自己今天的認真，很值得獲得林鳶的獎賞。

「……感覺她那時候，有可能是**想自殺的**，妳知道嗎？」

所有沉重的，令人窒息的，全都回到林鳶面前來了——甚至比先前更糟，因為金幼鸞這座堡壘倒了，她的磚頭還砸上了林鳶的腳，將林鳶埋到了斷垣殘壁之下。

「哦，是嗎？」

關於江鯉庭或許是想自殺的這段敘述，或多或少也對金幼鸞造成了衝擊，讓她在床上坐起身來，退到林鳶床的一角，沉吟了好一陣。

「好吧，我很遺憾。可我實在看不出來——她自己選擇想要消失離開的話，和我想把耳環拿回來——究竟有什麼關係。」

「妳……」

林鳶直視著金幼鸞那張美豔的、幾乎不若凡人的，猶若女神般的臉龐——金幼鸞的臉當下正側對著窗，於是月光只暈在了她半面的臉上，在她半側的髮絲上流淌——柔媚的光圈更無法襯托出金幼鸞的惡意，於是林鳶瞬間就明瞭了，金幼鸞稱不上邪惡，她只是極度自我中心，她念茲在茲，想著，一定得將耳環拿回來。對她而言，除了這件事最重要以外，沒有什麼是最適當的時機，或最好的時機。沒有，金幼鸞不過是想達成自己的目的罷了——不論以任何手段。

林鳶的心跳緩和下來，而江鯉庭的面孔則在眼前清晰了起來，彷彿看見她的屍體浮出水面。雖然林鳶未曾親眼見到這一幕，但她已在腦海裡想像，演練，折磨過自己千百萬次。林鳶心底像被鑿出了一口油井，名喚為厭惡的情緒，正無聲地自井底噴發出來，像江鯉庭未曾真正流出的血，像江鯉庭未曾真正喊出的吶喊；厭惡的情緒是寂靜的鮮紅色，是少女的落紅。金幼鸞此時已不再出聲，不過靜靜地等著，但她的表情帶有顯而易見的倔強，似乎對林鳶沒有乾脆地順從自己的要求，感到十分不滿。

「我累了，我們下次再談。」

林鳶沒有再理會金幼鸞，埋頭將整個人捆入被窩裡。江鯉庭的臉持續浮現在林鳶面前，而金幼鸞的臉，則消失在林鳶的視野之外。

林鳶悶在枕頭上，聽見金幼鸞使勁甩門，氣沖沖離去的聲響。

20

金幼鸞討厭她的名字。但與其說是討厭名字，倒不如說，她是討厭她自己。她尤其討厭「鸞」這個字，她知道鸞代表了「鳳凰」的意思，是一種值得耀武揚威的大鳥。五歲的她翻閱過鳥類圖鑑，看見鳳凰羽毛花樣的美麗繁複，但那一刻，年幼的她卻突然意識到，也許她從不會有達成的一天，她或許永遠無法像她的名字一樣，金碧輝煌，光彩奪目。金幼鸞反而羨慕起妹妹的名字，「鴻」的筆劃就簡單許多，而鴻又是一種水鳥，會飛，感覺比起鸞來，自由自在許多。

當時的金幼鸞每每寫到名字的最末一個字，總想抱怨這筆劃真是多。「鸞」這字就像一個結構複雜的謎宮，永遠讓年幼的金幼鸞找不著出口。她名字前兩個字的輕盈，反倒襯托了這最後一個字，更襯得「鸞」的尾大不掉。

金幼鸞八歲的時候，曾經想親手殺了她媽媽。那時的金幼鸞還太年幼，不懂得光鮮亮麗事物的好處，而且她始終覺得蕾絲花樣很煩，很做作，比如蕾絲澎裙，一套上就有種束縛感。金太太那時選了雙純白的蕾絲手套，想讓她戴上，而金幼鸞則猶疑著，要否在媽媽期望的衣飾裡裝模作樣？她思索了老半天，那蕾絲看來很容易讓人發癢，於是她拒絕了母親。

「……我不要。」

「妳確定？」

金太太的臉色微微沉了下來，看來有些想發怒，但嘴角依舊掛著微笑，像是一派強作優雅貌。她左手緊捏著蕾絲手套，右手撫摸著耳垂上的耳環，珍珠在燈光下反射著光亮。金幼鸞瞪著珍珠耳環，納悶自己是否該繼續堅持，那時的她，還不清楚表達**真實自我**的後果——她當時還天真的以為，在母親面前，自己還真能有表達意願與需求的權力。

「妳真的，不要嗎？」

金太太再問了一次，語氣裡已透出涼意。

「嗯嗯嗯……是的，我不要。」

「妳不要的話，那以後就真的，什麼都沒有了哦。我看妳房間裡那些美麗的衣服鞋子，以後就通通給妹妹了吧，妳呢，就改穿妹妹簡單的棉上衣、還有卡其褲就好。」

金太太突然就變了臉，不再好聲好氣地對金幼鸞說話，似乎對金幼鸞如此無法領會自己的好意，感到非常不耐煩。

「妳難道不覺得媽媽很漂亮嗎？像媽媽一樣打扮，難道不好嗎？」

金太太越說越氣，語氣越發急躁。

「妳也真太不識好歹，不知感恩了。」

板起臉來的金太太轉過身去，不再同金幼鸞說話；她改為緩步走至金幼鴻面前，腳上那雙尖頭高跟鞋喀搭喀搭作響。當金太太以平常極少出現的溫柔，彎下腰來，替金幼鴻套上蕾絲手套時——金幼鸞看著原本小心翼翼的妹妹，臉上表情變為又驚又喜，小小的臉蛋忍不住想笑，卻又不敢笑。

那或許是小小的金幼鸞心底，第一次閃過一絲不安。理應是天之驕女的她，第一次在她無憂無慮的生活裡，感受到地位可能的喪失——特別是在母親心中，原本不可撼動的「**最受寵女兒**」的位置，感覺要被妹妹給奪走了——而金幼鸞知道，她無法忍受這件事。

「還給我。」

金幼鸞伸手，打算將蕾絲手套自妹妹手裡頭，搶過來。

「可是……這是媽媽說要給我的啊。」

將滿七歲的金幼鴻雖然懂得不多，但她臉上除了委屈，更多的是倔強——她將雙臂環抱胸前，顯現出對姐姐的防衛心。金幼鸞無法忍受別人得到更好的東西，也無法忍受別人的目光不在自己身上。金太太正側身一旁，等著欣賞兩個女兒的好戲。或許她早已意識到，金幼鸞與自己相似的自戀性，對受人矚目的渴求，就跟自己是同個模樣；或者是，她也正忙著觀察，哪個女兒是她的複製品，哪個女兒對她更可能忠心耿耿，同時，也會是她更容易掌控的傀儡。

金幼鸞當時身高仍未抽高，手臂也還不夠長，但她已開始懂得，如何以肢體展現她的積極性。她猛地出手攻擊，先是推了推金幼鴻的雙肩，讓她身體往後傾倒，失去平衡，再趁勢伸長雙手，將手套自金幼鴻手臂扯了下來。金幼鸞動作粗暴，好似並不擔心會否將蕾絲手套扯爛，好似手套本身壓根兒不重要，要緊的，是其後的象徵意義。

金幼鴻性格裡較不具侵略性的那面，此刻就顯露了出來，且見微知著，在她們尚且年幼之時，就應驗了她一輩子都不會是姐姐的對手。金幼鴻小臉一皺，上唇一扁，就噗的一聲，哭了出來。金幼鸞先看著妹妹，再轉頭，注視著母親，的確很難從她超齡冷靜的表情裡，讀出她正在想些什麼。金太太只是看著金幼鴻哭，面若冰霜，並沒有想安慰小女兒的意圖；金幼鸞也沒有，她只是專注盯著母親的臉——母親的臉很沉，臉皮的四個角扯得很緊——金幼鴻持續在房裡號啕大哭，無人理會。

母親生氣了嗎？好像也沒有。那她為什麼不看著我呢？金幼鸞感覺母親與她之間的張力正在升高，她用小小的手掌，緊緊捏住手裡的蕾絲手套，汗水將其濡溼了一大片。無人安撫的金幼鴻哭聲轉為乾嚎，嗓音像乾裂而被撕開的紗帛，聽來多麼讓人心疼——於是當下金太太的裙擺飄了一飄，鞋尖轉了轉方向——金幼鸞在那短短一瞬間，意識到自己下定了決心，於是她飛撲進母親的懷裡。

「媽媽，我會永遠聽妳的話的。」

金幼鸞刻意將母親抱得很緊，緊到她以為，她會掐斷母親過分纖細的腰枝。當她說這些話時，一開始仍感到委屈，但仔細想想，卻又有些得意；委屈是因為，知道自己從此屈居於母親之下，得意則是因為，明白從今而後，自己將會是母親比較偏愛的那個女兒，地位牢不可破。

金太太並沒有回抱金幼鸞，她只是僵直在當場，上身一晃也沒晃。然後她臉上露出一抹詭譎的笑，那笑，其實也持續不久，最後竟轉成了一個哈欠。

「我累了，要去睡個午覺。那手套，妳可要好好愛惜哦。」

金幼鸞故作溫馴地點點頭，知道母親是對著她說話。金幼鸞鄙視地看了妹妹一眼，倒什麼話也懶得說，連簡單安慰她、哄她一句也不肯；甚至，金幼鸞也不想立刻就套上蕾絲手套，於是她抓著手套，自顧自地跟著走出房間了。金幼鴻依舊嚶嚶啜泣，無人理會，最終她冷靜下來，帶著淚痕蜷在地板上，沉沉睡去了。

要直到金幼鴻長大後，當她真正長成一個女人時，才能理解當年這一幕和自己的母親。當某些母親仍是個女人——或者說，只是個女人時——她們是無力、而且孱弱的，她們在現實世界被擊敗，無法獲得足夠的成就感。於是「**母親**」這個身分，賦予了她們全能的那一面——在自己擁有的小孩面前，在年幼的女兒心裡，母親是值得憧憬的全能之神。於是這些母親自始至終，極難擺脫這份自滿。母親之於女兒，就像與生俱來的原罪，或是與生俱來的權力，或者是具有絕對優勢的，暴力。

「我要去，殺了我媽媽。」

當八歲的金幼鸞正經八百地這麼說時，煙管家還真難忍住不笑。她抓著瓷盤的手抖了一下，差點讓上頭的小銀湯匙跌了下來。當她穩住自己雙手後，才轉頭，看著金幼鸞——金幼鸞那時的鵝蛋臉還小小的，比較像顆鵪鶉，但輪廓已讀得出是個小美人胚子；她說話時咬牙切齒的，像獠牙還未長全的幼獅。

「為什麼呢？太太有什麼不好？」

煙管家努力憋住笑，正了正臉色，裝作正經八百地，同金幼鸞講話。

「一定要有原因嗎？媽媽對我說的某些話、做的某些事，不也只是因為她喜歡？她想要？那為什麼，我也不能只是想要而已？——我也就，只是想殺了她而已。」

「好哦好哦，既然這樣，那我就不攔妳了，我的大小姐。」

煙管家敷衍了她幾句，又轉頭去忙自己的事了。那時的煙管家雖然世故，卻又還未足夠世故，她只看見了金幼鸞外表的討喜，卻見不著她內心的邪氣——金幼鸞眼底的惡意，就像是冬日深藏於泥土地裡，靜待萌發的種籽。

而當天晚上，金幼鸞就抓著她的小熊玩偶，瑪麗皇后，去實行她的殺意了。深夜裡的金家大宅有些陰森，於是金幼鸞仍需要小熊陪她壯膽。她走到長廊上，踢掉腳上那雙毛茸茸的拖鞋，躡手躡腳地踩在冰涼的地磚上；金幼鸞的一門心思，全都放在不要出聲上頭，忽略了平時若奴僕們弄髒了她的腳，她可是會耍脾氣的。奴僕們早已睡了，金幼鸞感到有些緊張，卻又有些亢奮，她簡直可以在半夜的走廊上，自娛自樂地溜起冰來。

金幼鸞光著腳，滑到位於地下室的廚房裡，廚房裡頭很暗，金幼鸞又不敢開燈，怕驚擾了奴僕與管家，幸好她還記得帶支ＬＥＤ手電筒。「瑪麗皇后，我很聰明吧。」金幼鸞一面得意地對著玩偶說話，一面就著微弱的燈光，在流理檯四周打探。刀架擺得太靠牆了，憑藉著金幼鸞的身高，即使她踮起了腳、伸長了手，離搆著刀架依舊還遠得很。可金幼鸞並不是個會因此驚慌失措的小孩，她的老謀深算，遠遠比她小小的身軀長得快上許多。她的腦袋瓜裡早有所謀畫，於是她小心翼翼地搬來角落裡的腳凳，儘可能不發出一點聲響；可這樣高度仍不夠，於是她又打開低處的櫥櫃門，搬出個大的深湯鍋，將湯鍋倒扣過來，擺在凳子上，鍋底朝向天花板。在金幼鸞將雙腳踩上去之前，她還記得，得先照料好她的小熊玩偶。

「瑪麗皇后，請妳乖乖坐在椅子上，我可不要妳摔下來了。」

金幼鸞寵溺地對著玩偶說話，拍拍牠的頭。然後她踏上凳子，踩上湯鍋，雙手撐住身子，身子又往前傾，腳尖踮了起來——金幼鸞感覺身軀有些失了平衡，她試圖穩住，擔心自己若是踩空，會製造出巨大聲響。金幼鸞內心不無恐懼，但她同時也想著，若是被煙管家逮著，那也就這樣了吧。煙管家或許會叨念她幾句，但也只有叨念，煙管家並沒有怒氣沖沖訓斥她的資格。

可金幼鸞不愧是金幼鸞，她的執行能力遠比自己設想的好上許多。她順利獲得最想要的那把刀——那是把大菜刀，提在她的右手裡，有些沉，而她的左手則是小熊瑪麗皇后。金幼鸞可說是一蹦一蹦地，跳往父母的主臥房去，奶白色睡袍上繡滿了小粉花，裙擺的白色蕾絲與流蘇輕飄飄地，讓她像隻靈巧的小精靈。

金幼鸞無聲地溜進父母房裡，一股濃郁刺鼻的花香味迎面而來，金幼鸞得忍著不讓自己打噴嚏，於是她心底揚起一陣厭惡。牆上掛有許多幀相片，大多是全家人聚在一起的合照，相片裡人人都精緻得像一尊尊洋娃娃。金幼鸞注視著最醒目的那張主照片裡，站在正中央的父親——父親金髮碧眼的輪廓既銳利，又深邃，貼合肩線的訂製西裝，更襯托出他的英挺帥氣，金幼鸞卻只覺得父親看起來好陌生。相較起來，金幼鸞與妹妹還是多像母親一些，特別是金幼鸞，她微微扭著脖頸、側對著鏡頭的模樣，幾乎與母親如出一轍。原來金幼鸞在她年幼的時候，就慢慢學會了母親的裝模作樣。

金幼鸞提著刀，走近主臥室裡的大床，有一半的床鋪像未曾被人動過——是父親，父親並未睡在床上，這讓金幼鸞心頭一驚，稍稍出乎她意料之外，卻也不是太意外。晚餐時，母親說，父親又臨時有客戶得接待，父親不回家的理由，像葡萄藤蔓上一個又一個長出的果實，結實纍纍像父親豐收的年。金幼鸞欺近母親，仔細端詳著母親的臉。母親會難過嗎？看起來並不像，即使沉睡時，母親依舊無法放鬆，好像強迫自己不論何時何地，都必得面帶笑容。「女人哪，就是必須隨時隨地，得保持完美。」金幼鸞知道母親睡前，會先撲上一種精緻昂貴的粉，讓她的皮膚即使在三更半夜，依舊看起來能像上妝時一般好——可是在睡夢中，又有誰會看見呢？

金幼鸞站在枕頭旁，高高舉起手裡的刀，舉過自己的頭——她瞪著母親闔上的雙眼，母親的臉頰在小夜燈的照明下，看起來十分立體；陰影像是沾了顏料的畫筆，在母親臉上述說出一道又一道故事。母親穿著的睡袍是由寶藍色錦緞所織成，錦緞密密疏疏地，鑲著金邊與銀絲，讓母親即使在睡夢中，也好似穿金戴銀。母親的雙手克制規矩地擺在胸前，這姿勢讓母親看起來，不只像是睡了，更是像死了，像母親就睡在金碧輝煌的墓地裡。

金幼鸞內心湧起一股複雜的情感，對母親，對眼前這副模樣的女人。她將高舉的手撤了下來。或許世上所有的女兒，都曾經有過弒母的念頭，但後來不捨得下手的原因，或許是瞧見了自己未來的模樣。但金幼鸞當時給自己的理由是——怕母親濺出來的鮮血，弄髒了她最寶貴的瑪麗皇后。

「妳啊，想要殺了我嗎？」

金太太不知何時醒了過來，可她的身軀一動也沒動，眼睛連眨也沒眨，看起來仍像是睡著了。

「……真不愧是我的女兒。」

金太太笑了出來，側過臉來，盯著站在床緣的金幼鸞，盯著她手裡的刀，與她懷裡的小熊玩偶。金幼鸞站在黑暗裡，歪著頭，她的頭髮經過今夜這些波折，早已凌亂不堪，遮住她大部分的面孔，兩側太陽穴微微滲出汗來，幾根髮絲黏在她的臉上。

「整理一下妳的儀容，好吧？」

金幼鸞沒有聽話，微微對母親這句話感到惱怒。比起在乎自己的性命，母親更在乎金幼鸞的狼狽——或者該這麼說，母親一開始就十分有把握，知道金幼鸞根本下不了手。

「爸爸為什麼不回家？」

金太太沒有接話，又將頭轉了回去，面對著天花板。然後她輕輕地嘆了口氣。

「我不知道。妳知道嗎？」

金幼鸞搖搖頭，母女之間瀰漫著沉默。金幼鸞用她拿著刀的同隻手，開始玩起了她睡裙的裙角。

「妳想要爬上床來，和我一起睡覺嗎？」

金幼鸞點點頭，將菜刀隨意擲向地上，帶著小熊瑪麗皇后，爬上大床。在她蜷入被窩裡時，金太太依舊躺在原處，沒有抱抱她，也沒有安撫她。金幼鸞躺上父親的位置，學著母親的姿勢，雙手交疊，規矩地擺在胸腰之際，經過今夜這一番折騰，金幼鸞很快就睡著了。

直到隔天一大早，煙管家發現主臥室地上的刀，納悶昨晚究竟發生了什麼事之前——金家母女二人都睡得極熟，像一對並肩，沉睡在棺材裡的豔麗母女。

21

金幼鴻似乎常常在別人嘴裡聽見自己的名字，於是她常常需要在路上轉頭；但對方往往不是在呼喚她，於是她對於被需要、被呼喚的渴求常常落空。金幼鴻覺得自己就像咬餌上鉤的魚，卻不是垂釣之人所想要的；她就是容易期待落空的一個誤會，是千千萬萬個少女裡，一個與他人非常相似的存在。但後來，當時間再久些，她就習慣了——被忽略的這種待遇，早已融入金幼鴻的生活裡，成為日常的一部分。於是她對於自己的名字，甚至於是她這個人本身，也沒有了太多意見。

「我真不敢相信，妳竟然讓她吃驚了。」

金幼鴻在餐廳裡一臉訝異地，以幾近讚嘆的語氣對著林鳶說話。林鳶正用手頭的叉子隨意攪弄碗裡的有機沙拉，有些丈二金剛摸不著頭緒；然後她留意到金幼鴻滿臉既興奮，又得意，才理解到，金幼鴻是在說金幼鸞——不禁納悶金幼鴻昨夜究竟瞧見了多少。

「嗯，我只是，不知道——我並不想把鯉庭的那些東西交出去，至少現在……還不想。」

「那些東西？」

在江鯉庭搬入301號寢室後，林鳶其實並沒與金幼鴻有太多交集，並不熟稔對方。直到此刻，林鳶才發現，原來金幼鴻是個心思敏捷的女孩，她很快就聽出了林鳶話裡的言外之意——**那些東西**——真是聰明！

於是林鳶開始猶豫，究竟該與金幼鴻分享多少？

「妳有沒有過那種經驗……就是，曾經以為十分了解一個人，但後來卻發現，她其實有著截然不同、甚至使人困惑的那一面？」

「哦！這應該是常常發生的狀況啊，畢竟，我們內心總是有著各式各樣，奇奇怪怪的理由，期望別人是我們心目中的那種模樣。反過來說，我們也時常承擔著這種……像是一種，妄想吧？特別是來自於那些一廂情願，自以為了解我們的大人們。」

林鳶在金幼鴻說到「自以為了解」時，就擅自決定了，金幼鴻是個可以分享心事的對象。

「我一直以為，我是足夠了解的，足夠了解鯉庭這個人——畢竟我們也算認識滿久了，又同樣來自蕉洱島，有過相同的經歷。」

金幼鴻一屁股坐到餐桌上，雙手撐在臀部兩側，上身前傾，代表她有認真在聽林鳶說話。

「但直到現在，直到我失去了她之後……才發現，我根本不清楚她經歷了些什麼，或是說，正在煩惱些什麼。」

「比如說？」

直至林鳶真正要將她對江鯉庭的懷疑說出口之前，她依舊是猶豫再三，深怕因為她的誤讀誤解，破壞了江鯉庭在其他人心目中的印象。

「比如說，她有了一個盒子，裡頭裝滿了那些，她不應該擁有的、昂貴的東西。」

「不該有的……昂貴的東西？」

然後金幼鴻停頓了一下，瞬間換成了張恍然大悟的臉。

「哦，妳是說，看起來，應該是**別人的**東西？」

林鳶點點頭，不自覺替江鯉庭感到難為情。

「妳認為，我該要拿那些東西怎麼辦才好呢？妳覺得那些東西，應該要還回去嗎？」

「現在將東西還回去，真的還有意義嗎？不過，這只不過是我的意見，我也不清楚怎樣做才是最好的。」

林鳶一時間沒有答腔。這陣子發生的這些事，都頗讓她不知所措，感覺徬徨無助。

「說實話，畢竟江鯉庭已經不在了，有沒有意義，其實是針對妳而言，而不是針對她的。就像葬禮，或者遺物，做任何事要考慮的，都是為了留下來的人。妳想要將那些東西還回去嗎？而且，即使想還回去，妳知道該還給誰嗎？該還去哪兒呢？」

林鳶還真沒想過這些事。她只是想著——是不是該要幫江鯉庭將這些東西處理掉？但的確，處理、或者不處理，根本也影響不了江鯉庭；若真要向物品原有的主人解釋，也會是林鳶得替江鯉庭解釋，說明緣由。可林鳶又該怎麼替江鯉庭說呢？一想到這兒，林鳶的頭就隱隱作痛。

「先這麼問好了，妳認得出那些東西，是從哪兒來的嗎？」

「我不清楚呢。但，看起來全是些、我們搬進垂直農場前的東西。」

「嗯，」金幼鴻沉吟了好一會兒，「妳知道，垂直農場裡也有個販賣部嗎？在南側大樓的五樓。我不確定江鯉庭會不會也，嗯，真的很難合理地推測，但妳或許可以去試探看看？雖然我也不知道，妳究竟能否看出什麼……或者能幫助妳知道，接下來該怎麼做才好？」

「好的，我知道了。我會去販賣部看看的。」

然後沉默匍匐來到，她倆就此陷入了一股無話可說的尷尬。除了將江鯉庭當成話題之外，林鳶不知道還可以與金幼鴻聊些什麼。她低頭看著沙拉碗裡的番茄萵苣玉米粒，回憶起與江鯉庭一起待在垂直農場的時光，冷不防拋出一句：「妳認為，妳是她的朋友嗎？」

「妳說，江鯉庭嗎？」

金幼鴻停頓了好幾秒，在她要開口前，她將屁股先從餐桌上移開。

「我相信，我們都曾遇到過相似的狀況，就是，妳不討厭這個女孩，甚至算是有點喜歡她，但卻總是苦於不知道該如何接近、親近她。妳知道大部分時候，她其實也是坦誠的、開放的，但或許是隱隱約約的恐懼吧——怕被看穿的恐懼，怕被親近的恐懼——所以她三不五時會逃走。而她從妳身邊逃開的時候，妳會猛然感覺內心受傷，意識到，她還未全然信任妳，妳並沒有真正跨越她的心牆，妳們之間的關係，並不全然是對等的。她依舊在考核妳，評估妳，那段評估期可能很短，也可能很長，而有時候，妳也不確定自己究竟能否再撐下去，撐過那段她還在觀察妳的時光；有時候妳會覺得很累，但有時候，妳也會覺得很值得。」

林鳶看著金幼鴻的眼睛，她的眼神澄澈，像兩碗斟滿泉水的高腳杯。林鳶以為她是在講江鯉庭，但仔細想想，卻又像在講她自己。

「所以，也許重點並不是我，有沒有將江鯉庭視為朋友，而是——她有想和我成為朋友嗎？」

江鯉庭當然是想成為朋友的啊。林鳶下課後，在前往販賣部的路上這麼想著。但老實說，她不確定自己是否想知道，關於江鯉庭這件事的答案，或即便知道了，又能有什麼幫助嗎？她再沒機會改變些什麼了。

林鳶有時會覺得，少女們的小團體，其實就像邪教一樣，每個小團體裡，都存在著一套外人看不明白、無法理解的行為模式，或者說是規矩——比如說，該要怎麼打扮，不能怎麼說話，可以講誰的壞話、不能講誰的壞話，要和姐妹們分享自己內心最深處的祕密——這些規矩，幾乎就像是邪教裡的偶像崇拜儀式。而金幼鸞就是這個邪教的頭頭。金幼鸞不喜歡江鯉庭，林鳶老早就看出來了，只是不覺得該戳破這個事實；但話又說了回來，也許金幼鸞最不喜歡的，其實是自己。

林鳶現在總習慣性避開金幼鸞，擔心需要再面對金幼鸞的任何一種眼神——故作無辜的，誘惑挑逗的，心機深沉的。林鳶偶爾會有一種感覺，感覺金幼鸞並不喜歡真實的自己，於是必須替自己營造出一種形象：這形象讓她得以成群結黨，讓她得以營造出，有許多人願意待在身邊的氛圍，好說服自己，她是值得被喜愛的。而金幼鸞實在營造得太努力了，就像金幼鸞有多不相信真實的自己，多不喜愛內在的自己，她替自我形塑的外在面具，就有多厚。

林鳶在打烊前的最後半小時，晃入販賣部裡。此時想必是店裡最冷清的時刻，觀光考察團早已離去，垂直農場的職員也下班了，然則店內走道出乎意料之外的，堆滿了許多未整理好的雜物貨品，讓林鳶有些舉步維艱。

「啊，抱歉，這裡還真是一團混亂。因為南部又一個離島消失了，連帶我部門的人事也順勢洗牌了一番，許多東西都還來不及就緒……哦！」

當眼前蹲在地上忙碌的男人，停下嘴裡的叨念，抬起頭來瞧見林鳶的臉時，那短短一瞬間，他就露出了那副「我知道妳是誰」的表情。他果斷停下手頭的工作，直起腰來，專注地對著林鳶說話。

「妳是林鳶——沒錯吧？江鯉庭的好朋友？」

林鳶聽見這話後嚇了一大跳，納悶為何眼前這男人知道她是誰。

「江鯉庭她啊，有認真向我描繪過妳的模樣——很高，腿又美又長，但頭髮剪得很短，就像個男生一樣——甚至拿了張妳們之前在蕉洱島上的合照讓我看過。妳知道的，為了能讓妳順利以她的名字，偷偷溜出綠區。」

哦，原來這男人，就是江鯉庭當時的人脈與管道，林鳶豁然開朗。

「謝謝您那時候的幫忙。」

「不用客氣的，那不過是舉手之勞罷了。瞧瞧，我都忘了要介紹我自己呢，我是王二董，是販賣部這兒的經理。」

林鳶覺得王二董給人一種，說不上來的奇異感覺，她甚至無法分辨，這種感覺究竟是好還是壞。於是即使王二董說他認識江鯉庭，甚至幫了林鳶可以出綠區的這個大忙，她內心依舊十分警惕，身子稍稍往後退了一些。

「還有啊，我對妳奶奶的事感到遺憾，請節哀。」

被一個全然不認識的陌生人安慰，對林鳶而言是尷尬的，像有人要強行捂熱她的雙手。但林鳶沒有直白地表現出來，只是輕輕地點了點頭，接受對方的致意。

「您也知道我奶奶？」

「對的。」

王二董看來有些猶豫，好似不確定自己是否該說得更多。他在擔心些什麼嗎？可是林鳶也不想先開口，她不想先暴露了自己的底牌，不想先表明自己的來意。

「江鯉庭她啊，其實還滿常來我這兒拜訪的。我們會分享彼此的近況，或者，我會聽她吐吐苦水，抱怨抱怨學業。」

林鳶見著王二董的眼神裡，閃過一絲異樣的光線。當江鯉庭三個字自他嘴巴裡滾出來時，似乎也柔軟了他的聲線。可林鳶未曾聽江鯉庭提起這號人物，或是江鯉庭的確提過了，是林鳶未曾放在心上？我真的有這麼不在意朋友嗎？我真的有認真關心她嗎？

林鳶心底閃過一絲愧疚與罪惡感。或許林鳶真不如自己想像中的，那麼在乎江鯉庭，她不是自己幻想中的那種好朋友；在不知不覺間，很大一部分的自己，說不定也都是一直在演戲罷了——就像金幼鸞一樣。

「您與她，很熟嗎？」

「熟嗎？也可以這麼說吧，在寂寞的時候，總有人可以說說話，也是很不錯的。」

「……我倒是從來沒預料到。」

「預料到什麼？」

預料到，江鯉庭藏了一個大家平常不會意識到的人，或者江鯉庭從未曾刻意隱瞞，只是林鳶自己，沒有想深入了解的好奇心罷了——那個林鳶未曾開口，詳細詢問的人脈。

「妳有東西得買嗎？我們準備要打烊囉。」

「不，不過我……」

林鳶吞吞吐吐，不知該如何坦白說出口。她不知道她這個王二董口中的「江鯉庭的好朋友」，竟會想向一個表面上，看來與她們毫無瓜葛的男子求援，想打探江鯉庭的心事。江鯉庭究竟，還隱藏有多少小祕密？

「我們找個時間，一起吃頓飯吧？」

林鳶只是在心底忐忑，但王二董幾乎就是順勢地，找了個臺階讓林鳶下；那精準看穿林鳶心緒的能力，仍讓林鳶無法克制地戰慄了一下。

「我有點懷念她，也許跟妳聊一聊，我的心情可以好一些？」

王二董的語氣聽來像請求，可林鳶明白，自己沒有說不的本錢；即使她無法確定，究竟能否從王二董那兒，得到真正的解答。甚至王二董會否知道，當時的江鯉庭，真有想要離開的意圖嗎？她有沒有留下什麼蛛絲馬跡呢？

關於江鯉庭，林嶌突然就有了許多疑問，可是她並不確定自己，是不是真的想聽到答案。

22

周末，林鳶與王二董約在校外的餐廳見面。她現在已沒有奶奶要照顧，於是可以把這種難得的外出機會，豪氣地揮霍在一位她不熟悉的男子上頭。餐廳的位置是王二董挑的，他說，他必須挑一間不與垂直農場合作的商家，否則若不巧被同事們撞見，他們很難不納悶，為何他會與一位年輕的女學生鬼混。

王二董同時還特別強調，他們不能自垂直農場一同出發，以防被別人誤會。雖說林鳶認為這樣有種此地無銀三百兩的意味，但她習慣了被動，於是倒也沒反對。當林鳶轉了三次車，才終於抵達位於黃十二區這偏僻的地點時，她早已餓得飢腸轆轆。

林鳶推開厚實的雕花木門，走進餐廳裡，她沒有理會門口女服務生的招呼，以眼神機關槍般掃視屋裡的人們。用餐的人並不多，王二董坐在最不起眼的角落，沒有等林鳶到達，他就自行先點了菜，正專注地埋頭狼吞虎嚥。林鳶一屁股滑進王二董對面的卡座，瞪著王二董與他眼前的菜餚，有些訝異他吃相的豪邁；王二董一刻都未曾抬眼，未曾招呼她，只是沉浸於咀嚼嘴裡的大塊牛肉，林鳶一面看著，一面嚥了口口水，感覺被冷落，卻也不知該如何反應。她納悶為何自己與這男人攪和在一起，或其實，她更納悶的是，為何江鯉庭會與他搭上線？

「抱歉，請原諒我——我實在是太久，沒吃到這種純天然的食物了。」

王二董好不容易處理完嘴裡的食物，並竭力克制別將嗝打得太響，於是他的飽嗝被切割成一個個小泡泡，讓他成了尾在魚缸底部打嗝的金魚。而後王二董又用他那隻毛茸茸的右手，摸了摸自己的肚腩。林鳶此時才意識到，此刻的王二董有多麼不同，與他在垂直農場裡的狀態相較，可說是放鬆許多，連帶表情也豐富了起來。另一位梳著兩條小辮子的女服務生，此刻懶懶地靠了過來，替林鳶遞上菜單，然後像是忍著呵欠般癟著嘴巴，替她的水杯斟滿了水。

「我以為，你身為垂直農場的職員，應該有許多機會接觸到很好的作物及農產品才對啊？」

林鳶一邊翻閱菜單，一邊這麼暗自調侃著。菜單不過是用藍黑色的馬克筆寫在壓克力板上，方便店家擦拭後反覆利用，於是菜色也不過正反兩面，沒有多少選項可挑揀。

「妳知道嗎，」王二董仰頭喝了一大口水。他似乎想直接就著漱口，但頓了一頓，瞄了林鳶一眼，又直接將水喝了下去。

「垂直農場裡的作物都是精心篩選過的，是基因改造過後的最優化品種：耐寒，耐旱，也抗蟲害，在任何一種極端狀態下，都能輕易生長存活下來。連烹飪它們的方式，都是經過多次試驗，研究出最合適的烹調方式，能保存作物最多的維生素與礦物質，營養流失最少，讓人們吃下去後，最能維持身體健康。」

「聽起來，很完美啊。」

林鳶挑了菜單上的焗烤馬鈴薯，配菜有沙拉，可她卻選了炸薯條。這整道菜聽來就很油膩，不健康，代表她平常在垂直農場裡根本沒機會吃到，於是趁著這機會，她想，管它的。

王二董只是嘆了口氣，並沒有阻止她點菜，他似乎不將自己放在師長的地位，林鳶暗自這麼想。

「完美，就等同於無聊——就像大多數的妳們一樣。」

小辮子女侍友善地對林鳶一笑，收走她手裡的菜單。服務生的年紀似乎與林鳶差不了多少，兩頰撒滿了雀斑，像沙拉葉上散滿的芝麻籽；她左手臂上，刺了一朵黃色的玫瑰，與左腕上閃著黃光的手環相互呼應。林鳶留意到這些細節，納悶生活在黃區裡的少女們，是過著怎樣的生活？是否像綠區一樣，有學校可以就讀？自從林鳶搬進垂直農場裡生活後，未曾想過這樣的問題，或純粹她就是不想關心——可以是因為逃避，也可以是因為，知道自己即使關心後，也無能為力去改變些什麼。

「嗯，但我並不完美啊。」

「我知道啊，所以妳才不那麼無聊——像江鯉庭一樣，妳們都離完美標準挺遠的。這也是為什麼我會找妳出來呀。」

隨餐附贈的飲料先送了上來，林鳶餓到不行，趕忙啜了一口。喝起來就像直接由茶包沖泡出來的廉價茶，一入喉頭，就嚐到了股泥土味。

「你什麼意思？」

林鳶聽到自己被說不完美、卻不無聊，剎時有些哭笑不得，不知道該生氣，還是該道謝。

「少來了！」

林鳶詫異王二董此刻同她說話的口氣，竟是如此不客氣。

「妳不會不明白的。妳沒察覺出來嗎？妳與江鯉庭的那種格格不入感？唔，但單純就妳倆相較起來，江鯉庭比妳嚴重許多就是，至少，妳是比較強壯的那個。光是看著她，就覺得她待在垂直農場裡，真是打骨子裡發著抖，一定會嚴重適應不良。真是個小可憐。」

「但我以為，那很正常——那種格格不入感——是過一陣子後，就會自然而然散去的感受。」

林鳶覺得這茶喝來太苦澀了，她一面以茶匙攪散新加入杯中的糖粉，一面回想，上次出現這種相似的感受是在什麼時候——那是她與奶奶剛搬至蕉洱島時，心裡總有種莫名的不安。但幸好，當時她很快就遇見了江鯉庭，像找著了自己的同類人，兩人同病相憐，於是內心那種煩躁、自我懷疑也很快消失不見。可江鯉庭現在不在了，林鳶沒預料到，自己竟又產生這種心慌感。

王二董聽著林鳶這麼說，似乎沒打算接話；他只是一個勁兒地伸出舌頭來，舔著湯匙上殘餘的少許肉醬。林鳶看著看著，不自覺打心底冒出一陣反感，而空氣凝結著，王二董似乎也沒打算多說什麼，只是直直地盯著林鳶，盯到林鳶心煩意亂。

「怎麼？」

「這要問妳啊？妳會來找我，不就是因為妳心裡頭，對江鯉庭帶有疑惑嗎？」

「沒有錯。我不，我不……」

林鳶恍然意識到自己的哽咽，像有一隻巨大的蟾蜍哽在她喉頭，吞不下去，也吐不出來。她不知道該要先問什麼才好，問江鯉庭首飾盒裡的那些東西？問江鯉庭在紅區的最後，究竟是什麼想法？

「我不明白，為什麼……」

林鳶思索著，該怎麼組織自己的語言。

「你也知道的，她那時自願去紅區替我奶奶送藥，然後當紅六十九區即將被淹沒時，她，她在那種緊急情況下，表現得，卻好像是……」

林鳶話講到一半，卻再也說不下去了，而女侍剛好將林鳶的餐點送上了桌，還有王二董的咖啡。女侍將焗烤馬鈴薯擺在林鳶的面前後，卻仍慢條斯理地站在桌邊劃單，絲毫未意識到妨礙了他們的談話。王二董有些不耐地揮了揮手，像在驅趕蒼蠅。

「妳說，她表現得像是，其實她沒那麼想回來綠區？」

「對！對！」

林鳶急急忙忙大力點頭，手裡正猶豫著該用叉子，還是湯匙。

「我從來沒有留意到，她會有這種想法。在那一刻……覺得我好像，好像被她給拋棄了一樣。」

林鳶從來沒有想過，自己對江鯉庭有這麼多壓抑的情緒。可下一秒王二董所說的話，幾乎像是狠狠打了她一巴掌。

「妳有沒有想過，江鯉庭是不是在內心裡，其實也有過這種想法——覺得，是妳先拋下了她呢？」

不可能。林鳶在心中對著王二董大吼，可實際上她只是睜大雙眼，狠狠瞪住王二董。

「為什麼，你會這麼說？」

王二董此刻竟然笑了。可當他笑的時候，只有右邊的嘴角是上揚的，於是很難不給人一種猥瑣的感覺，同時也像在告訴林鳶：「這妳不是該自個兒心知肚明。」

「江鯉庭她啊，的確還滿常往這兒跑呢。於是我常常在想，所以，**她的朋友們呢**？」

王二董壓低下巴，啜飲了一口咖啡，可炯炯的目光，並沒有從林鳶臉上移開。

「我……」

林鳶瞬間答不上話來，知道自己開始心虛，知道自己曾經有很長一段時間，將大部分的精力都擺在了金幼鸞身上。可是她偶爾也有關注江鯉庭啊，也還是有給予江鯉庭關心啊。

不可能，我才不拋下朋友。如果我真的給了她這種感覺，江鯉庭會主動告訴我的，她會的，她一定會的。她會嗎？或者，她也曾釋放過這訊息給我呢？我有對她保持開放的心態，接受到這種訊號嗎？還是我刻意忽略了呢？是嗎？我真的潛意識裡做過這種事嗎？

林鳶腦袋裡思緒千迴百轉，甚至隱約開始責怪起自己。

「不過這種事，說實在的，其實也無法怪誰，也只能怪江鯉庭自己，沒有留住朋友的魅力吧？」

王二董這話好像是要安慰林鳶，但林鳶根本就不感到寬慰。同時王二董的手伸了過來，撫了一撫林鳶擺在桌上的右手。她右手手背的汗毛全豎了起來。這只是屬於年長者的關心吧？林鳶內心這麼想，她希望事情如她所想的那樣，但內心卻又有些不舒坦，於是故作自然地，將右手自桌上抽了回來，裝作是需要拿餐巾紙。

「這種時候，這種話，聽來格外諷刺。」

林鳶不自覺想防衛自己，於是嘴裡吐出的話很難不帶有酸味。但王二董臉色波瀾不驚，好似這些話都對他無關痛癢。

「就想成，我是希望妳好過，內心能得到寬慰。」

「……我真的有做錯什麼嗎？」

少女的友誼，說實在的，這麼純潔的東西與感情，現在這年紀的王二董，早已無法了解；所以他其實也不很理解，為何林鳶要為此耿耿於懷。但他仍擺出一張滿是憐憫的臉，說：「但真要說，做錯了事情的，應該也是江鯉庭吧。」

林鳶倒吸了一口氣，納悶王二董說的，是否與她內心所懷疑的是同一件事。

「我在幫忙收拾鯉庭寢室裡的東西時，發現了一個首飾盒，裡頭有許多她應該買不起的，不屬於她的東西。」

王二董點了點頭，表明他並不意外這件事。林鳶心裡揚起一股濃濃的惆悵。

「所以，你真的親眼瞧見了？」

「當真的親眼瞧見，就不得不相信了。」

「這就是我想不通的……為什麼鯉庭她要去偷東西呢？」

「現在，這件事還很重要嗎？」

「身為好朋友，我想要、應該也有義務，要去理解她啊。」

王二董的餐盤已經空著許久了，小辮子女侍卻還沒留意到，沒來收走。她正站在落地窗旁，看向窗外，戶外不知何時下起了大雨，雨勢又猛又急；最近常常如此，天氣像晚娘，沒人能搞懂何時會變臉。有幾隻蒼蠅探了過來，賊頭賊腦地，在他們頭頂盤旋。王二董放下手裡的咖啡，原本想告訴林鳶說，沒關係的，反正江鯉庭應該也不總是了解妳，但他沉吟了一下，最後又改變了主意。

「可能，是因為寂寞吧？或是她想找著成就感？和妳們其他人相較，她的學業成績並不算頂尖，不是嗎？和全札札濟島的少年少女們比起來，她已經算優秀了，但在垂直農場附屬學校、在妳們那個環境，她應該還是常常感覺到自慚形穢吧？所以，或許她想藉著這種行為，紓發自個兒的情緒？誰知道呢？我猜，她其實也不是很清楚自己為何要做這種事。我們並不總是知道自己在幹什麼，即使是聰明人——聰明人也常幹傻事，或者，聰明人太聰明了，反倒被自己迷惑，沒意識到，自己是在幹傻事。」

「你說的也有道理。但我沒有預料到，鯉庭會這麼想離開——沒意識到，她想離開垂直農場的意圖如此強烈。」

「老實告訴我吧。妳就從來，沒想過嗎？」

林鳶警覺地抬起頭來，意識到王二董的這話裡，有很濃的試探意味，而林鳶並不知道該怎麼回答。從蕉洱島被淹沒，到接受政府分配，安排她住宿，安排她上學，從她住進垂直農場的那一刻起，她就覺得該要理所當然的，接受這一切——因為這樣最省力，因為她也算是個隨和的少女。她從沒想過其他可能性，或者說，她從沒妄想過，自己可以有其他選擇。

「在我面前，妳永遠可以感到放心。我不是政府的走狗。我也曾經是個氣候難民，或者，現在也依舊是。」

王二董沉吟道，然後又是那種眼神，那種直直地、像要看進林鳶內在最深處，想將她生吞活剝的眼神。當他一這麼說，林鳶反倒有些不寒而慄。

「我曾經以為，當擺脫了那種災難的環境後，就可以擺脫災民的地位，或別人看待你的眼光。但事實是：一日為難民，終身為難民。」

「所以你的意思是，找機會離開嗎？離開垂直農場，離開綠區？」

林鳶其實不大懂王二董的意思，應該是災難頻繁的發生，削弱了她對世界探索的欲望，限制了她對可能性的想像。

「可是，又能夠去哪兒呢？這世界上理應沒有其他地方，有足夠充足的土地，可供當今的人口居住啦。這些年溫室效應所造成的海平面上升，早已淹沒了世界上大部分的土地不是？至少，這是我從課堂上學到的。」

「我只說，可以提供一個選擇，沒有說，那一定是個安全舒適的選擇。對於妳們而言，學校幾乎就是妳們人生的全部了——可惜，學校教會妳們的知識，並不代表了這世界上所有的知識。」

「就像念書並不是人生單一的道路，學校也不是僅有的學習場所，接受政府未來分配給自己的工作，也不是必然之道。就我所知，一直有人駕著船，朝地平線的另一端而去。」

「你是說，像哥倫布發現新大陸那樣嗎？不會吧，都這種年代了，還做這種事……」

林鳶一面說著，猛然一想，才聽出了王二董話裡真正的意思。

「你的意思，是偷渡嗎？偷渡離開札札濟島？」

王二董的嘴角淡淡露出一抹微笑。好似當林鳶一猜出了答案，就也像是被他的魚竿所釣上。

「是的。而且我必須承認，告訴妳這個選擇，其實有我兩個私人的原因。一是，我承認我自己膽小，而且不再年輕了；年齡是比較出來的，與妳們相比起來，我就像個老人，我不一定再有能力，能承受任何改變，我不認為自己還有那樣的餘裕，能離開札札濟島。二是，我不認為妳能像其他少女一樣，在這種制度下生存得很好。有些少女，天生就很適合這種環境，她們生來就喜愛玩這種，將人往下踩，讓自己往上爬的遊戲。那簡直是她們內建的技能之一，甚至是原生家庭教育裡，非常重要的一環——但她們可能直到長大成人，也不會意識到這件事，意識到這種傳承的、殘酷的本質。」

林鳶聽見這樣的描述，莫名地就想起金幼鸞。她趕忙搖搖頭，想將這種念頭自腦海裡驅逐。

「而妳很明顯的，就不是她們那種人——雖然妳好似可以與她們相處融洽，但當江鯉庭告訴我，說妳必須要外出，去照顧妳位在紅區的奶奶，我就明白妳不是。妳打骨子裡，就無法成為她們那種人，不會成為她們那種人；妳拋棄不了妳奶奶，即使政府的這種制度，等同於是在明示、暗示妳，可以拋棄那些位於妳之下的人，但妳依舊拋棄不了。妳本質裡，缺乏那種拋下別人的狠勁，妳沒有那種能長久停在綠區，或者上流階層的殘忍；也許妳在這種環境，有機會被潛移默化，有機會慢慢被培養出來，但是……」

王二董一口氣說了一大段，卻又沒有將句子說完，而他也好似沒有完成它的意圖。林鳶靜靜地等候，前一秒窗外仍下著傾盆大雨，後一秒，卻又悄然無聲。今天的暴雨瞬間就停了。

「我不知道，我有沒有這種改變的勇氣……我也不確定，我準備好了沒。」

「沒有關係，妳有足夠的時間，慢慢考慮——在期末宴會之前，決定就好。如果在那之後，妳仍決定待在垂直農場裡，就代表了那就是妳選擇的道路。妳寧可在這樣的環境裡，生存下去。」

「我必須先走啦。我們得分開回到學校去，妳就在這兒，再坐一會兒吧。慢慢來，我會先把帳都結清。」

王二董又叫林鳶繼續待著，於是她只好又坐回卡座裡。林鳶原本預期自己得拿出錢包來，於是她的手放在包包上，瞬間有些無所適從。
小辮子女侍看起來很睏，似乎感覺生命極其無聊。她慢條斯理地走了過來，準備替他們結帳。
「……所以為什麼，你要給我這個選擇呢？」
「又為什麼不呢？在很多時候，人的潛能都是無限的。」
「你覺得，我有這種潛能？」
鼓起勇氣奔向自由的潛能，或者是變得殘酷的潛能？林鳶捫心自問這話的意思。王二董今天像是大力讚許了她，又像是用盡全力蠱惑了她。
「在許多善良的好人內心深處，也是可以被豢養，被逼出那種殘酷的。但是，妳該要自問的是：妳想要，變成那種模樣嗎？」
王二董默默在心底嘲笑自己，為何要跟林鳶說這種話？即使到了他這種年紀，卻依舊有這種不切實際的天真。
所有人都會認為，林鳶是個自由自在的少女，開放的、隨性的、心胸開闊的，有無限的可能性。可是只有她自己知道，她其實常常會對自我感到茫然。她不知道自個兒是誰，自己想要什麼，自己究竟是喜歡異性，或者喜歡同性；她不知道，自己會成為怎樣的一個人——就像林鳶從來不知道，自己的母親，是個怎樣的人。林鳶覺得自己就像母親一樣，也是個徹頭徹尾的謎。
「即使妳最後，在這種環境中生存下來，即使妳最終，成為其中的佼佼者，相信我——妳也不會喜歡那樣的自己。」
「所以，若是上下移動的條件受限了，那就試著找著一個，開闊的水平面發展吧？」
王二董走出餐廳，等待他以手機預定好的電動車。他問自己，後悔嗎？答案是不，為了生存，他從不後悔，自己必須長成這種模樣。教育或者制度，就像一個容器，所有的成人與孩子，都被迫像水一般倒入，成為容器想要他們成為的那種模樣；但有些人根本不是水，更多是風、是火，或是像深埋於地底的鑽石。王二董真心希望，如果他有勇氣，如果他有韌性，他可以不需要走上相同的道路，他可以像野生植物一般，自由自在生長。

馬可薇算是喜歡自己的名字，因為這是她父母自字典裡精挑細選出來的，代表了她將來會「大有可為」。因此馬可薇認為，自己應當要喜歡自己的名字，畢竟這代表了父母對她滿滿的期望——期望就是愛的同義詞，對吧？

聰明或許對一般人而言，帶來的是成就，但馬可薇的聰明，為她帶來的，只有孤獨。聰明的孩子其實大多數並不快樂，但快不快樂，從來都不是豢養一個孩子的重點，重點是這孩子長大後，能從他們身上榨出多少成就汁液來，能讓擁有他們的大人，看起來有多光鮮亮麗。

「妳期末考，考得如何啊？」

問話的是林鳶，可當時馬可薇正若有所思，猶若整個人靈魂出了竅。好巧不巧，她其實正在心底默默煩惱自己的期末考成績，像在心底捻了一盞香，卻不知該求哪尊神，問什麼卜。

「嗨嗨！妳還好嗎？」

直到林鳶伸長了手，使勁地擺在她眼前揮舞，馬可薇才留意到她。

「如果妳是想問期末考的話……應該，算考得還不錯吧？」

馬可薇並沒有全然說實話，也不知道，她該與誰訴說她的煩惱。應該是說，原本她訴說心事的對象，原本她情緒的窗口，金幼鸞，現在卻反倒成為了她煩惱的來源。馬可薇平常總會留意她與第二、第三名之間的差距，像謹小慎微地盯著股市波動，然後近來驚愕地發現，金幼鸞竟有默默迎頭趕上的趨勢。馬可薇想不通為什麼，金幼鸞平常才不那麼努力的——即使她很早就清楚，金幼鸞其實非常聰明，只是以往從不將精力全放在學業上頭罷了。馬可薇隱隱約約感受到不安，並察覺到自己內在的不自信；可馬可薇卻不知該與誰討論這件事，她不知道該向誰坦誠，若她不是第一名，自己會有多麼焦慮。

眼前的林鳶也有自己的煩惱，只是並不像表面上她所表現的，全然是因為她的期末考。林鳶現在常常假藉各式各樣的理由，往販賣部跑，在王二董面前現身，逼迫他同她說話，雖說她也不知道，自己期望聽見什麼回答。

「聽著，我沒有答案可以告訴妳——我不是妳，無法替妳的人生做決定，我也無法保證，說怎樣的選擇對妳的未來，一定會比較好。但至少，妳可以先回去，將該考的期末考考好如何？」

王二董說，九月的期末宴會將使他非常忙碌，畢竟垂直農場的高層都會出席，也算是給前半年的季度一個總結。林鳶在心頭犯嘀咕，若是她真決定要離開的話，認真考試又有什麼意義呢？畢竟這兒的一切都不再重要了啊。

「待在這兒的祕訣，是什麼呢？」

像隻無頭蒼蠅的林鳶，還真不知該找誰詢問這種問題。江鯉庭已經不在了，而身為天之驕女的金幼鸞，想必無法理解，怎麼會有人想離開這兒。然後林鳶留意到了馬可薇——馬可薇坐在最前排的位置上，微微低著頭，一派冷靜、從容、優雅，好似對待任何事情，都能有自己的解答。於是林鳶忍不住靠了過去，或許想得到一些建議，或者一些啟發。

「什麼？我不懂妳的意思？」

馬可薇面對著林鳶的疑惑，並沒有顯現出任何不耐煩，但她的確有些摸不著頭緒。

「我說，妳能讓自己一直保持在第一名的動力，是什麼呢？畢竟，妳看來也是付出了極大的心血。」

「就是妳很認真努力，那就足夠了。」

「因為我是父母活著的門面，我不得不。」馬可薇知道，自己給林鳶的回答並不誠實；但她同時也知道，以林鳶的身世背景，並無法真切理解她內心的這些糾結，於是她並沒打算對林鳶說實話，只是一如她既有風格般回答，答得簡潔省話。

「不，我想……我真正想問的是：妳是如何說服自己，告訴自己，這一切真的，都是有意義的呢？」

林鳶以為是她的錯覺，她以為她見著馬可薇的眼中，迅速地閃過一絲落寞。可那落寞消散得極快，像從來未曾存在過。馬可薇在極短的時間裡，就又回復到她的官方強勢。

只不過因為林鳶這麼一問，馬可薇猛然想起前些天的事。她想著一直以來，她對母親所懷有的憧憬，與某種深藏不露的憎恨。

馬可薇住在學校宿舍裡，而她父母則住在南側頂樓的職員宿舍。畢竟母親是校長的緣故，分配給他們的宿舍既大、又舒適，但就馬可薇所知，母親其實很少回去過夜，但父親對於母親的這種疏遠與冷漠，卻往往總是不吭一聲。

馬可薇在週末的半夜，潛入父母的房間裡，發現只有父親睡在床上。主臥房布置成現代極簡風，瀰漫著一股疏離清冷的氛圍，甚至那味道聞起來，可說是有些肅殺。馬可薇在屋裡待了好一陣後，才恍然大悟，那不是清冷，而是一股極濃的消毒水味。

父母親睡著的被單是藏青色的，配上黑色棉枕頭，單調的布料上，沒有任何花紋與裝飾。母親的被單一塵不染。馬可薇知道，經過嚴格挑選的女傭，每天清晨都會來更換被單，在母親早早出門上班之後。母親睡在上頭的時間極少，但即便如此，母親的一絲不苟容不得挑戰：若是母親在枕頭上、棉被裡，發現了一根頭髮，她可以為此勃然大怒，為此大發一場、幾乎不符合比例原則的脾氣。

「妳連一根頭髮都處理不了，將來，又能夠做什麼大事呢？」

母親會這樣對著女傭生氣。馬可薇知道，年輕的女傭都會低著頭，裝出對母親誠惶誠恐的模樣，可她們內心多半是不屑吧，馬可薇這麼揣測。當她們選擇成為打掃女傭，或許原先就早已不期待自己能成就什麼大事吧。所以馬可薇認為，母親這些話，其實都是說給自己聽的——是母親的言外之意，是母親拐著彎，對自己深深的期許。

父親躺在床上，打著鼾，睡得極熟。而屋裡的牆壁上，連一張母親與馬可薇的合影都沒有，只有母親參加了各種演講與研討會時，各種進修照片。馬可薇曉得的，曉得那些才是母親人生的成就，而那些成就裡，並不包含她，並不包含她這個女兒。身為女兒，馬可薇知道，自己無法與母親的事業比拚，於是一直以來，她怎能不感到嫉妒呢？她只是早已放棄，要讓自己去在乎這種事情。

馬可薇帶有挑釁的意味，躺到母親的床上，躺在母親原本該躺的位置上。她身體大開，呈現大字形，瞪住天花板。她為什麼要躺在這兒？或許是，她還是需要有人，能與她討論金幼鸞的事？實話而言，她十分害怕金幼鸞自後頭迎頭趕上。馬可薇翻了個身，注視著父親的側臉，與他日漸花白的頭髮。她依舊還是希冀得到一些安慰，不論是來自於父親，或者母親，可以對馬可薇說，沒有關係的，偶爾一次表現不完美，並不要緊。特別是馬可薇需要自母親的嘴裡，聽到這種鼓勵與安慰，但她同時也知道，這根本就是一種奢求。而此刻父親依舊睡得極熟，似乎正躺在一旁的馬可薇，不過就是個透明人。

馬可薇父母都是極為聰明之人，於是他們難以理解不夠聰明的困擾。父親是否也對馬可薇內心的糾結，一無所知呢？對自己女兒內心的苦惱，一無所知呢？他們或許都認為，世界上不會有**極為困難**之事，一切事物都可以用理論邏輯與聰明才智，去解答解釋。可若是他們的女兒事實上，並沒有他們想像中那般聰明呢？她只是很努力、很努力，好讓父母不要看穿自己，其實也不過是個普通人？

而馬可薇一想到普通這個詞，套在自己身上，眼淚就快噴出來了。於是金幼鸞的節節逼近，金幼鸞的迎頭趕上，似乎就要揭穿了馬可薇聰明的假象。金幼鸞就即將要證明了，馬可薇不過是個普通人——馬可薇簡直要為此張皇失措了。畢竟，馬可薇再清楚不過，知道母親的輕蔑總是流露得十分隱晦，像一絲帶苦味的威士忌，被摻在了濃醇的可可裡；那分苦味極端細微，且總是倏忽一現，於是總讓馬可薇以為，是否自己又多想了。媽媽會看不起我嗎？妳多想了。母親的愛，最偉大了。馬可薇深知，眾人會如何堵住她的嘴——母親不可質疑。她自責自己是否太過敏感，於是總以各種負面的想法，揣測他人，特別是揣測自己的母親。

「我問妳，妳媽媽是個怎樣的人？」

「我媽媽與這件事，有什麼關係？」

也同樣是在這樣的時刻，林鳶才會清楚意識到自己內心的不安；只有在討論到自己母親時，她內心所長出的某個觸角，就像被狠狠踩了一腳，心中警鈴大作。她提心吊膽，擔心馬可薇繼續追問下去，她就會被迫答出「我沒有媽媽」這種回答，無法逃避，不能說謊。可在這種時刻真正到來前，林鳶得先偽裝成自己毫不在意，像自己真是個，無堅不摧的少女。

「那妳總見過，我媽媽的樣子吧？知道校長就是我媽媽吧？與她那樣的人一起生活，妳就不得不總是表現出，很優秀的模樣。」

馬可薇問話的意思，其實根本沒想要了解林鳶的母親，只要一提到「母親」二字，她也就被困在自己的心思裡。在馬可薇內心深處，她一面希望母親是有問題的，於是她就不需要認為，被母親所瞧不起是自己的問題；但另一方面，她卻又矛盾地希望，母親是完美的，她希望母親待在神壇上，長一點，久一點。

那就代表了有一天，她也能成為像母親一樣的人——或者，更好的，馬可薇就有機會，取代母親的位置。
「可妳是……真的很優秀啊？」
「對她來說，那是永遠不夠的。她對自己有著超乎常人的標準，意思就是，如果想成為配得上她的女兒，就得非常非常努力才行。」
於是馬可薇知道自己總是裝腔作勢。而那裝腔作勢，其實是母親與她的默契，她並不想增添母親更多的負擔。當少女們總是表現出一派正常美好的模樣，所有父母師長都輕鬆了起來，知道他們的工作減量，知道他們可以不需要在表面上，給予少女們更多的關心。
「妳媽媽，沒有跟妳生活在一起，對吧？」
「……沒錯。妳怎麼會知道？」
林鳶知道在馬可薇的眼皮底下，沒有太多事是可以隱瞞住的，於是只得心不甘情不願地承認。
「還滿容易看出來的吧。妳的身上呢，一點都沒感覺到需要取悅別人的成分在。妳沒有太多那種，總是需要演戲的氣息——相較於我們這類女兒而言，簡直可說是無拘無束的。」
林鳶以為自己隱藏得很好——但或許看在其他少女眼裡，這根本就不會是什麼祕密。少女們太常相處在一塊兒了，這讓她們就像彼此的鏡子。
「可是……我老是很不安。」
馬可薇聽見林鳶這樣說，只不過搖了搖頭，輕輕吐出一口氣。
「人生不能什麼都想要。妳知道嗎？像我，我就必須以學業成就，取悅我的母親。而金幼鸞呢，她就是以她姣好的外貌，讓她的母親感覺到很有面子，讓她的母親覺得有這個女兒，很值得——是一筆划算的投資。」

馬可薇此刻的表情看起來十分哀傷，與她總是抬頭挺胸、意氣風發地站在講臺上，接受讚賞與表揚的狀態全然不同。聰明的孩子其實大多並不快樂，而背後的大人們，大多數時刻也不在乎；或許他們不是不在乎，而是他們其實也不快樂。每一個不快樂的大人，都是由不快樂的孩子所長成的。

「妳想知道一個祕密嗎？這其實，也不算祕密了，只是所有知道的人都偽裝成不知情罷了。妳知道，金幼鸞她會每天固定吃瀉藥嗎？即使她極力嚴苛控制自己、限制自己每天的飲食，對她本人，或者是對她媽媽而言，這依舊是**不夠的**。所以我爸爸會固定開瀉藥給金幼鸞吃——金幼鸞的媽媽沒有反對，金幼鸞也就默默地接受了。」

「為什麼呢？金幼鸞都這麼大了，她應該，可以表達自己的意願吧？」

林鳶這陣子依舊在躲避金幼鸞。她仍然不知道該如何面對她，不知道該怎麼與她討論，要如何處理江鯉庭的耳環。但林鳶的躲避，並不代表她不在乎她，此刻，林鳶心底仍舊浮現一股對金幼鸞的憐惜，可也許其他人早已習慣了睜眼說瞎話。

「所以，回答妳最初的那個問題：如何說服自己，待在這兒，這一切都是有意義的呢？我是這麼詮釋的：這裡就像個金色的鳥籠。有些人在意的重點，是如果生活在鳥籠裡，會失去的自由，會沒有選擇的權力；可另外有些人在意的點呢，卻是注重在鳥籠的外觀是鑲金鍍銀的，是光彩奪目的，是耀眼的。這是兩種不同的觀察點，也是兩種不同的價值觀。」

林鳶有些似懂非懂，她不理解馬可薇試圖表達的意思。

「可妳不會覺得，這樣的人生……就像被控制住了嗎？像被管得死死的？活在鳥籠裡？」

「所以我才會說，妳不會理解我們這類人的。妳不會理解對我們這種**有母親的女兒**而言，跟著母親，生活在這像鳥籠的環境裡，對我們而言，並不是控制，也不是管束，而是——我們可以得到母親的注意力，可以得到母親的愛。」

林鳶覺得自己有些心酸，宛若在做困獸之鬥，可她仍舊不由自主地，努力想反駁馬可薇。

「但是，沒有母親的愛，人還是可以活下去的啊。」

「妳說這句話，是認、真、的、嗎？」

馬可薇瞅了林鳶一眼，問話的語氣很重，那眼神裡夾雜的，不單單只有不認同，還有悲傷，憐憫，更多的卻是憤怒。

「妳又知道母親的愛，母親的認同，是什麼樣子的嗎？妳曾經享受過母愛的溫暖嗎？如果妳未曾擁有過，那妳又怎能理解我們的恐懼，恐懼我們將會失去什麼——妳這個，**沒有母親的女兒**？」

林鳶似乎被狠狠踩了一腳，她沒有預料到，馬可薇說話會突然變得如此有攻擊性。她再也談不下去了，她必須竭盡全力，才能抑制住自己心中的暴怒，才不會立馬跳上前去，往馬可薇的臉上，甩過去一巴掌。林鳶頭一甩，就從教室後頭跑了出去。

馬可薇精疲力竭地坐了下來，隨意坐在木椅的邊緣。她在意的不是林鳶的憤怒，而是她也未曾講過這些內心話，未曾光明正大地公開承認。有一次，母親突然朝她發脾氣，念了她好一頓；當時的馬可薇覺得委屈，她不明白自己，為何要遭受如此巨大的懲罰。於是她一把眼淚，一把鼻涕，語帶掙扎地詢問母親：

「為什麼她可以犯錯，我不行？」

「我是為了妳好。誰教妳是我的女兒？」

大有可為。每當馬可薇心情難受時，她就自個兒喃喃自語，念著自己的名字，**馬可薇**，還有名字後頭被賦予的涵義，就像那是一個可以安撫她的、溫柔的咒語。

林鳶一早就讓金幼鸞的鬧鐘給吵醒了。她看了看床頭的時鐘，發現金幼鸞設定的起床時間，甚至比期末考那幾天更早。林鳶還不想起床，她趴在床上，繼續將頭埋在枕頭裡，然後聽見金幼鸞的床舖上，傳來窸窸窣窣的聲響。林鳶只好轉過頭去，瞥見金幼鸞坐在床上，以她例行的一整套瑜珈動作，展開這一天。

「為什麼這麼早起床啊？」

林鳶原想開口這麼問，但後來想到，她們現在應該還處在半冷戰的狀態——於是話到了嘴邊，又全部吞了回去。

金幼鴻此時在被窩裡翻了個身，像同樣被這騷動所驚擾，但沒有早起的欲望，於是又返回夢鄉繼續睡。馬可薇則是戴著耳塞睡覺，身軀一動也不動。

「我已經開始，要替宴會做準備了啊。」

金幼鸞倒是不動聲色地看往林鳶這方向，自己先開了口。她的語氣自若，彷彿江鯉庭耳環的那件事，從來未曾發生過。

「可是，那不是傍晚之後的事嗎？」

金幼鸞緩緩將身軀搬移成下犬式。她的長手長腳極具彈性般拉長開來，腰線從短小的衣衫下露了出來。林鳶雖然告訴自己不該盯著，但視線根本移開不了。

「我媽媽請了化妝師與造型師，要替我弄頭髮，做造型。所以在那之前，我得先趕去運動，按摩，然後泡澡消水腫……我無法忍受今天任何一處，看起來臃腫。」

金幼鸞一面說著，一面再次極度伸展她的軀幹。她的右大腿往前叉開來，腿根部的肌肉幾乎是要平貼在棉被上，左大腿向後伸展，整個人像快要成為個「A」字型。早晨的陽光撥開窗簾，鑽了進來，落滿金幼鸞挺直的上半身。林鳶感覺到自個兒心窩又是一緊，像再次被眼前的美景所震撼。金幼鸞真是有毒——而即使明明知道有毒，卻又總情不自禁被她吸引——林鳶趕忙躲回自己的棉被裡，為自己的意志不堅感到羞愧萬分，她像是又因為金幼鸞，而急急忙忙地落荒而逃。

但那天稍晚，連寢室裡的另外兩位少女都開始準備，讓一旁才剛悠閒吃完午飯的林鳶十分不解。她以為今天的行程是：五點鐘去參加親師會，聽劉老師宣布期末考成績、公告學期總排名，然後六點半開始正式宴會。於是林鳶打算三點過後再開始著裝，時間上仍綽綽有餘。

「妳還不開始準備嗎？」

林鳶放鬆地呈現大字型，癱在自己床上。難得有這幾天短短的光景，她終於可以不需膽戰心驚，暫時忘卻自己的分數與排名——反正一切都已成為定局了——於是林鳶計畫放任自己，看能否睡成個午覺。金幼鴻才剛剛洗完澡，頭上裹著毛巾，臉上敷著面膜，髮尾滴滴答答，只有眼鼻口幾個孔洞露了出來。她小心翼翼地坐在床尾，試圖開啟話題，與林鳶閒聊。

「啊，我打算先來瞇一下的說。」

「妳妝化得很快嗎？那我還真是沒料到。」

金幼鴻圓睜著雙眼，像因為受到驚嚇而瞪著林鳶。不知為何，林鳶也感受到金幼鴻今日的焦躁。

「我就是不大會化妝，所以要等到我媽媽替金幼鸞請的造型師，替她打理完妝髮後，再輪到替我弄這些。」

林鳶順著金幼鴻的話，看向金幼鸞的書桌，看著她神氣地坐在書桌前，挺直腰桿，正等著別人來服侍她。正背對著她們的馬可薇，同樣坐在自己位置上，桌上的瓶瓶罐罐排列整齊，馬可薇上身前傾，素淨的一張臉貼近鏡子，正用刷子細細地，試圖在額頭抹上粉底。

少女的寢室正進行著一場華麗的儀式，一場向成年女人靠近、變身的儀式，好似她們此時此刻得以快速長大，得以被賦予某些速成的權力。可她們的床上依舊四散著絨毛玩偶，印有卡通印花的內衣褲，隨意地晾在陽臺衣架上。成長的過渡永遠是模糊的，憧憬的，卻又總是帶有那麼點惺惺作態。

「嗯，老實說，我其實沒打算化妝啊……我想，我還先離開這兒一下好了。」

林鳶也意識到自己今日的反常，難得她未曾想再多搭理金幼鴻。些許是她不喜歡化妝的緣故，她不喜歡臉上的那種黏膩感；些許是，她也不知道呢，林鳶對於自己並不是這樣的人，卻非得要與她們融入成一塊兒這件事，開始感到疲憊非常。

金幼鴻吃了個閉門羹，只好沒好氣地，坐回自己床上去。金幼鸞正對著造型師頤指氣使，沒空理會匆匆自她身旁走過的林鳶。

林鳶往著垂直農場而去，她想去看看苗圃，想讓自己沉浸在植栽裡，發呆，那兒總能讓人心情平靜。林鳶才剛走過連通道，站在主建物的二樓，等待向上的電梯——此時有個身影，靜靜地靠到她身旁——是王二董，他的悄然無息讓林鳶嚇了好大一跳，吃驚地轉過頭來。林鳶正要開口說話，王二董趕忙將右手食指放到了嘴唇上，示意林鳶應當不動聲色。林鳶於是將頭又轉了回去，偽裝成正在留意電梯樓層的指示燈。

「妳怎麼沒有待在寢室裡，加入她們小小的幫派活動呢？」

王二董這話裡帶有滿滿的調侃意味，林鳶忍不住瞪了他一眼。

「你怎麼會知道，我待在這兒？」

王二董指了指自己左手腕上的手環，丟給林鳶一抹神祕的微笑。林鳶懂了他的意思。

「決定好了嗎？」

「決定……哦！」

林鳶露出一張恍然大悟的臉，然後搖了搖頭。老實說，她其實對王二董有些生氣，生氣他僅僅只提供了選項，卻又不給她任何指引，不給她任何建議，讓她像隻無頭蒼蠅般，一個人徬徨猶豫。這難道，不能算是王二董的一種不負責任嗎？

「那麼，妳現在就到南側大樓去吧。由東南角的消防通道進去，在六樓到七樓的樓梯轉角那兒，有間不常使用的儲藏室，沒有人會進到那個房間去——在那兒，妳應該可以找到想要的解答。」

「現在？」

「現在。」

林鳶有些搞不清楚狀況，可王二董卻只是篤定地對她笑笑，好似一切都盡在他掌控中。

「去吧，有個驚喜正在那兒，等著妳呢。」

林鳶不是很理解王二董在賣弄什麼把戲，但王二董也不多加解釋，就逕自由電梯前離開了。林鳶聽話地向著儲藏室而去，希望她滿腹的疑惑能得到解答；一路上並沒遇見太多人，幾乎可說是順暢無阻地，她就站到了儲藏室門前。儲藏室的出入管制陳舊得讓人吃驚，竟沒有能讓林鳶感應手環的裝置，於是她推了推門，門沒上鎖，她很輕易就進到了裡頭。

儲藏室裡漆黑一片，房裡的窗簾全是掩著的。「燈亮！」林鳶喊了一句，卻沒有得到任何迴響，於是她只好倚靠最原始的方法，開始找尋電燈的開關。當林鳶伸長了手臂，盲目地在牆上摸索時，前頭十點鐘猛然傳出了悶悶的一聲，似乎有人在移動之間，將架上的雜物無意間碰到了地板上。

「是誰？誰在那兒？」

要林鳶說她心底不害怕，等同於要她撒謊。但若真要說，搬進垂直農場讓她學會了什麼——就是她至少學會了，該如何裝模作樣地武裝自己。

「不要緊張，是我——」

林鳶不知道是對方出聲的要早一些，或是燈亮起來的早一些——這裡的電燈似乎很久未曾被點亮了，亮起時「啪！」地一聲，發出好大的聲響。林鳶被瞬間燃起的亮光刺得瞇了瞇眼，但她注意到，有個昏暗的身影龜縮在角落。然後身影慢慢長長，變大，接近——對方站了起來，站到了搖曳的光亮底下。雖說對方的臉色在燈光照射下顯得蒼白，但穿著看來依舊整潔，林鳶看得最清楚的，是對方穿的牛仔褲，牛仔褲因為被洗滌了太多次，顏色顯得陳舊泛白。

站在林鳶眼前的，竟然是江鯉庭。

「妳！」

林鳶嚇呆了，她原先想拔腿就跑，但她的雙腳不聽使喚，依舊直直釘在了地板上。在林鳶內心深處，當然希望江鯉庭仍然活著，但當這種機率渺茫的盼望，真的成為了現實，那種驚悚感與撞鬼相比，的確也不惶多讓。

「妳、妳為什麼……」

林鳶很想先完成她的質問，但卻無法克制內心那股想哭的衝動，同時也感到有些難為情。在林鳶以為自己失去江鯉庭之後，她才認真思考過，思考自己對江鯉庭的感情——林鳶承認，相較於金幼鸞與馬可薇，她偶爾也會認為，江鯉庭真是個端不上檯面的朋友；但同時，林鳶與她們相處時，卻也總在不知不覺間，需要更加小心翼翼，或多或少讓林鳶無法放鬆。友誼的新陳代謝其實是件狡詐的事，那些以為自己曾經想要的，或許從來就不適合自己；可是少女對自我的匱乏，卻總是讓她們想要更多。

在林鳶思緒翻騰的同時，江鯉庭倒是先往前踏了一步，可由她的姿態看來，似乎她仍頗有顧忌。林鳶即使正忙著消化自己的情緒，她依舊看出了這件事，於是她做了在兩人友誼裡，從來都是屬於她的工作——她衝向前去，緊緊將江鯉庭擁入懷裡。

「所以妳這陣子，都去哪兒了？還好嗎？」

在一個很長的擁抱之後，林鳶才願意放開江鯉庭。她改成伸手，捧住江鯉庭的臉頰，順著頭髮往下摸。江鯉庭的臉頰消瘦了不少，頭髮也長長了，隨意地紮成個低馬尾，鬆鬆地歇息在她的後頸部，這些都使得江鯉庭的雙眼變得炯炯有神。

「我，我很好。不過……」

林鳶專注地看著她，滿臉寫滿了關心與在乎。江鯉庭原先像是想說些什麼，但一見著林鳶這副模樣，竟反倒退縮懦弱了起來。

「說啊。」

林鳶拍拍江鯉庭的手，一如往常地鼓勵她。

「所以妳與王二董，究竟是什麼狀態？」

「我，我先是在販賣部認識他的，然後……」

「他逮到妳偷東西了，對吧？」

「對，我的把柄被他抓到了。他威脅我，不，也不能說是威脅我啦……」江鯉庭的臉頰此刻竟飛出了兩朵紅暈。不知為何，她幾乎可說是有些嬌羞地，咯咯咯笑了起來。

林鳶心頭一驚，納悶江鯉庭這副表現，該不會是戀愛了吧？

「他說，只要我聽他的話——也不總是如此，我偶爾也會有些小任性，其實他也會依我——不要反抗他，我就可以得到大部分的，我想要的東西。販賣部裡頭的商品隨便我拿，只是頻率也不能太過頻繁才是，而且我的祕密在他那兒，也會很安全。」

少女的戀愛常常是愚蠢到慘不忍睹的，常常不過是用紙糊出來、搭出來的一場戲。她們總像挨餓許久，於是極易被盛開花朵所吸引的蜂蝶，而且她們多半很難接受，她們對人真心的愛戀，其實也可以被形容為像蒼蠅被屎、或者垃圾所吸引。蜂蝶與蒼蠅的趨性，本質上並無太大差異，差異只在於少女粉紅泡泡的有無。

「江鯉庭……妳跟他睡了沒有？」

不得不說，林鳶的問話頗犀利，頗有金幼鸞調教出來的影子。她冷不防地拋出這一句，預期江鯉庭會對這問題大發雷霆。江鯉庭會深感自己被侮辱，會認為林鳶汙衊了自己的人格；但出乎林鳶意料之外的，江鯉庭臉上反倒泛起了淺笑的漣漪，看起來像有些害羞，更多的，卻又像是得意。

江鯉庭沒有正面回答林鳶。她將頭往左側點了一點，又往右邊搖了一搖，看起來像腦袋瓜裡，正在思索許多事。

「王大哥對我，還滿好的啊，有一種像父親、又像哥哥的感覺。」

林鳶恍惚意識到，江鯉庭現在是聽不進任何話的，她像處於一種被歡愉沖昏頭，於是只活在自己世界裡的感覺。

「而且啊，其實，是我要王大哥去找妳的，找妳一起跟我離開綠區。」

「所以……」此時林鳶的理智慢慢回了過來，她發現自己其實很不高興。

「妳的失蹤，究竟是怎麼一回事？」

「……是計畫好的，是王大哥替我想出來的，假裝我從紅區失蹤了。」

江鯉庭有些回神，領略到林鳶隱隱的怒氣，於是收斂起自個兒的得意忘形，將頭微微壓了下去。

「妳搞什麼啊？妳在做這件事之前——有想過我的感受嗎？」

林鳶沒想到自己一提起這段往事時，竟然會語帶哽咽，她很想脫口而出，指責江鯉庭「自私」，終究還是忍住了。

「還有妳母親呢？妳有沒有考慮過她的感受？」

然後江鯉庭的嘴巴嘟了起來，表情看來很不服氣，似乎認為自己如此被責怪非常委屈。她的語氣似乎要哭了出來。

「但不論是待在這兒，或者跟我母親相處一起，都無法讓人開心啊。只有跟王大哥在一起時，我才真正感覺到自在快樂。我只是想要開心，又有什麼不可以呢？又有什麼不對呢？」

「我不懂。所以你們這段關係，已經持續多久了？」

與此時的江鯉庭對話，竟讓林鳶感覺到莫名的疲憊；但她以為是自己站了太久的緣故，而不是因為倏忽知道了，如此多太具戲劇性的情節。林鳶一屁股坐了下來，現在江鯉庭比她高上許多，於是她只能抬頭仰望。

「從五月到現在……大概五個月吧？」

「所以為什麼……」

林鳶猶豫著該不該把後頭的句子說完，為什麼江鯉庭要現在再次出現，告訴她這一切？

「妳知道，東脊海對岸的東脊國嗎？它們這個大陸國，國土是札札濟島的兩百五十倍有餘，而雖然它們已宣布封鎖國界，不開放讓氣候難民入境，連接受對外新移民的資格審核也很嚴格，但還是——總有人會找到方法，偷渡入東脊國。」

林鳶心底浮現不祥的預感，但她並沒有回話，只是等著。

「王大哥已經把所有的關卡都打點好了。他想讓我先過去那邊，自個兒安定下來，等他將所有事情都搞定了之後，再過去找我。」

「所以他沒打算跟妳一起去？就讓妳一個人，偷渡到人生地不熟的東脊國去？」

「沒有。」

江鯉庭似乎是故作瀟灑，強迫自己聳了聳肩，可林鳶知道，這才不像原本的她。

「王大哥他說……至少垂直農場這兒的工作，薪水與社會地位都還不錯，也可以認識不少人脈。所以為了我們兩人好，他必須繼續保有這份工作。但因為中間運送人偷渡出海的時間，一年只有兩次，王大哥又不希望，我繼續委屈地待在這兒，承受這麼大的考試壓力，所以想說，讓我可以趁機先到東脊國去。」

江鯉庭臉上的表情看起來很甜蜜，洋溢著滿滿的幸福感，可林鳶只覺得心酸。她沉默了好一陣，等到讓自己冷靜下來後，才開口說得出話來。

「所以，妳的偽裝失蹤，其實根本就沒、有、必、要，不是嗎？」

林鳶的語氣極難掩蓋住譴責的意味。特別是，當林鳶猛然將所有細節都拼湊了起來——在她當時無法去替奶奶送藥，江鯉庭自願說要幫忙的主因，並不是為了她著想，並不是純粹想要幫她的忙，而是有自己的目的，**為了偽裝自己的失蹤**——而當時林鳶還十分自責，以為是自己害了江鯉庭。林鳶一想到這兒，就

突。

忍不住對江鯉庭怒氣沖沖。

江鯉庭的身子縮了一下，的確在這件事上，她知道自個兒是理虧的，她不敢接話，不敢與林鳶正面衝突。

「妳只是想提早逃離，對吧？逃離垂直農場？」

「我之前還有其他人，還有不少人的——」

江鯉庭知道，若是自己據理力爭，其實佔不了上風，只好使出轉移話題這招應對。

「什麼？」

林鳶對江鯉庭翻了個白眼。為了逃避期末考而偽裝失蹤……林鳶感覺到無奈，卻也有些懶得說她了。

「最之前，與我同寢的李知鳩啊，妳還記得她嗎？還有那個之前，住過309號寢的鹿可芯，在她們被逐出垂直農場後，也是鑽機會，就到束脊國去了。」

「她們也是偷渡的嗎？或者是正正當當的移民管道？」

「這我就不知道了。反正，這都是王大哥向我轉達的。我也是擔心自己一個人過去，會落單，才千拜託、萬拜託王大哥告訴妳，讓妳來的。反正妳奶奶也過世了……妳在這兒，也沒什麼牽掛了，不是嗎？」

還有金幼鸞。那一刻林鳶心底閃過她的名字——可是她也不知道，即使她繼續待在金幼鸞身邊，又是為了什麼呢？林鳶自個兒，又能得到什麼呢？

「妳留在這兒，也不過是繼續受人擺布罷了，對吧？我理解妳——崇尚自由的妳，這兒的體制對妳而言，不過是種折磨。所以，認真想想，不如就和我一起走吧？」

林鳶的內心動搖了，或者是，她早就動搖許久了？不可否認，當林鳶今日見到死而復生的江鯉庭，她生氣歸生氣，內心卻有某部分的自我，其實是狂喜的——於是江鯉庭現在開出的任何條件，任何要求，林鳶都有極大的可能性會答應她。友情與愛情對少女而言，從來都不是同個層面的事。

25

「林鳶小姐！林鳶小姐！您快點，起來了吧。」

林鳶感覺有人正反覆推著她的肩頭。她睜開雙眼，見著金幼鸞造型師那張緊繃的臉。造型師見著林鳶終於有反應了，趕忙說：「快！麻煩您起來吧，我要照金大小姐的吩咐，替您著裝打扮呢。」

造型師雖然語氣溫和，微低著頭，狀似溫婉地對著林鳶說話，但她細緻妝容的表情卻一臉不耐煩；她以聲音裝出順從，但她正背對著金幼鸞，於是在金幼鸞看不清的地方，顯現了真正的心思。

「可是我……不需要啦，我沒打算化妝。」

林鳶抗拒著推辭著，任何人碰到她的臉，都會讓她渾身不自在。

「哦——不行啦！我們其他三個人都盛妝打扮了，怎能放任妳這種隨性的樣子？妳乖。」

金幼鸞一頭長髮全被盤到了頭頂上，露出修長白皙的頸脖，她看來纖細且鎖骨分明的肩胛上，撐起了一圈鑲鑽的頸鍊，再搭配撲在肌膚上的細緻亮粉，讓她整個人顯得閃閃動人。可金幼鸞此時的珠光寶氣，再搭配上她哄林鳶的語氣，猶如在哄一隻貴賓犬，這讓林鳶突然有些心生厭惡，厭煩她那種將林鳶當成無理取鬧，又隱含高人一等的口吻。可林鳶沒有反抗，沒有明目張膽地表達她的不滿，她直視著金幼鸞，停了幾秒，嘆了口氣，順從地坐下來，任憑造型師在她面上撲粉。林鳶對金幼鸞若有似無的心動，猶如是一碗雪花冰，那些複雜的、多層次的負面情緒，是冰頂的佐料與果醬，可金幼鸞究竟在上頭撒了些什麼，目前的林鳶的確大多會照單全收。

但不可諱言的是，金幼鸞今日看來真的很美。即使造型師正在林鳶身上忙碌著，林鳶仍忍不住，一直往金幼鸞那兒偷瞄。她身上那件酒紅色的綢緞長禮服，襯得她膚色白皙到像在發光；平口設計露出她雙側肩峰，讓她既顯現成熟女人的韻味，卻又保有了少女獨有的柔弱感。也只有金幼鸞駕馭得了高跟鞋，當她著裝完畢，站起身來，踩在細跟高跟鞋上，卻依舊健步如飛，走起路來，臀部又扭又搖，讓她多像個高檔的模特兒。可鞋跟敲擊地板的聲響，同時也帶有一定的侵略性，讓林鳶聽著聽著，久了，慢慢又對金幼鸞所製造出來的嘈雜，感到有些頭疼。

寢室裡只有馬可薇是靠著自己，努力完成了全妝。她替自己上了捲子，將頭髮吹得蓬鬆，眼影暈得漸層豐富繽紛，睫毛刷得又捲又翹，一如她的個性，什麼都自己來。在林鳶的眼裡，這是一件非常了不起之事。可馬可薇卻看來有些憤恨，或許是唯獨只有她，沒有享受到金幼鸞造型師的服務。金幼鸞指名造型師幫忙林鳶，卻沒有幫馬可薇，或許讓她有些吃味；或許是馬可薇覺得被落下了，落在了金幼鸞的小小權力中心外頭——但馬可薇個性又是如此高傲，她是絕不可能直截了當地，對金幼鸞表達出自己的不滿。

才不過幾個小時前，林鳶讓江鯉庭給自己一些時間，她必須要好好想想，或者她也需要時間，打包收拾行李。在林鳶爬上通往校舍三樓的階梯時，她期待自己能與誰談談，希望有人能同理她的處境，給她一些實質的建議。可當她越是這樣期待，就反而越不知道，究竟該找誰談談才好？金幼鴻嗎？馬可薇嗎？她們沒有人，會叫她留下來吧？或者，所有人都會叫她留下來？林鳶想得頭昏腦脹，於是當她一回到301寢，就忍不住在少女的香水與沐浴乳味道中，沉沉睡去了。

造型師替林鳶套上長紗裙，林鳶沒有反對——這件長紗裙的確是金幼鸞送給她的禮物：淺藍色的六角網眼花邊蕾絲上，繡滿了銀色的小亮片，還有會反光的彩色小貝殼。紗裙美歸美矣，華麗歸華麗，可整件裙子穿在身上，卻讓林鳶感覺到沉重，而且早習慣穿褲裝的她，提著裙子走起路來，很難不感到彆扭。

「我媽媽特別替我們訂製的禮服，很不錯吧？」

金幼鸞手裡握著面手拿鏡，正認真端詳鏡中的自己。她一邊忙著將細碎的髮流塞入髻裡，一邊笑吟吟地，向著林鳶走過來。

「是啊，裙子很美呢。真是謝謝妳、和金太太的好意了。」

金家的好意像洪水，總是讓人很難拒絕。林鳶嘴上雖然這麼說，但她知道，自己其實是皮笑肉不笑。

「唉呀，妳真該連高跟鞋，都讓我們一起幫妳訂製一雙啊。」

「不了，不了，高跟鞋我平常真的不穿，收了也是白白浪費。」

金幼鸞對著林鳶的嬌嗔，頗有責怪的意味，但林鳶堅決不收，知道自己平日絕不會穿它，最終也是浪費。實話而言，林鳶無法想像擁有高跟鞋的自己——充滿女人味的自己，究竟會變成何種模樣？四不像嗎？

「那，我就只好，將我最喜愛的那雙高跟鞋，借給妳啦。」

金幼鸞壓低了下巴，甜甜地這麼對林鳶說，像是在撒嬌，或者討好。

「是我最喜歡的鞋子呢——妳可要，好好愛惜它哦。」

林鳶感覺心跳好似漏了一拍。雖說表面上她強裝鎮定，卻仍抵擋不住自己微微上揚的嘴角。金幼鸞順勢，就將高跟鞋推到了林鳶腳旁，那雙三吋高跟鞋前頭，是由複合材質所拼接而成的，染成深藍色的小羊皮與蛇紋相間，看來頗有質感。林鳶也沒多想，就將腳套了進去——她的腳趾頭被咬得有些疼，但林鳶覺得沒關係，她可以忍。

原先林鳶以為，自己真能義無反顧地，就跟著江鯉庭走，逃離垂直農場，逃離這個完美的人工世界——可此刻見著金幼鸞，金幼鸞對自己的好，短時間就又動搖了林鳶，讓林鳶陷入了糾結。

「金幼鸞她啊，才剛剛又訂了三雙全新的高跟鞋。我知道，都是她很喜歡的大牌設計師，所設計的限量款鞋子，所以……」

此時的金幼鴻不知意識到了什麼，竟默默靠了過來，在林鳶喜滋滋的臉蛋旁低語。林鳶猛地就收住了自己的笑容，不免感到有些失落。但細想，倒也不會覺得太意外——這一切的一切，的確是金幼鸞最常見的撩人手段。

「來，還有這個——也借給妳。不謝，不謝。」

金幼鸞將鑲有珠寶的髮飾，遞到了造型師手裡，林鳶還來不及看清髮飾是什麼模樣，造型師就逕直插入了林鳶短短的髮絲裡，不容她拒絕。林鳶閉口不言，只恍惚從鏡中映照出的自己，看見那髮飾，似乎像雙翩翩飛騰的翅膀。

她們四人走在一塊兒，走出房門，就像一個小小的幫派，像潛藏有一種不可言說的默契。可林鳶心知肚明，這樣的盛妝使她心虛，她清楚認知到，自己不過是個假冒的成年女人，總擔心在下一個轉角，就會有人將她識破。只有金幼鸞神態自若，三不五時，就取出口紅來補妝，絲毫不為極力爭取美貌的自己，感到羞愧——少女幫派不動刀使劍，而是有專屬於她們的武器。林鳶對著如此的金幼鸞感到佩服，然後意識到，若是待在這兒，她就得依附於金幼鸞的羽翼底下，她就得不得不，活在金幼鸞的保護傘之下。

「唉呀——妳們都來啦。金幼鸞妳這禮服，剪裁還真是不錯。但妳臂部的那些肌肉，應該要再練翹一點哪，否則，根本顯現不出曲線，女人味不夠，撐不起來啊。」

一行人走至主會議廳，金幼鸞的耀武揚威並沒能持續太久，只要一遇見金太太，就很難不被她找著機會，挫挫自家女兒的銳氣。金幼鸞微微變臉，冷哼一聲，就在林鳶以為金家母女二人又要開啟新一輪戰爭時，劉暖鸝現身於前方講臺上，對著麥克風愉悅地，輕輕吹了聲口哨，馬可薇緊張地向臺上看去，那手足無措的模樣十分不像她，像丟失了平常的鎮靜。

劉老師穿了件單肩長洋裝，這對於平時的她而言，倒是顯得頗張狂誇耀。那件橘色禮服的確很美，但劉老師的膚色還不夠白，於是反倒讓她的臉色顯得黯淡。臺下仰望著的林鳶，倒也的確看出了她的努力，讀出她的拚搏——想要融入周遭的其他人，其他高高在上的人——可即便如此，在這樣的場合裡，穿上那件禮服的她，依舊在五顏六色的人群裡，並不顯得特別出眾。

林鳶想起了江鯉庭與自己。想起了王二董對她們的形容：「那種格格不入感。」

「很開心傍晚在這兒，見到大家。看著大家此刻用心妝扮的模樣，想必都很期待今天晚上的宴會吧？呵呵。這大概是整個學期下來，唯一一天，我們能稍微放鬆一下的時光了。」

「妳不覺得，她的身形又不夠高眺，遠遠看起來，簡直就像根胡蘿蔔嗎？」

金幼鸞不愧是金幼鸞，此時仍忍不住毒舌，大肆批評了劉老師一番。林鳶忍不住輕笑了一下，轉過頭去，瞅著她。但奇特的是，金幼鸞此刻可說是難得全神貫注地，盯住了講臺，像正企盼有什麼事會發生；就她反覆緊咬下唇、玩弄手指指節的小動作來看，她甚至是罕見的，表現出了內心的在乎與緊張。

「但在進入到輕鬆的環節之前，我們還是有正事得做。而且，這次還是兩件正事呢——我們要先來公布期末考成績，之後，再公布學期總排名。」

有一個帥氣俊挺的男生，此時向金幼鸞走近。是金長鴿。然後他停下腳步，身軀貼得離金幼鸞很近，右手臂圈在了金幼鸞的腰枝上；他盯住金幼鸞的側臉，像是看見美食般，垂涎三尺，緊跟著他在金幼鸞的側臉上，啄了一下。金幼鸞沒有抗拒，也沒有閃躲，就這樣任憑金長鴿摟著她。在場許多人都留意到了，有些人甚至開始低聲交頭接耳，竊竊私語。

林鳶心底短暫悶過一絲妒意，雖然她告訴自己，不可以。可金幼鸞與金長鴿？什麼時候？這是合理的嗎？但她為什麼偏偏要挑這種時候作秀，甚至可說是高調地挑釁？林鳶怎麼想，也想不透，只好強迫自己，將注意力轉回前頭的大螢幕上。

誠實來說，林鳶並不是不在意成績排名，也不會不緊張，但她其實也有些麻木了——不是每個人都像馬可薇一樣，強迫自己必須每次都得取得榜首——林鳶知道，自己還算努力，也大概可預估出來，排名會落在哪個位置。果然不出她所料，林鳶是第二十六位，金幼鴻在第十四名；然而，出乎眾人意料之外的，當「馬可薇」三個字與「第二名」配對在一塊兒時，在場所有人都驚呼出聲——驚訝由前往後，波浪般一層一層的，向後渲染傳遞。

馬可薇臉色唰地一聲變得慘白，而校長則臉色鐵青，她側過臉來，惡狠狠地瞪了馬可薇一眼；但除此之外，校長並沒有過去擁抱馬可薇，看來也沒有想說些溫柔的言語，安撫她，像多數母親被期待的那樣。林鳶第一次見到，向來在同儕裡頗具威嚴、不苟言笑的馬可薇，此時身體正輕輕顫抖著，像當場就要哭了出來；林鳶忍不住想靠過去，至少去拍拍她的肩膀。

在螢幕上第一名的名字公布前，金長鴿就開始親吻金幼鸞。那是個很深，很長，很纏綿的吻，像是金長鴿要轉移在場所有人注意力般——於是當「金幼鸞」這幾個字，自螢幕上跳出來時，所有人一時之間，都只知道金幼鸞正在親吻，而無法意識到，金幼鸞期末考考了第一名，打敗了同寢室的馬可薇。金長鴿繼續吻著金幼鸞，看來並沒有結束那個吻的意圖，會議室裡有一部分人開始歡呼，而另一部分人開始鼓譟，就像金幼鸞與金長鴿兩人聯手，提前拉開了夜晚狂歡的序幕。

歡騰的人群擋住了林鳶的視線，於是她無法直接瞧見金幼鸞，也看不到馬可薇臉上的表情。她只聽見站在一旁的金幼鴻，連續低嘆了好幾聲。

「怎麼啦？」

林鳶問著，對著金幼鴻面容枯槁的臉，甚至微微顫抖的嘴唇，感到有些莫名其妙。

「我有不好的預感。」

「為什麼？」

「妳沒有意識到嗎？金幼鸞與馬可薇之間，向來有著某種默契，或者可以說，是種同盟關係。我姐姐其實非常聰明——如果她願意卯足了勁念書，馬可薇不一定總是可以贏過她。」

林鳶不是沒想過這種可能性。若是深入了解過金幼鸞的日常，就能看出，她其實算不上太努力；比起馬可薇，金幼鸞只願意將她大量的時間，都花在了社交與打扮上頭。如果她真的像馬可薇一般全力以赴，又會是一番怎樣的光景呢？

林鳶不敢想像，林鳶默不作聲。

「但她知道……馬可薇向來比她更需要，需要在學業成績上表現出色。馬可薇比起她來，更需要在名次上，獲得校長的認可——所以金幼鸞從來不曾使出全力。」

金幼鴻此刻的眼神看來很深邃，像她意會到了怪物的存在，正在考慮要不要，將牠從嘴巴裡放出來。

「那為什麼，這次……」

「我無法確認真正的原因，或許可以猜到，但我不想猜。」

主會議室的大門打了開來，人潮開始流動，準備前往參加夜晚的宴會。林鳶四處張望——金幼鸞、馬可薇、金太太、校長，四個人都不知道到哪兒去了。

「但那不是重點……我只知道，就結果而言，她們之間的平衡，被金幼鸞給破壞了。」

平衡？或許更像是恐怖平衡吧？林鳶這麼想的同時，瞄了一眼牆上的時間——六點十分。林鳶想起不在此地的江鯉庭，真可惜——她應該會很想待在現場，親眼目睹金幼鸞與馬可薇之間，兩人難得的鬥爭。

26

宴會在垂直農場主建物的頂樓舉行，選擇這麼高的地方，是為了方便眾人欣賞對面山腰所施放的煙火。整場活動聽說是由金家在背後所主導，某種程度上，的確也很符合他們家浮誇的特性。

「聽說，不只等等開場有煙火，午夜十二點那場，還會更加盛大呢。」

「哦，是嗎？那可真讓人期待！」

林鳶在電梯裡，聽見其他學生這麼議論著。她瞪著電梯向上爬升的數字，恍惚間意識到，她與江鯉庭約定的時間，晚上九點鐘，也差不多快要到來了。可林鳶覺得自己還未真正下定決心，她還看不清自己究竟真正想要什麼。

林鳶與金幼鴻同時登頂——林鳶還記得這兒，金幼鸞帶她上來過一次——一出了電梯口，沿著室內靠著牆，擺滿了純白色的長桌，桌上放滿了酒水與小點。校長不意外地站在人群正中央，正忙著四處張羅指揮，她一貫忙碌的表情，說實在的，倒也真看不出馬可薇沒有拿到期末考第一名是否真有重創她。而金太太則也站在不遠處，只不過她是好整以暇地，一手拎住自己裙擺，一手端著香檳杯，像正在看戲一般，置身事外。

金幼鴻踮起腳尖，幾乎是要對著林鳶的耳朵大吼：「這兒太多人了，我們到外頭去！」林鳶點點頭，跟在金幼鴻後頭，奮力地撥開洶湧的人潮，直到走至戶外，她才能稍稍喘了口氣。

原本環繞排列的太陽能面板前，搭起了一個不算簡陋的臨時舞臺，這舞臺搭了多久？林鳶納悶，然後想著一過午夜，舞臺就再沒功用了，立馬會被拆除；她一面打量著舞臺上架構複雜的燈光音響，一面留意到舞臺前方，那兩個熟悉的人影——是金幼鸞與馬可薇。

「那兒。」

林鳶對著金幼鴻指了指，示意她眼前的狀況；金幼鴻正忙著小心翼翼撫平她裙上的皺褶，但她一看見這一幕，什麼也顧不了了，趕忙跟了過去。

金幼鸞手裡正端著紅酒杯，她的豔紅色唇膏已被補得很精緻，唇鋒飽滿高聳，金長鴿原本在她唇上深吻過的痕跡，早已不復存在。

「金幼鸞……妳可以喝酒嗎？」

林鳶嘴上這麼說，同時向金幼鴻投去一個示意的眼神，可金幼鴻人還未走至定位，就差點兒被自個兒的裙子給絆倒。幸好林鳶眼明手快，順手扯住了金幼鴻的領子，簡直像拎兔子一般，將金幼鴻給拎到自己身旁。

「今晚讓我喝個酒，也沒什麼大不了的吧？畢竟，我期末考——都拿了第、一、名啊。」

若只單單聽著金幼鸞的言辭，會以為金幼鸞是喝醉了，可她揚起下巴，踩著高跟鞋的儀態，依舊保持著一派端莊優雅，於是林鳶了解到，這只能算是她的正常發揮。只是那原本沉默不已的馬可薇，終於開口說話了，似乎即便是她，當要與金幼鸞對質時，也是需要一定程度的心理自我建設，需要鼓起極大的勇氣。

馬可薇伸直了右臂，手掌重重地搭在了金幼鸞赤裸的左肩上，只是金幼鸞一個扭腰，倒也就靈巧地閃了開來。可馬可薇仍然不死心，沒打算放過她，於是手直接就緊緊握住了金幼鸞的上臂，不讓她逃脫。

「唉唷，妳放開我啊！」

「我想，我們該要好好地談一談。」

「談什麼？有什麼好談的？」

金幼鸞極度不耐煩，意圖將馬可薇的手自身上撥開，那動作充滿了怒氣。林鳶十分訝異，此刻她清楚地見著了金幼鸞的憤怒——甚至從這狀況看來，金幼鸞甚至比馬可薇更生氣——可她此刻的憤怒，究竟是從何而來？

「好好說啊。」

林鳶先是低聲地想要打圓場，但不出所料，風暴中心的兩人都不想搭理她。

「我們……」

馬可薇嚥了口口水，似乎要將這句子說完，對向來辯才無礙的她，也是件極困難的事。不知此刻與金幼鸞對峙的馬可薇，能有多委屈，能有多捨棄自己的自尊。

「不是說好了？」

「說好什麼？」

「嗯……說好……」

有些學生興高采烈地走過，看見這一幕，就停下了腳步，暫時不走了，於是周遭將她們圈起來的人龍，漸漸多了起來。馬可薇在旁人的目光下，開始變得有些吞吞吐吐，畏畏縮縮——那可是林鳶從未見過的馬可薇。

金幼鸞總是有這種魔力，這種，能誘發出所有人截然不同那一面的魔力。或者說，她們的另一面，全是因應金幼鸞所生長出來的；就像她們都是一面鏡子，而金幼鸞總是能擊碎她們，敲破她們，讓她們生成一個、又一個的新碎片。

林鳶一踏出自己的右腳，金幼鴻就趕忙拉住她的手，對她搖了搖頭。金幼鴻總是扮演這種角色——暗示林鳶不該介入這類事。

「我知道，妳想說什麼。但妳怎麼會那麼貪心呢？學期總排名第一名，還不是讓給妳了嗎？就將期末考的第一名，讓給我炫耀一下，又如何？」

金幼鸞先聲奪人，譴責馬可薇貪心，馬可薇不知足——她的語氣可憐楚楚，可她面上的神色，卻全然不是那麼一回事。

「可是，妳知道的……不論是期末考或者學期總排名，都是**我需要的**。我需要拿下所有的第一名。」

馬可薇說話的音量越來越小，的確，在這種狀況下，她實在很難理直氣壯地，表達出自己的需求；畢竟金幼鸞根本也沒作弊，也是紮紮實實地靠著自己的實力，拿下那個第一名。可當林鳶一這麼想，禁不住越想，越恐懼——金幼鸞完全有能力，可以將所有人玩弄於鼓掌之間，一切似乎是隨著她的喜好，看她的心情。此刻她可說是藉著貶低、踩踏別人，特別是自己的好朋友，好閨蜜，來確認自己女王蜂的地位。林鳶倒是看懂了，此時的金幼鸞對馬可薇，頗有種殺雞儆猴的意味，她想讓旁觀的大夥兒，都知道，即使是平常最照顧人、最可靠的班代，只要金幼鸞願意，只要金幼鸞想要，只要金幼鸞開心——馬可薇依舊會是她的手下敗將，於是，在場所有人，沒有人可以逃過相似的命運。

「那又是為什麼，妳會這麼需要呢？」

紅酒杯依舊握在金幼鸞手裡。她用指尖將杯子轉啊轉的，盯著液面旋轉，搖擺，這話問得頗有明知故問的意味在。

「妳這個瘋女人。」

看得出馬可薇仍不想服輸，她不想在金幼鸞面前，承認自己內心的真正需求，特別是要在這麼多人面前，公開坦白。

「哦，對啊——這我倒是從來都不否認呢，呵呵呵。至少這瘋女人若是卯足了全力——第一名的位子是誰借給了誰，或者誰讓給了誰，那都還不一定呢。」

金幼鸞聽見馬可薇罵自己瘋女人，倒也不多傷心難過，反倒有些得意地，竊笑了起來。現在眾人的目光，又都聚集在她身上——身旁環繞蜜蜂蝴蝶是光芒，若是環繞蒼蠅蚊蚋，倒也有種成就感；即使是瘋癲，受人矚目，至少還比被人忽視，強上許多。

相對於金幼鸞的開心，馬可薇倒是看來十分無奈。可林鳶完全可以理解馬可薇，因為她明白，她們有著相仿的心思，相同的恐懼：雖然金幼鸞的操弄讓人厭惡，可若是金幼鸞不將重心，全放在操弄周遭的這些關係上，若金幼鸞本質上不瘋，而是像個正常的少女，將精力全部轉移至課業上，這樣一來，馬可薇的學霸之路，只會更形艱辛罷了。

只要金幼鸞存在於妳的人生裡，就好似不得不玩遊戲。只是這游戲，是會順著自己的規則玩呢，或者，得順著金幼鸞訂下的規則——林鳶理解馬可薇的打算——順著金幼鸞的規則玩，其實會活得比較輕鬆一些。

「……拜託妳了。我不想讓我媽媽，對我感到失望。」

馬可薇終於下定了決心，她一邊這麼說，一邊狀似謙卑地，向金幼鸞鞠了個躬。一旁圍觀的學生們一片嘩然。

「好啦好啦，我答應妳，之後不會再派金長鴿去煩妳，讓妳分心的。可是話又說了回來，妳不也或多或少，很享受他雄性荷爾蒙的陪伴嗎？嘻嘻嘻嘻。」

馬可薇迅速地直起上身來，眼角噙著淚光，看來是感到羞辱。金長鴒早已站在一旁，默默旁觀好一陣子了，他就像個專屬於金幼鸞的、卑微的僕傭。然後當他一聽見自己的名字，與雄性荷爾蒙連在一塊兒時，以為這就是金幼鸞欽點他，召喚他出場的好時機；於是金長鴒趕忙挺出他的胸膛，將上身貼近金幼鸞的乳房，然後很俐落地，將手裡早早就準備好的東西，塞入金幼鸞的右手裡。馬可薇注視著他的一舉一動，原本眼神看來還有些留戀，但後來又像轉為鄙視；可她知道自己不好發作，也沒立場發作，只好忍不住瞪著他們二人。

林鳶同樣也將這一切盡收眼底。直到她看清了，金長鴒塞進金幼鸞手裡頭的東西——她一個箭步衝上前去——金幼鴻這次可來不及攔她。金幼鸞正打算將那小東西，掛上自己的雙耳。

「妳！竟然從我桌上，趁機偷來了嗎？」

那是江鯉庭留下的珍珠耳環，原先，林鳶仍擺在江鯉庭留下的首飾盒裡。她納悶，金幼鸞不知道是觀察了多久，才找著確切的地方，下令金長鴒找機會偷取。

「唉呀！這可是很重要的場合嘛。」

林鳶苦惱著該如何形容金幼鸞的那張臉，那張像要泫然欲泣、我見猶憐，卻又從眼神裡，透出狡詐的臉。金幼鸞再度露出了她的招牌動作，微微壓低著下巴，視線從下往上爬，由林鳶的鼻尖，爬入她的雙眼。林鳶被金幼鸞瞅著，瞅得她不知該如何是好，但金幼鸞這舉動，卻也很難不激起林鳶的怒火。

「話不能這麼說啊。妳就這麼千方百計地，想要拿回耳環嗎？甚至不惜偷走它？」

「我不是偷，只是借回來一下。」

「林鳶，我說過，就算了。這不是妳的遊戲。」

金幼鴻在混亂裡悄悄靠了過來，輕扯林鳶的衣角，試圖要當和事佬。看在林鳶眼裡，金幼鴻的一切舉措，都像是對金幼鸞行為的縱容。

「妳什麼意思……」

她們層出不窮、肥皂劇般的爭執，終於被舞臺上的活動給打斷了。金太太容光煥發地站在舞臺正中央，她雙耳耳垂勾著的耳環在環場燈光下，顯得特別巨大閃耀，那是一副鑲滿寶石的倒三角形耳環，長度誇張的幾乎要抵達金太太下巴。校長跟在後頭，不像其他人，她依舊穿著下午的西裝套裝，看來一點打扮也沒有，未撲粉，也沒帶妝，雙手拘謹地交叉擺放在胸口。林鳶一股高漲的情緒被陡然打斷，只能傻愣地盯住臺上。

「我說了，不要介入不屬於妳的遊戲。」

金幼鴻跟著林鳶的目光，望向臺上，她像是在對林鳶說話，又好似是在對自己說話。

「大家晚安哪。這真是個讓人感覺愉悅、又興奮的夜晚，不是嗎？畢竟垂直農場、與這所滿是經過精挑細選的菁英學校，可說是在這種天災頻仍的時代下，人們少數內心的慰藉，還有驕傲的象徵吧？身為垂直農場的擁有者之一，真該感謝我們的校長，能將學校辦理得這麼不錯啊。」

金太太出人意表的，竟然提到了馬可薇的母親，並要將功勞歸功於她——似乎連被提及的校長本人都十分訝異，林鳶留意到她的小腿抖了一下，但又很快恢復了鎮靜。

「哪裡哪裡，這是應該的呀，這本來就是我們的工作。」

「不，我是認真的呢——難得我們家金幼鸞，期末考考了個第一名——這可真算是校方、與老師們的功勞啊。」

真是哪壺不開提哪壺。可臺下聽著的金幼鸞微笑高舉起酒杯，向著臺上的金太太示意。

「綠區外頭的人，誰會有這種閒情逸致，來關心她們這些破事呢？」

王二董的話語像飄浮似的，隨著風飄進林鳶的耳朵裡。他從林鳶的左後方出現，站在林鳶與金幼鴻的後方一些些。舞臺前頭此刻吸引了不少人，金幼鸞與馬可薇隨著人群被擠走，於是都站得離林鳶有段距離。唯一只剩下金幼鴻，可能會聽見他們的談話——但王二董看來並不在意，他似乎很確定金幼鴻是不會打小報告的那種人。

「妳下定決心了嗎？」

「……還沒。」

林鳶輕輕搖了搖頭。金幼鴻似乎是若有似無地，側了一下頭，但她的視線並沒有離開臺上的金太太，林鳶納悶金幼鴻是否正悄悄豎耳傾聽。

王二董聽到這話，雖然沒有拿正眼瞧她，但林鳶可自他的語氣裡聽出詫異。

「什麼事情讓妳猶豫了？妳們不是見過面了嗎？」

林鳶還沒來得及回話，但她的眼珠子克制不住，淨往金幼鸞的方向瞟。此時人群開始歡呼鼓譟，林鳶留意到金幼鸞將鼻頭翹得老高，滿臉不自禁的驕傲，有種洋洋自得感。林鳶順著金幼鸞的眼色走——她總是會跟著金幼鸞走——有位帥氣的中年男子走向舞臺中心，他的身材十分魁梧壯碩，像是身軀藏在西裝裡的巨人。臉上的鬍子雖然刮得乾淨，但由他蓬鬆的髮量、與握著麥克風手指上的毛髮來看，不意外的，他應該是個體毛豐厚的男人。在夜色與燈光的映襯下，他的眼珠顯得很藍，很深，很美，這是個外國男人，是林鳶在綠區裡，第一次見到的外國人。

「一如金太太所說的，我很開心，令嬡的成績能有所進步，所以還是希望金先生您，能多多提供經費，好維持住學校良好的教學品質。」

「哦，我那最尊貴、最了不起的老爸，可總算出現了。」

金幼鴻忍不住低聲輕嘆。可金先生即使高站在臺上，成為眾人矚目的焦點，看起來卻有些意興闌珊，甚至可說是冷漠，似乎對這話題興趣缺缺，一直反覆將自己的手指頭，插入茂密的頭髮裡。

「妳父親不是本國人？原來，妳們是混血兒。」

林鳶向著金幼鴻吼，金幼鴻看向她，對她眨了眨眼；這動作有些靈動，因為金幼鴻眨眼的眼神裡，並無笑意。

「在我們家裡，我們總是要等他——要等他有空，要等他到達，要等他處理完他所有的豐功偉業。話又說了回來，金幼鸞其實比較像我父親的女兒——我總感覺，我沒有得到父親的什麼遺傳。」

金幼鴻這話聽來有些感傷，只不過這氛圍，立刻就被向來不合時宜的王二董，給硬生生打斷了。

「妳沒有預料到，是嗎？妳應該沒有想過吧，札札濟島上那些最重要的建設，世代以來幾乎都被外國人給把持了——垂直農場，安全手環，國民評分系統——這些重要機構的高層，清一色都是外國人呢，還不僅僅是普通的外國人，特別是那些有錢的、幾乎富可敵國的。金家早不是第一個家族，看來也不會是最後一個；有錢大企業說起話來的分量，在這個世界上，甚至重要過沒錢的小國家政府呢。」

「這就是，你曾經想離開的理由嗎？」

「某部分算是吧，一直以來總有種，怎麼說呢？屈居於外國人之下的感覺？他們畢竟是以經營事業的模式，來經營這座島嶼，在商言商，並不是真心愛著這個國家，於是很難讓人有歸屬感。」

林鳶望著王二董，想著，自己是不是該要適時流露出些許憐憫，同情——沒想到王二董話峰一轉，壓低嗓音，立馬傳達給林鳶一個重要的訊息。

「船在午夜十二點，閉場煙火燃放前，就會自港口啟航。所以在那之前，妳必須要做出決定——自己好好想想吧。」

王二董沒再多說什麼，瞬間隱沒在人群裡。林鳶有些手足無措，這算是她人生裡第一次，擁有自由選擇的權力，可她卻不知道，該拿這自由如何是好。自由理應是海洋，林鳶卻覺得自己像踩入泥淖。她理解自己的荒謬，就跟內心裡，知道自己放不下金幼鸞一樣荒謬。

金先生正在臺上滔滔不絕，高談闊論他對事業的野心，還有對垂直農場的理想；可他說起話來中英文夾雜，手舞足蹈，話一講得快了，就讓林鳶很難理解。於是她人雖然站在舞臺前，心卻早已不知飄向何方。可周遭眾人卻都像聽到如痴如醉，渾然忘我，林鳶納悶究竟是自己瘋了，或大家不過都是偽裝的。

「有時候啊，我也真是受不了他。我爸爸並不是不會說中文，而其實是有些不屑，他不屑用中文讓我們理解，好似我們根本不值得、也沒必要聽懂他的話似的。」

金幼鴻越說到後來，幾乎是要低聲怒吼，才能讓林鳶聽清楚她在說些什麼。在場所有人幾乎都要為了金先生的演講，而群情沸騰起來。

「一群馬屁精——」

金幼鴻是否也偷喝了酒？跟金幼鸞一樣，她今夜大膽了許多，膽敢直率地說出內心想說的話，一點也不似平常的她。

「金幼鴻，我問妳哦……」

「嗯？」

「妳曾經想過，要離開此地嗎？」

「沒有。」

出乎林鳶意料之外的，金幼鴻回答地既果敢，又乾脆，連一丁點猶豫的成分都沒有。

「讓我猜猜啊。妳原先預期，我會說『我也很想離開，想離開很久了。』對吧？」

金幼鴻一面這樣說，一面輕聲笑了起來，那輕易看穿人心的本事，簡直與金幼鸞如出一轍。所以，若是講到操控人心的這種能力，金家二姐妹或許算是不相上下也說不定，只是金幼鴻相比她姐姐，不屑使用罷了。

「我姐姐和我，終歸是與妳們不同的——與妳們這些外來者，與妳，與所有的氣候難民，都是很不同的。我們生來就未曾奔波，我們誕生於垂直農場這種制度裡，跟著垂直農場而生，也會陪著它，一起死。」

林鳶站在原地，沒有答腔，也沒有移動，詫異於金幼鴻現在坦白的這些話。

「我們只要一離開垂直農場，老實說，有很大的機率，會活不了的。所以，沒有——我從沒想過要離開這兒。」

金先生的演講結束了，人群開始鼓掌。就在這一刻，金幼鴻驀地狠狠拽住林鳶的手腕，腕上的疼痛讓林鳶大吃一驚，疑惑這兩姐妹，今晚究竟是怎麼回事。好似在學期總排名一公布後，所有的壓力都炸了鍋，在會議廳裡引爆，在頂樓被點燃。

「那妳倒是自己好好想想吧，林鳶。」

金幼鴻不一會兒就鬆開她的手，低聲地呢喃著。

「妳會希望我回答『我也很想離開』……是否該好好認真想想，那其實，是妳內心的答案？若是這樣，那就，勇敢一點吧。」

林鳶啞口無言。金幼鴻轉過頭來，對她溫柔地一笑，那笑容裡，有種看透一切的哀傷，以及滄桑。

「我走不了，但妳可以——我會羨慕妳的勇氣，但我依舊有我的保守，還有我的懦弱。」

自由不是泥淖，自由只是需要有人煽風點火。

林鳶才一打開301寢的房門，撲鼻的花香味就竄了出來。301號房像一直都是同種模樣——屋裡像有人剛狂歡過，各式紗裙洋裝颱風過境般，四散在床上；試過但沒穿上的高跟鞋，左一隻右一隻地滾落於地毯上，像彼此在玩捉迷藏。林鳶讓身體自由地跌落床上，踢走她的高跟鞋，終於感覺到放鬆舒坦。她想起少女們直到最後一刻，仍在忙著打扮，務求能呈現出自己最完美的一面，呈現給世人。可那些世人，又是誰？

在少女們的心中，世人或許就是她們的同儕，她們的閨蜜；流言蜚語是少女們建立社交規範的手段，八卦耳語則是用來散播每位少女都該擁有的行為舉止。林鳶回想起，金幼鸞與馬可薇雖然還惡毒地鬥著嘴，卻又不忘在間隙裡，替彼此檢查妝容頭髮。那時候的馬可薇，還不知道金幼鸞在她背後捅刀——所以最後，她會原諒她嗎？應該會吧，一定會吧——沒有人能不原諒金幼鸞，沒有人能不原諒她那張極度美麗、卻同時也極度邪魅的臉，更何況，金幼鸞是多麼知道，該如何在一群少女裡，獲得最頂端的權力與地位。

林鳶動了動自己的腳趾。她的腳趾頭其實並不痛，但就是因為不痛，林鳶才未曾留意到，左腳大拇趾早已滲出血絲。**我總是在穿別人的鞋，別人好心借給我的鞋**——這句子像箭，刺入林鳶的腦殼裡——林鳶總是在穿金幼鸞的鞋。於是林鳶從床上站了起來，開始整理自己的行李。

林鳶的行李極為簡單，而她的確也想過，應該要將身上的紗裙脫下來，還給金幼鸞，放回她的床上；但轉念一想，在待會兒與江鯉庭會合的路途上，如果自己穿著太過輕便的話，反倒會引人注目吧？大家大概會懷疑，她是不是想溜去哪兒？於是林鳶僅僅是在紗裙底下，套上了自己的運動褲與運動鞋；她說服自己，她不是捨不得，而是有更實際的考量。

這次，林鳶總算果決地走至門口，然後她又折返，走回自己的床頭櫃前。林鳶原先想將江鯉庭的首飾盒整個帶走，但她背著行李，站直了身軀，思索了好一陣——又將木盒放了下來。江鯉庭也值得擁有一個嶄新的未來，過去的蕉洱島、現在的垂直農場，都應該要被埋在祕密的深處，都應該不再被提起。林鳶暗自替江鯉庭下了決定。

九點整，林鳶等在販賣部大門旁陰暗的角落裡，等待江鯉庭開門，讓她進去。可當林鳶見著大門旁的安全掃碼時，才意識到，她腕上的安全手環是個問題——戴著手環，她可出不了垂直農場的大門。

江鯉庭緩緩地出現在販賣部的門後，可說是熟門熟路地，就由裡頭替她開了門。

「怎麼，還是只有妳一個人？王二董呢？」

販賣部內只點著幾盞微亮的燈，若是有人站在外頭狐疑地眺望，也只能看得清某幾條走道的一小段。

林鳶四處張望，一臉迷惘。

「王大哥說，他還有許多雜事得忙，需要收尾。更何況，他信任我，覺得我應該沒問題的。」

比起以往江鯉庭在課堂上總是怯怯懦懦，現在的她在這種情況下，可說是自信許多了，這倒是林鳶未曾見過的一面。

「那麼我的手環，該要怎麼辦呢？」

「這妳才不用擔心呢，王大哥他早就想到了，留了工具給我。」

江鯉庭示意林鳶跟在她後頭走，她的腳步既果敢又堅定，若是江鯉庭能早早表現出這種氣度，或許之前的她，能夠得到截然不同的待遇。

「到這兒來，到王大哥後頭的辦公室裡。」

王二董的辦公室入口，多加了一道鎖，但那鎖並不需要掃瞄安全手環，而是直接鍵入密碼，與垂直農場其他地方都不相同。

「這不是原有的門禁，而是王大哥後來，額外替我加的。」

在林鳶開口詢問前，江鯉庭就自動先轉過頭來，有些嬌羞、又無法不得意地解釋。一進門後，除了靠牆而站的鐵製書櫃，位於正後方的辦公桌，幾張被擺成L型的沙發椅外，陰暗的牆角裡，還舖了床棉被，一旁有些未收拾的餐盤。餐盤上留有些食物的殘渣，已有蚊蠅在上頭盤旋環繞。林鳶瞬間就看懂了，原來江鯉庭這陣子，都是躲在這兒的。

「妳先坐一下唄。我到他辦公桌抽屜裡，找找他告訴我的工具。」

林鳶一屁股坐在自己的紗裙上，她的臀部深深陷進沙發裡。從她坐的那個角度，往上看，天花板的燈並不算太明亮，使得房間裡有種明晃晃感，使人暈眩；空氣中懸浮著某種腥味，可那腥味究竟是怎麼來的，林鳶說不太上來，那腥味聞起來有些甜膩，甚至可說是萎靡。萎靡，淫蕩，好似都是些與江鯉庭，兜不起來的詞。此刻的江鯉庭正彎下腰來，窸窸窣窣地忙著在抽屜裡尋找，她挺出的屁股曲線，正好就對著林鳶的臉——林鳶剎時間有些想吐，趕忙將視線自江鯉庭身上移開。

江鯉庭與王二董，在這密閉狹小的空間裡，究竟發生過什麼，有過什麼關係，是林鳶並不想知道，也不願意探究的。她連猜都不願意去猜，只想儘快移除她的手環，然後逃離這兒。

「啊！我找著了！」

林鳶冷靜了一下腦海裡的思緒，然後順著江鯉庭的歡呼聲，向她看去，卻認不出她手裡頭，究竟舉著什麼物品：那黑色的東西小小的，圓筒狀，看來倒有點像上頭嵌有鈕釦，同時還會發光的藥罐子。

「那是？」

「話說啊，其實解除安全手環並不是最困難的，困難的是，當手環被移除後，如何不觸發政府的保全機制？」

林鳶知道江鯉庭在說些什麼。手環這東西，說來其實也是頗微妙的——當手環是綠色時，就算被劃入了政府的保護範圍內，但當手環成為黃色或紅色時，就成了保護圈外頭的人；但究竟人們是在圈內或者圈外，掌控權也都握在政府的手裡，就這觀點而言，政府或許也能算是幫派的一種。

「當妳的手環被取下來後，王大哥的這套軟體，可以模擬妳的生理數據二十四個小時，而不被偵測到異狀。所以妳的身高體重多少？妳現在也算十七歲，對吧？」

「我168公分，53.5公斤。為什麼，只能有二十四個小時？」

「因為這數據，畢竟也是程式編纂出來的，政府為了避免這種偷渡、或無法監控的狀況，也開發了專門的軟體，可以識別破譯。妳應該也有感覺吧？政府的確花了不少資源，努力想掌控札札濟島的人口分布。」

這些資源都不用在黃紅區人民的社福問題上。林鳶悶悶不樂了起來，江鯉庭倒是沒察覺到她任何心緒的變化，只是一股腦地低著頭，專注地替她移除安全手環；而看得出江鯉庭並不擅長這件事，忙碌的雙手微微顫抖，一顆汗珠懸在了她左側的太陽穴上。

「好了。」

林鳶的手環被取了下來，江鯉庭將它與儀器擺在一起。黑色的藥罐子看來轉入了另一種模式，交替閃爍著綠光與藍光。

「那我們就走吧！妳的行李……就只有這樣嗎？」

江鯉庭走至角落的棉被旁，提起一件小運動包，那袋子看來有些沉，林鳶納悶裡頭究竟裝了些什麼。江鯉庭失蹤時，大部分東西已經還給她母親了。江鯉庭指指林鳶的後背包，林鳶點點頭，但江鯉庭在她點頭之前，就已先迅速轉了身，向前走，林鳶只好趕緊邁開步伐，跟了上去。江鯉庭變得好不一樣了。林鳶凝視著江鯉庭的背影，她同樣仍有些矮胖，但上臂看來結實許多，她新生出的自信，就像她現在新擁有的那些物品——都不屬於她的過去。

「我們要去哪兒？」

「去德利碼頭。午夜十二點整，會有船開往東脊國。」

「妳有想過到了東脊國……我們究竟會如何呢？」

若說對於未來可探索的不感到興奮，那是騙人的，但林鳶心中另外潛藏著惶惶不安，畢竟，她並未真正深入了解過王二董；可江鯉庭看來並沒這種困擾，她似乎是發自內心，全心全意地信賴王二董。林鳶聽見江鯉庭低低哼起了歌，她同樣也對現在的江鯉庭感到陌生，也才不過幾個月吧，林鳶納悶，她是否再也找不著過往江鯉庭的影子。

「王大哥說啊，他會在碼頭那兒，替我們送行。」

她們走至南側大樓的一樓，江鯉庭示意林鳶，她們得往後頭走，繞過東側建築，在主建物群的後方、垂直農場的東北角，有一棟不起眼的矮樓房。林鳶在昏黃的光線下，吃力地辨識著樓房前的指示牌，寫著「廢棄物處理廠」。

「噓。」

開。

前頭的江鯉庭略略回過頭來，示意林鳶安靜，然後她自牛仔褲後頭的口袋裡，摸出一張感應式磁卡。

「王大哥說，處理廠裡會很暗，妳要先牽住我的手。」

江鯉庭沒有等太久，就猛力地扯著林鳶，眼前的厚重鐵門在磁卡一放上去後，立即轟隆隆地向兩旁敞開。

「快！我們只有兩分鐘！若沒有在限制的時間內，到達出口，外門就會關閉，再也打不開了！」

那妳為什麼不早說——林鳶什麼話都來不及反應，就被江鯉庭給硬是拖進廠裡去。裡頭沒有一盞燈是亮著的，林鳶什麼都見不著，只聽見耳旁有些嗡嗡低鳴，或是隆隆作響的機械聲。唯一可供指引方向的，只有江鯉庭腳上的那雙鞋——那鞋像是經過特殊設計，由鞋尖向著水泥地上，投影出銀白色的箭頭，箭頭指出了她們該走的方向。江鯉庭沒有多想，拉著林鳶，就開始往前奔跑。

直走，右轉，再右轉，左彎，上樓，往左邊拐，再往右邊拐，向下，向下。即使是擅長運動的林鳶，也跑到有些氣喘噓噓。然後，終於她見著了——一個陡峭的下坡，還有在下坡最末端，那個拉高到一半的鐵捲門。

在她們兩人半彎腰，衝過鐵捲門不久後，門就應聲下沉，撞擊地面，悶悶地發出一聲嘆息。

「呼。」

「幸好，幸好。幸好剛剛好來得及。」

林鳶與江鯉庭靠在外牆上，大口地喘著氣。今夜的天空沒有雲，於是頭頂的月亮看來又大又皎潔；這兒算是垂直農場的偏門，於是門外並沒有什麼明顯的大路，只有朱漆山頂一整片的樹林。

「妳休息夠了嗎？那我們快走吧，王大哥一定還在等著我們呢。」

樹林裡藏有許多蜿蜒曲折的小路，猶若迷宮。雖說林鳶在幽暗裡，看不清人，但她隱約聽見草叢裡、樹林中，都有人謹慎地呼吸，有人正竊竊私語；但林鳶分不清聲音來源，究竟是遠、還是近，還是遠在垂直農場頂樓，宴會的參與者們？或者的確也有人躲在樹叢裡，等著逃離此地？

「那些人們……」

林鳶快步趕上江鯉庭，壓低了聲音，在她耳旁低語。

「也都是要偷渡，離開這兒的嗎？」

「嗯嗯嗯，有可能哦。應該不少人和我們一樣。」

德利碼頭到了。從位置來判斷，碼頭是位在垂直農場的東北方。江鯉庭拉著林鳶的手，兩人低調地，蹲在了一根忽明忽滅的路燈後頭，和陰影融在了一塊，遠遠看起來，有些像兩隻被遺棄的小貓。

「我們在這兒，等一下吧。」

江鯉庭說完後，輕輕地嘆了口氣，好似對終於得以結束她的躲藏、與不見天日的日子，鬆了一大口氣。

可她們等了這麼好一陣，已經過了十一點了，王二董卻不如自己所言，沒有按時出現。原先背在林鳶肩上的後背包早已放下，她不斷伸展雙臂，活動筋骨，同時察覺到江鯉庭的焦躁——江鯉庭正以手臂抱住膝蓋，雙手不安分地，摩擦著自己的腳底板。

「沒事，他一定會出現的。」

林鳶雖然這樣安慰她，卻也不知自己是哪來的自信，可以代替王二董如此發言。

「噓——噓！妳們兩個，是王二董先生正在等的人嗎？」

有個黑衣女子鬼鬼祟祟地出現在她們身後，幾乎是以氣音在兩人耳旁說話。林鳶倏忽嚇了一大跳，全身汗毛都立了起來，但江鯉庭一聽見王二董的名字，就急急忙忙地站起了身。

「是的，是的！是我們兩個沒錯！」

江鯉庭迫不及待地指了指林鳶與自己，像一尾恨不得快點上鉤的魚。黑衣女子的身材並不高大，臉隱沒在她拉上來的帽兜裡，整個人細細長長的，看起來有些像隨風搖擺的稻草人。

「王大哥現在，人在哪兒呢？」

江鯉庭的語氣非常熱切——幾乎可說是太過熱切了——而黑衣女子則像吃了定心丸似的，整個人變得慢條斯理。她先是緩緩地，往後退了一步，這動作，忍不住就讓江鯉庭整個人貼了上去。於是女人先將帽兜摘了下來，再從容不迫地開口，對著她們說話。

「王二董先生，現在，已經在船上了呢。」

林鳶瞪大雙眼，謹慎地打量著女人。路燈所提供的光線不是太充足，光影重重疊疊地，癱在了女人臉上，像她的面孔被影子咬掉了幾塊。林鳶覺得女人看來有些面熟，卻又想不起來，究竟是在哪兒見過她。

「我們曾經……在哪裡見過妳嗎？」

女人似乎聽出林鳶的語氣裡懷有戒心，於是非常機警地轉過身來，面對她，跟著露出慈母般的笑容。

「那倒是有可能哦，畢竟，我也是在垂直農場裡工作的。」

「是在哪個區域啊？」

「我是在水產養殖與家禽區哦。那區域需要經過高空天橋，所以倒是比較少讓學生過去實習就是了。」

「那為什麼王二董還不見人影？」

「林鳶！」

林鳶冷不防地問了這一句，問得十分突兀，試探意味十足。江鯉庭大吃一驚，喊了她一句，可也不知道喊這一句話，究竟會有什麼作用。

「就說了嘛，王先生早在船上等妳們啦。妳就這麼不相信我？」

黑衣女子一臉老神在在，似乎不覺得林鳶的防衛心態有多難對付。

「畢竟，他先跟我朋友約好了，會在碼頭等我們的。」

林鳶指了指江鯉庭，似乎在替江鯉庭抱屈。

「這也是沒辦法的事啊。畢竟，不論是正規移民得辦手續，或是要偷渡進東脊國去，還是有許多行政流程與雜事得處理——他才不是故意要失約的呢。」

黑衣女子邁開步伐，自顧自地向前走去。走了幾步後，發現兩位少女並沒跟上，於是轉過頭來，問說：「怎麼？不想去？還是不敢去了？」

女人扭著脖子，帽兜垂在腦後，雙眼直直盯住她們兩人，臉上似乎有抹輕蔑的笑，這讓她嘴裡的金牙露了出來，隱約反射著月光，看著頗有幾分詭異。她似乎很狡滑，是個心懷不軌的人——林鳶猝然就這麼意識到，或者說，女人很懂得該如何激起他人的反叛心態，因為當江鯉庭一聽見她這麼說話，就急急忙忙拎起她的包，兔子般蹦蹦跳跳地跟了上去。

「等等啊，江鯉庭！」

可是江鯉庭並沒有停下腳步。林鳶察覺到自己的騎虎難下，事已至此，似乎也沒有回頭路可選。黑衣女子引領她們站到了一艘漁船前，那艘船破舊且小，林鳶困惑地看著她。

「這只是接駁的船，」女人嘴上這樣說著，視線卻沒注視她倆。「真正開往東脊國的大船，正停泊在外海上。」

江鯉庭看來早已豁出去了，絲毫不在意她的解釋，倉促地就踩進船裡去；林鳶無可奈何地背著背包，擠進她身旁的一個小縫。在今日這樣的暗夜裡，向著外海滑去的小船，不只有她們這一艘，意圖奔向自由、奔向更佳人生的，不是只有她們。林鳶聽見四周低調而隱微地，傳來濺起的水花聲，聽見某些人似乎正小聲地歡呼，聽見某些人低調卻熱烈地討論。

「妳們可知道，那些船上啊，大多都是黃區裡，還算有點錢的人們。他們擔憂再不出個幾年，當年紀越來越大、條件越來越差時，就只得淪落到紅區去居住了。有錢又有什麼用呢？沒有土地，沒有權力，更沒有像金家那樣強而有力的靠山——只好現在靠自己，先未雨綢繆了。」

林鳶想起了江鯉庭此刻留在黃區的母親。想起了得知江鯉庭失蹤時，她母親那張槁木死灰的臉，想起了當她領回江鯉庭留下的個人物品時，摸著、把玩著的不捨的臉。如果這件事是發生在自己身上，母親也會是這種反應吧？可林鳶從來就無從得知。但江鯉庭知道這些事嗎？林鳶望向江鯉庭，似乎想要說些什麼，可江鯉庭正遙望著海的遠方，似乎對現在正在發生的這件事，期待甚久。林鳶只好摸摸鼻子，閉口不言。

遠方有片巨大的陰影，靜靜矗立在海平面上，一艘艘小船正往陰影駛去，看來就像是所有人的倚靠與希望。要直到距離足夠近了以後，林鳶才讀得出大船剛毅的輪廓，與遠遠看起來，像是在船緣浮動飄移的人影。

小船緩了下來。黑衣女子要她們先攀上繩梯，江鯉庭在前，林鳶在後。江鯉庭爬得出乎意料地迅速，一下子就觸及了船緣。林鳶匆匆忙忙跟上，深怕出了什麼閃失。

「來吧，上船吧。」

林鳶抬頭，有一隻粗壯的手自船緣伸了出來。那嗓音聽來極其溫柔，於是林鳶不疑有他，也跟著伸出了手——那手掌甚大，摸起來很冰，觸感也極其粗糙。可林鳶並沒有預料到那力道——那大手幾乎是粗魯非常地，硬將她從繩梯上，給拎了上來。然後拖著她，在甲板上走了好一會兒路，拖著她遠離船舷。

林鳶並不算是個習慣忍耐的少女，她半是抱怨，半是求饒，但那隻手臂的主人一聽見這話，卻反倒更用力地扯著林鳶，然後將她的身軀不帶憐憫地，重重甩在了甲板上。

「好痛，好痛！輕一點——」

「輕點，輕點。別傷到了……」

黑衣女子不需要任何人幫忙，就自己靈巧地跳到了甲板上。她們？還是貨物？女人句末的最後兩個字，被海風吹散在夜空裡，於是林鳶聽不清楚，但她立刻警醒地看了江鯉庭一眼。江鯉庭拖著行李袋，站在甲板上，似乎被風吹得有些站不穩，似乎還未完全回過神來。

「王大哥呢？我必須要見到王大哥。」

在江鯉庭終於將自己整頓好之後，她先是拉長了脖頸，東張西望——看來是沒找著她要找的人——她才畏畏怯怯地如此說。原先跌倒在地的林鳶，此時則以她有力的雙臂，迅速將自己從地上撐了起來。

「王大哥？誰？」

原本拉著林鳶的男子身材十分高大，同時態度也很不耐煩。黑衣女子走到他身旁，左手搭在了男子的手肘上，輕輕地拍打了一下。

「她說的，可是王二董呢。」

女人的話裡聽來有許多輕蔑，而她轉過頭來的態度，也變得毫不遮掩的冷酷。林鳶依據自己野生動物般的直覺，不自覺地開始慢慢向後退，慢慢遠離這群人。

「哈哈哈。天高皇帝遠——他才顧不著妳們了。」

「什麼意思？」

「什麼意思？意思是，妳們現在啊，都得聽從我們發落了。」

「王大哥人……沒有上船嗎？」

江鯉庭聽見這話，臉色瞬間變得慘白，可林鳶很快就理解了，這些話後頭的涵義。

「王大哥，將妳們給賣啦。賣給誰？反正少女們，總能賣得個好價錢。」

在聽見某些故事的開頭，大致就可猜到了結局。而林鳶在這整句話還未被完成前，就拔腿，開始朝船緣奔跑。當她被摔在甲板上時，她的背包順勢自肩頭滑落，而她早沒有撿起它的打算，就像她此時此刻，早已顧不上江鯉庭。她知道此刻的江鯉庭心碎了，但她同時也知道，也許在她心裡，早就認為真正的江鯉庭已經死去了——**江鯉庭早已死在了紅區，與她奶奶一起**。而林鳶其實也有些不理解，為何自己願意跟著一縷魂魄，登上了這艘船。

「抓住她！」

黑衣女子大聲叫嚷。一道瘦長的黑影瞬間自角落竄了出來，林鳶嚇了一大跳，卻仍是死命地向前衝刺。黑影其實是個少年，衣角飄飄，長腿颯颯，他很瘦，但動作極快，立刻就撲向林鳶的腰，林鳶又再次撲到了甲板上，她的下巴被狠狠地撞擊，撞得她眼冒金星，忍不住唉了一聲。

然後林鳶趴在甲板上，聽見江鯉庭在哭。

哭什麼。江鯉庭是在哭她逝去的愛情呢，抑或是哭她的自由。對，也許是林鳶從來都渴望自由——於是她跟著幽魂上了船。若是問到，林鳶對自己名字的看法呢，她會說，她很喜歡她的名字，她會說這名字，是媽媽替她取的——希望她能一輩子自在，像隻強壯的鳶，在天空裡逍遙翱翔。林鳶想起小時候，她總是與男孩們扭打成一團，為了有些人，總嘲笑她是無父無母的孤兒。林鳶很早就不允許自己哭了，她也不允許自己被嘲笑，那股不服輸的拗勁兒，從來都深埋在林鳶的骨子裡；只是在垂直農場裡，在金幼鸞身旁，林鳶似乎悄悄被改變了，她覺得自己或多或少，變得有些軟弱，變得不再那麼好戰。

於是再次喚醒那股拗勁的方法，是由林鳶的腰開始的：林鳶的紗裙裙擺被踩住了，但她的上半身仍有活動空間，於是她靈機一動，將右手掌撐住甲板，左手伸進腰側，拉開裙頭，長裙的鬆緊帶就被她扯了開來。林鳶由金幼鸞送的裙子裡金蟬脫殼，而且她永遠會慶幸，自己保留了在裙下穿運動褲的習慣，好似她內心深處知曉，能夠自在敏捷地活動，才是她這種少女所真心追求的。

「幹！」

少年惡狠狠地咒罵了一聲。有越來越多道陰影，自船的各處角落靠了過來。林鳶穿著運動褲與鞋在甲板上狂奔，她感受到風吹過自己耳旁，腳步聲與黑影由四面八方向她湧來。林鳶有些著急，有些不知該往哪個方位全力衝刺，感覺自己就像一隻，被逼往牆角的野獸。

突然——「砰！」地一聲，有一束白光先是高高地衝往天際，等到抵達了足夠高的高空，再散開來，開出一朵閃著綠光的花，光的花瓣在夜風裡飄散，掉落，落入暗夜裡。然後，又一朵藍的花，又一朵紅的花，砰，砰，砰；彩色的線段交錯在一起，而又分開，再交錯，重疊，畫成數個圓，伴隨著遠方人群的掌聲與歡呼——是垂直農場午夜的慶祝煙火。煙火的光很亮，照出了銀匣山脈的輪廓，照出了朱漆山的雄偉，照得船上的人臉明明滅滅，照得有些人停下了腳步，呆滯——看著煙火，像看著希望，像船上的這些鬼魅，瞬間又重返了陽間。

「你們！抓住她——不、要、停！」

黑衣女子回神地很快，她尖銳又急促的嗓音，劃破夜空，她像在煙火的「咻——咻——」一聲裡找出空隙，好把句子完整地塞進去。林鳶往欄杆衝刺，她左閃，右閃，再右閃，想著，她究竟是在哪裡，見過女人的那張臉？她必須要想起來，好告訴垂直農場裡的人們，告訴他們，才能有人有辦法處理這件事。處理黑衣女子，處理王二董，處理江鯉庭。然後，垂直農場所有樓層的燈，全部同時亮了起來，像一把刺入夜空閃閃發耀的寶劍，像一座指引林鳶方向的燈塔。

林鳶沒有多想——她向著散發著巨大光芒的垂直農場奔去，海水的味道更濃了些——林鳶跨過船緣的欄杆，縱身一躍。

有金先生在的地方，金家母女三人就安靜了。

但這並不代表金太太就全然不說話了。只是可以感覺出，她的話明顯變少了，而且十分謹小慎微地斟字酌句，好似話語像利刃，像手榴彈，當它們在她舌尖上跳動時，總會擔心傷著自己舌頭。

在金先生的演講結束之後，金幼鴻跟著母親與姐姐，進入藏在電梯轉角後頭，一間中型的接待室。空間不算太大，但裡頭的擺設與裝置很精緻，小小的邊桌，小小的茶几，軟軟的椅子，門後還藏著一個小冰箱。金太太先坐了下來，坐在靠內裡的沙發上，然後金幼鴻讀懂了她的示意，趕忙自冰箱裡取出兩罐果汁。金幼鴻遞了一罐給金幼鸞，但金幼鸞擺擺手，她手裡仍端著紅酒杯；另一罐給了金太太，可金太太卻只是握在手裡，表情若有所思。

金先生仍站在門外，沒有跟著進來。他還忙著講電話，用英文，聽來是在跟外國客戶溝通些什麼。屋裡鴉雀無聲，沒有人知道該說些什麼，或許也是沒有人，敢說些什麼。金幼鴻內心其實有些緊張——上次他們一家人，這樣聚在一起，是什麼時候的事？約莫有兩三個月了吧？這麼說來，金幼鴻也大概就有這麼長的時間，沒見過自己父親了。

「嗨——我的甜心們，真是好久不見！近來，大家都還好嗎？」

金先生好不容易結束了通話。他大步跨了進來，一邊刻意誇張地問候她們母女，一邊使勁地戳弄自己雙手，那姿態就金幼鴻看起來，像是要在這屋裡，談成一筆生意。

無人回話。應該說，此時連金幼鸞都知道，這是母親的場子，沒有人可以搶了她的風頭，沒有人可以搶了她的發話權。金幼鴻看向母親，金太太還緊緊握著手裡頭的果汁，似乎正在嚴肅考慮，該要怎麼措詞才好。

「我們真是，好久都沒看見您了呢。最近在忙些什麼呢？」

金幼鴻了解自己的母親，金太太其實是在心中盤算了許久，才得以壓抑住心底那些不堪的情緒，逼迫自己演成這副模樣。在金幼鴻心中，她偶爾會把金太太視為一個真正的廢物。要不然，母親的綠色手環是怎麼來的？因為她是父親的妻子，因為她是兩個少女的母親。否則，劉老師為何總是在暗示她們，該要結婚，生孩子？還不是對於某些人而言，那至少，是最低標的保證。

「最近在忙著進一步更新優化全國的Personal Health Cloud啊，知道的吧？該怎麼翻譯呢？哦對啦，『健康雲』，就是那個藉著手環，讀取大家的健康資料，然後上傳集中的醫療資料庫。我們正打算解讀、並分析各區居民的數據——主要是綠區的人民——然後進一步調整，該怎麼替垂直農場裡的作物施肥、增添營養素，種出更對綠區住民有益的農產品……」

金先生原先十分得意滔滔不絕，似乎極以他的工作成就為傲；但當他講了一講後，倏忽意識到，眼前的主要聽眾其實只有金太太，立馬就變得意興闌珊。

「唉，我這樣解釋，妳能聽得懂嗎？要不，又有什麼好說的？」

對旁觀的金幼鴻而言，一切都是再清楚不過了：為什麼少女在國民評分系統裡，價值更高？因為她們年輕，她們聰明，而且經過檢測，大部分的她們，都還可以生孩子。而金太太呢？她不像校長那樣，有顯赫的事業，甚至也不像劉老師那樣，有一份還算穩定的工作。於是當姐妹倆成年後——那也是快要發生的事了——在她們不需要母親養育支持後，她計分欄上的「母親」加分項，就會被移除，讓她只留下一個「妻子」的頭銜。而金先生，會不會乾脆，就不要她了呢？這沒人說的準，連金幼鴻也不敢去猜。

「您為什麼，要這麼不耐煩呢？」

金太太重重地嘆了一口氣，然後開始若有似無地攻擊，這向來是她的拿手好戲。

「我們都多久沒看見您了？沒一家人一起，好好吃頓飯了？我們都很想您欸——您都不會覺得愧疚嗎？」

來了。金幼鴻感到毛骨悚然——「我們」——將她的女兒們推上前線去送死，將她的女兒們，當成攻擊父親的武器，這是母親慣用的老把戲。而此刻的金幼鸞正坐在窗邊，有一股置身事外的從容，她將窗緣挖出了一條縫，似乎在戰爭開打前，只想享受晚風的清涼。

「我的工作也很重要好嗎？也還不是為了妳們，能讓妳們待在綠區，享受更好的生活？要不然妳以為這些exclusive honor的待遇，是怎麼來的？」

金先生不耐煩地回話，同樣也將女兒當成防禦的武器，不客氣地反擊回去。

金幼鴻看著金太太脹紅了臉，知道她正在盤算，該將心裡那一句質問丟出來嗎？還是再屈辱地，吞回去？那句，所有在正位坐了太久的原配，最後都會考慮，是否該要問出口的那句：「你是不是在外面，有女人了？」

可金幼鴻知道，只要母親一問出口，她就將一無所有了——她就不能再拿著金家的名號狐假虎威，她就，終究得面對自我價值的幻滅，與背後的空虛。

「Daddy——你知道嗎？」

戲劇性地，金幼鸞移動的速度極快，但她仍優雅又華麗地插入兩人中央，打斷了父母的談話，也阻擋了金先生，眼冒熊熊怒火的視線。

「我這次期末考，考到了第一名哦！」

金幼鸞的確是長得像金太太沒錯，甚至，連脾氣也像；可若真要說到勢均力敵的對手，或許金先生才是。金先生的語氣與姿態，瞬間就柔軟了下來，露出了一種英雄惺惺相惜的感嘆。

「太好了！女兒妳真棒！You really did a great job!」

金先生忍不住伸手，摟住金幼鸞肩頭。金幼鸞微微側著頭，靠向她的父親，她雖然一邊說著話，一邊卻有意無意地，瞟了金太太一眼。

「鴻鴻，那妳呢？妳這次……等等啊，Hello？」

金先生似乎因此才想起了，他其實還有另一個女兒。正打算聊盡義務，關心一下時——西裝口袋裡的電話又響了起來，於是金先生再次迅速地走出門外，退出這場短暫的家庭大戲。

「不用謝啊。」

金幼鸞率直地走到金太太身旁，嘻皮笑臉地，拋出這句話。

「謝什麼？」

金太太沒好氣地說。

「哦，要不，早知道，就先等到他賞妳一巴掌，我再出來救場，好不？」

「那也不過是區區一巴掌而已，有什麼好在意的？我才不需要妳的同情。」

金太太裝作擤了擤鼻涕，但可以感覺得出來，她正忙著收拾那些不外顯的落寞與難過，故作氣勢地同金幼鸞說話，似乎立刻就得讓自己準備好，好迎接下一輪的母女大戰。

「嗯嗯，那就好。要不然，我就會覺得妳太可憐了，就會不好意思，向妳炫耀這副珍珠耳環。」

「我的耳環？妳從哪裡找回來的？屍體上嗎？」

「差不多了啊。我想要的東西，即使妳送給了別人——我還是會想盡辦法，討回來的。」

金太太瞪著金幼鸞，瞪著瞪著，嘴角又忍不住微微上揚。出色的女兒向來都是岌岌可危婚姻的潤滑劑，是美好家庭破碎前的遮羞布。

金幼鴻像個局外人，默默注視著這一幕。她想起金幼鸞小時候，並不總是這種模樣，她曾經既甜美，又可愛，像個小天使。可金幼鸞最在乎的人，也許從來就只有**她們的母親**，可像她母親那種人，既危險，又迷人，同時又是如此扭曲，因為她內在如此空虛，於是需要強烈的刺激，才能證明自己存在。而她們母女二人，又有一定程度的相像——或者是，金幼鸞讓自己慢慢與母親相像——於是她們以畸形模式對弈著，玩鬧著，鬥法著，她們才能感受到彼此存在，感受到愛。

然後金幼鴻想著，為什麼自己沒有這種共鳴？沒有這種渴望？金幼鸞和自己，不是姐妹嗎？是因為事實上，自己比金幼鸞更加無情吧。金幼鴻突然也想替自己拿罐果汁，但若是她那樣做，就必須經過母親與姐姐，所以還是算了吧。金幼鴻知道，自己很早就放棄去愛母親了，她知道，母親的愛有毒，於是早早就不想要了，早早就學會把自己照顧好，不對母親有太高的期待。金幼鴻向來都知道，自己很可以忍耐。

至於聰明又狡猾的金幼鸞呢？如此會操控關係的金幼鸞，甘於沉迷在與母親的遊戲裡，是否也算是一種，聰明反被聰明誤？

金幼鸞與金太太仍在討論耳環，母女間傳來一陣嘻笑。金幼鴻知道，這世界上，總是會有一部分的女兒，很難不去討取母親的認同，去渴望母親的愛，就彷若夸父追日。可是金幼鴻也清楚地知道，自己不是那種女兒，也不想成為那種女兒。

快到午夜十二點了。金幼鴻已有些想睡，想回到床上，想回到寢室裡，可她們仍舊被困在這裡，困在華麗的禮服裡。然後金幼鴻想起林鳶，想起301號寢室裡，來來去去的那些少女。之前那個女孩，和林鳶同期進來的，那個氣候難民——好像姓江，但名字叫什麼呢？金幼鴻已經快忘了，她甚至回憶不起那少女的臉，究竟長成什麼模樣。對金家姐妹而言，她們都知道，三人組合才是少女們最自然的單位：一號少女金幼鸞，最亮眼的那個。二號少女馬可薇，是一號少女的老搭擋，得力助手。三號少女金幼鴻，是最沒有吸引力的一個，是另外兩個少女施惠的對象，憐憫的婢女。四號少女——沒有這個人，四號少女總是多餘的存在，名字不重要，是誰也不重要，反正，她不過是其他少女，打發時間的玩具。

「我們走吧？時間到了。」

金先生又再次開門進來。金家母女三人同時轉過身去，像三尊音樂盒上，隨著音符旋轉的洋娃娃。

金幼鸞先著母親一步，走回頂樓的宴會裡。她知道，當她一走進會場時，大家都在看她，都在交頭接耳，竊竊私語。可她裝作自己並沒意識到這件事，她裝作自己並不知道，她總是大家注目的焦點。

金幼鸞明白自己就像個龍捲風，她像個不停歇地、讓人無法忽視的存在。在她旋轉時，人們既敬畏她，又害怕她，好似想親近她，卻又總是畏畏縮縮；於是金幼鸞在這樣的過程裡，感受到自己的強大，感覺到自我的安全。

可說實話，她並不清楚在這樣強大的表層底下，究竟藏有什麼東西。她只是害怕自己停下來。當她停止製造出那些炫麗、壯闊的波瀾時，所有人都會看穿她，所有人都能看清，在她表層底下，其實什麼都沒有。金幼鸞這種少女，從來就是個容器，是被遙望的洋娃娃，任憑人們在想像裡擺布，允許人們將內心的幻想，投注到自己身上；於是她內心其實十分恐懼，恐懼別人意識到她本質上的空，恐懼最終所有人，都會拋棄她，離她遠去。

金幼鸞隨著音樂，在舞臺前翩翩起舞。她裙擺所繡的那些精緻費工的金絲銀線，以她纖細的身體為軸，在空中畫出一道、又一道美麗的弧度，像夜晚天際的星輝光月；金幼鸞旋轉的速度越來越快，引起眾人一陣驚呼。金幼鸞感覺得意，覺得她睥睨眾生，眼角透出止不住的笑意。在她的心裡，若想達成最完美的極致，摻雜著一些瘋狂，是再合理不過的。完美像是火焰，而瘋狂，則是助燃的風。

馬可薇正遠遠地坐在一旁，遠離人群，靜靜注視著金幼鸞的舞姿，像出於塵世，遠離塵囂。馬可薇知道自己就像個深深的水潭，在她的中心，埋有一處聖潔的寶藏，會源源不絕湧出水來，讓她這池潭水越長越大，越長越深，於是外頭的人看不見她的池底，究竟長成什麼模樣。馬可薇害怕被其他人汲取，露出她的池底，於是她不停歇地，替自己加水。

馬可薇知道，自己並不是個空虛的人，但她清楚自己的黑暗。她偶爾會意識到，越是意圖表現出接近完美的事物，越是用力掩飾，內在就往往越是殘破。馬可薇總是有條有理，不讓人擔心，總是忙著照顧人，好掩飾她內在的野心，憤怒，嫉妒，與不安——那猶如深海怪獸一般的不安。馬可薇這種少女，就像大海，而美好的少女們，更像是誘惑人的海洋；而有些少女其實總是在等待，等待漲潮的那刻，等待反噬的那刻。

金幼鴻靜穆地，站在劉暖鸝及幾個師長旁，偶爾溫順地甜笑，像一株古老的、沉默的神木。金幼鴻像沒有人替她澆水，依舊能活得極好的植物，她有時也會納悶，自己是否是由垂直農場裡，偷跑出來的一株作物，永遠順著環境生長。她明白，即使最後海水淹上來了，她也不會逃跑；這宴會會場裡，有許多人不會逃跑，有許多人無法逃跑，而反正少女們都在。美好的少女總有種魔力，能讓一切驚濤駭浪的表相，變得美好。

一個只知道往上生長的都市，是殘酷的，是欲求不滿的。而少女們身處其中，順著往上長，跟著往上爬，如一朵朵盛開的向陽花。成人們訓練少女表現完美，訓練她們表現順從；而少女們模仿成人，將成人世界裡的規則有模有樣地，移植入她們的世界裡。

於是少女天生的美好，那四溢出的甜膩香氛，如奶蜜，如楓糖，如花汁，掩蓋了成人世界的腥騷與殘酷。她們既甜美，又邪惡，既無辜，又誘惑，既脆弱，又倔強，既溫順，又叛逆。少女們可以既開腿，又闔腿，可以既坦率，卻又滿口謊言。少女們完美，像是這世界爭相搶要的，但她們往往，卻不想要自己。

海，海，跟淹沒蕉洱島那天同樣的海。林鳶使勁地，朝向垂直農場的方向游去——她不得不游，也許只有垂直農場裡的人們，才有辦法拯救江鯉庭。海浪的勁道很強，而且海水冰冷，像奶奶死在紅區的那天，雨滴猛烈襲在她臉上的觸感。林鳶好似又回到了蕉洱島沉沒的那天——一切像走了那麼遠，最後卻又回到了原點。林鳶意識到自己的荒唐，與狼狽。可是林鳶必須拯救江鯉庭，她泡在海水裡，覺得自己既單薄，又強壯，覺得自己既有萬丈力量，同時又感到沮喪。

孤獨與自由總是一體兩面。或者說，自由是蒲公英的種子，而孤獨是承載它飛翔的羽毛；那些沒有自由、而嫉妒自由的人，或那些已經紮根，總是被困在同一處的人們，總是將自由包裝成淒涼，包裝成絕望，誘騙所有人停留，誘騙所有人不該走，不要走。包裝自由沒什麼不可以，就像真相也常常被包裝，就像少女，也常常被包裝。

頂樓人們的歡呼聲順著海風，微微弱弱地，被送到林鳶耳旁。林鳶頭上原本屬於金幼鸞的華麗髮飾，泡在海水裡；珠寶的光亮在午夜的黑布上，畫出一道光芒，與天上的煙花相互輝映。可林鳶被打溼的短短的髮絲，咬不住鑲滿寶石的髮飾，於是髮飾很快就順著髮尾，悄然無聲地，被海水吞沒。林鳶一邊游著泳，一邊抬起頭來，此時由垂直農場高處落下的煙火，與低矮樓層橫向施放的煙火交錯，再加上垂直農場本身的燈光——讓垂直農場遠遠看起來，看在林鳶眼裡，就像個金光閃閃的鳥籠。

飛進去，飛出來，留下來。飛進去，飛出來，留下來。只有當人在鳥籠之外時，才得以辨識出鳥籠的形狀。林鳶覺得自己就像從一個鳥籠，又要飛進另一個鳥籠。林鳶回頭看看船，與垂直農場相較，船的燈光黯淡許多，而聽得出船上有不少人正在吵鬧。林鳶想起奶奶說過的話：**大自然對一切都有答案。所以，妳的問題是什麼呢？**林鳶有些想哭——她感到迷惘，像是有好多問題，可是她不知道，自己究竟該問哪個。而唯一她知道的是：她有責任，去拯救江鯉庭。於是她只能一直游，一直游，游回一個她不知道自己，想不想回去的地方。

海水淹上來了，可鳥籠依舊高高懸掛著。籠裡若關有金絲雀，牠會永遠清脆悅耳地歌唱著吧？像一切的煩惱，都與牠無關。海水淹上來了。當島嶼轉彎的時候，天上的鳥，籠中的鳥，聽不見海裡的魚正在哭泣。沉下去，與淹上來——可有些事情，**從來都與海平面無關。**

鏡小說

054

美好少女的垂直社會

作　　者：巫玠竺
責任編輯：王君宇、林芳瑀
責任企劃：林宛萱
整合行銷：黃鐘獻
副總編輯：劉璞、鄭建宗
總 編 輯：董成瑜
發 行 人：裴偉

插　　畫：貞尼鹹粥
裝幀設計：陳昭淵
內頁排版：宸遠彩藝

出　　版：鏡文學股份有限公司
114066 台北市內湖區堤頂大道一段 365 號 7 樓
電　　話：02-6633-3500
傳　　真：02-6633-3544
讀者服務信箱：MF.Publication@mirrorfiction.com

總 經 銷：大和書報圖書股份有限公司
248020 新北市新莊區五工五路 2 號
電　　話：02-8990-2588
傳　　真：02-2299-7900

印　　刷：漾格科技股份有限公司
出版日期：2021 年 12 月初版一刷
I S B N ：978-626-7054-25-3
定　　價：380 元

國家圖書館出版品預行編目(CIP)資料

美好少女的垂直社會/巫玠竺作. -- 初版. -- 臺北市 : 鏡文學股份有限公司, 2021.12
264 面 ;21X14.8 公分. -- (鏡小說 ; 54)
ISBN 978-626-7054-25-3(平裝)

863.57　　110019694